文汇原创丛书

张贤亮近作

文匯出版社

图书在版编目(CIP)数据

张贤亮近作/张贤亮著. —上海：文汇出版社,2006.8
ISBN 7-80741-010-8

Ⅰ.张… Ⅱ.张… Ⅲ.散文-作品集-中国-当代
Ⅳ.I267

中国版本图书馆 CIP 数据核字(2006)第 083318 号

· 文汇原创丛书 ·

张贤亮近作

作者 / 张贤亮　丛书主编 / 萧关鸿

责任编辑 / 隽　平　封面装帧 / 版式设计 / 周夏萍

出版发行 / 文汇出版社(上海市威海路 755 号　邮编 200041)

经销 / 全国新华书店

照排 / 南京展望文化发展有限公司

印刷 / 装订 / 江苏启东人民印刷有限公司

版次 / 2006 年 8 月第 1 版　印次 / 2006 年 8 月第 1 次印刷

开本 / 640×960 毫米　1/16　字数 / 217 千

印张 / 16　印数 / 1—10 000

ISBN 7-80741-010-8/G·003　定价：24.00 元

关于文汇原创丛书

在科学创造中,个人的灵性最终淹没在对共性和规律的探求中。而艺术的创造,则是一种无可替代的个人的灵性。

如果没有牛顿,一定会有马顿或羊顿取而代之,因为苹果总要从树上掉下来,万有引力总要被发现。

然而如果没有达·芬奇、莎士比亚和曹雪芹,也许我们永远不会知道人类还能创造《蒙娜丽莎》、《哈姆雷特》和《红楼梦》这样的不朽之作。

人类文化史是由不可替代的个人灵性构成的。新的天才出现并不会使过去的大师黯然失色。就如李白的光辉不会掩盖曹雪芹的不朽,毕加索的出现不会使达·芬奇失去价值。

真正的作家艺术家的价值在于他们作品的原创性。他们的个性越是伸展自如,生命力越是自由洋溢,艺术的原创力也越是精彩飞扬。

科学技术的突飞猛进给人类带来巨大财富的同时,也潜藏着巨大的隐患。小小鼠标把一切变得轻而易举,按按电钮使一切变得舒舒服服,趋同与一律化正在扼杀文化的生机,如马尔库塞指出的技术统治社会的"单面人"的危险不再是杞人忧天。人正在逐渐丧失最宝贵的创造力。

当我们在为建设先进文化努力的时候,文化创新自然成为我们最为关注的课题。文化原创力是文化创新的核心所在,如何发掘、发扬和保护文化原创力,如何造成一种能使文化原创力蓬勃发展的文化生态,必须提上我们的议事日程了。

我们把这套丛书命名为原创丛书,只是表明我们的一种态度,一种呼吁,一种要求和一种愿望。

我们希望文化界、出版界和读书界共同来呼唤原创作品,推动原创作品,关注原创作品。

一套丛书只是一块小小的铺路石,我们期待着从我们的背上走来新一代的大作家、大作品。

主　编

目录

辑二　　西部,你准备好了吗

自序

　　二十世纪末的 1999 年我发表了小说《青春期》后，即着手写作酝酿已久的一部我称之为"灵魂的叙述"的小说。小说，说到底是语言的艺术，而由于在现实生活中我扮演着多种角色，就使我在语言的艺术性上遇到很大挑战。我越来越从心底里佩服许多在人文领域的各个方面都能游刃有余的前辈，那确实是需要极为深厚的语言文字功力的。每一种语言文字的表达方式都有各自的特点，写在书面上就是各种不同的文体。仅就文学作品而言，就有十几种以至数十种文体。我个人觉得，诗是最难写的，其次是小说，比较容易一挥而就的是散文随笔。诗是所有艺术作品中最主要的元素。不论什么艺术形式，绘画也好，音乐也好，包括电影戏剧等等，其中最基本的、最能打动人的那个核心部分就是诗。缺乏诗，作品便没有灵魂。将小说写出诗意，是小说的最高境界。我一直力图达到这个境界，我的《习惯死亡》就是这样的一次尝试，但我以后继续向这个高度努力的时候，越来越感到力不从心。这并非完全由于年龄和基础功力的限制，还因为我的现实生活每天不停地要在各种社会身份中转换所致。每一次转换身份,不但行为需要转换,同时还要转换心境,转换风格,转换思维方式,甚至神经末稍的感觉都需转换。有的场合,我的神经末稍必须粗砺,像板刷上的毛那般耐磨,有的场合它又必须特别细致,多愁善感。这样,落笔在书面上,就必须转换语言文字的表达方式。每天在各种不同的语言系统中游走,确实有很大的难度。

　　据我所知,中国作家中只有我与市场经济的结合最紧密。虽然在文化产业化的今天,写畅销书也是一种市场经济行为,更不用说写电影电视剧本了,还有些作家在写作之余玩玩股票、期货或房地产什么的,但并没有一位作家像我这样亲手创办操持一个企业。前半生的命途多舛和后半生在几个社会领域间跨越,使我有较为丰富的人生阅历,拥有丰厚的写作素材,自认为也有一定的观察力。我对目前的社会改革和社会经济生活比一般中国作家熟悉得多,又比一般企业家更多一些理性的思考和文化批判。我游走于不同领域之间,占有一种"边缘优势"。可是,有很多人生经验及社会批判是很难用我所熟悉的小说形式表达的。虽然小说有各式各样的写法,譬如《战争与和平》最后简直就是哲学论文,《苏菲的世界》通篇都是这样;真正读懂《尤利西斯》的人极少。而我对我手头写的小说有特别的期望,我希望它是"纯洁"的小说,不谈"道理"的小说,虽然我有很多"道理"可谈。所以,我觉得我在企业管理上的经验和对文化产业化的意见直接用论述的形式向公众表达较为恰当。

　　我把我近十几年来创办经营文化产业的经验和对文化产业化的看法直白地写了出来,让它们成为游离于我所钟情的小说之外的东西。我在十余年中将一片荒凉成功地"卖"了出去,使这片荒凉产生极高的附加值,从开始时的七十八万元人民币原始资本发展到如今有形资产超过一个亿。虽然这个数目字比起大投资的、发展迅速的房地产业、建筑业及高科技产业的增长率并不算惊人,资产也不算多,但要知道,我出卖的是不可在市场上流通的商品,而且是不可移动的商品,消费者要买"我",必须亲自远道而来这个特定的地点。我的企业出卖的仅仅是服务，是感觉。没有丝毫高科技，没有任何市场投机行为，没有大投资，在最起码的"三通一平"的条件也不具备的基础上，完全靠智力投入，用文化艺术来打造原来毫不引人瞩目的荒凉和废墟，把它像变魔术似的变成宁夏首府银川市唯一的国家 AAAA 级景区和"中国最佳旅游景区"。我可以自豪地说我是中国文化产业的先行者。不仅如此，我的企业还可以说是中国首家真正实行"以人为本"和对员工贯彻人性化关怀的企业。因为，在企业建设的全过程，我手下连一个受过大学教育的也没有，员工中受教育程度最高的不过毕业于农村中学而已。我是领着一帮农民工经营文化产业的。我的"以人为本"的"人"，与企业的性质和发展方向、目的都极不匹配，因而我必须更加"以人为本"。要让每一位游客和每一个剧组到我这里，不仅对景观感觉良好，还对每一个员工的服务态度感觉良好，不做"人"的工作是不行的。首先，要教育培养招聘来的员工，要把农民改造成称职的工人，后来，以至我的企业几乎成了宁夏旅游业启动时最早的人才培训基地。同时，我也从一群"山里人"、"乡下人"中培养出一批美术书画人才，为目前正在将影视城转型为"中国北方及西部的古代小城镇式的主题公园"，不断搜集物质文化遗产与非物质文化遗产准备了一定的人力资源。我的管理方法和管理规章没有可参照的先例。开始时，我也翻阅过不少国内外所谓"管理学"著作，但发现所有学者写的东西都是闭门造车，说得天花乱坠，术语一大堆，貌似科学却脱离实际，脱离中国国情。我只能靠自己在实践中一点点摸索积累，因而，我的《秘笈》就具有很强的可操作性。我是中国第一个向攻读 MBA 的学员演讲工商企业管理的作家。中国作家在数不清的场合作过讲演，但都没有越出文学的范围。而 2002 年我在北大"MBA 讲坛"发表讲演的时候，我的话能让听众耳目一新，讲了两个多小时，没有一人离席而去。因为我的经验是他们从哈佛、剑桥的教材中读不到的，是符合中国、特别是中国西部地区的现实的。我这个土生土长的"土包子"破土而出，饱含着西北高原泥土的原汁原

3

味，也充满生命力。

　　笔端游走于各种不同的语言系统之间是我游走于各个不同的社会领域的反映。我十分庆幸从 1983 年改革开放初期即进入全国政协，至今已历五届，让我有从底层一直到高层接触中国社会的机会，近距离地观察了二十多年中国改革开放的艰难历程。扩大了的眼界，为思考的深化提供了较强的资源。还在 1997 年中共十五大以前，我就发表了二十多万字的、我称之为"文学性政论随笔"的《小说中国》，即小小地、略微地"说"一下中国问题的意思。在那本书里，我预见到中国共产党会有根本性的发展，到一定时候，对社会有贡献的资本家可能入党，也预见到中国社会将会分化成若干阶层，不同的利益阶层，尤其是既得利益阶层会在思想上寻找自己的代言人；我那时就指出所谓"管理层收购"会使国有资产大量流失，主张改革应使多数人受益，"劳者有其资"；还在"民间经济是国有经济的补充"的时候，我在书里就专辟了"私有制万岁"一章。"私有制万岁"虽然有耸人听闻之嫌，但几年以后，"民间经济是国有经济的补充"就发展成"民间经济与国有经济共同繁荣"了。2000 年初，江泽民在广东刚发表"三个代表"，我就感觉到这是一次不但对中国共产党、也对整个中国的未来有极其重要的推动作用的讲话，中国共产党和中国都将有一次具有根本意义的变化与发展。那时我还担任宁夏文联兼宁夏作协的主席，在上级还没有号召学习，全国对"三个代表"还没有普遍热烈的反应时，我当即召开宁夏文联的全体会议，要求宁夏全体文艺工作者重视江泽民在高州的讲话。我可以毫不夸张地说，宁夏文联是全国第一个学习"三个代表"的单位，这有当时的与会者为证。当年 6 月，日本《产经新闻》记者专程来宁夏采访我，问到中国的将来有没有可能实行多党制民主和执政党的前景，我就向日本记者谈到"三个代表"。现在中国人对"三个代表"已耳熟能详，可是请读者注意，我向日本记者谈"三个代表拓展了中国的未来"，离江泽民在高州发表"三个代表"的讲话只有四个月。我是中国第一个向外国记者谈

"三个代表"的中国作家。

以上所说,我绝对没有一点夸耀自己能迅速"领会领导意图"的意思,我毫不以此为荣。直率地说,在市场经济社会,合法拥有一定的财富便有了一定的实力、自由和权利,除非另有所图的人,一般不想在政治圈子里打滚。我只是想说,在几个领域间跨越会使人的眼光具有一定的前瞻性。这本集子里收集的文章,仅仅是近年来可以公开发表的一部分,还有不少言论和笔记是现在不便于发表的。如今的出版界有个令人费解的现象:你可以批评改革开放以来所有的失误,从教育产业化、医疗产业化、道德缺失、假货充斥、官场腐败、司法腐败、金融腐败、国有资产流失等等,直到批判的矛头指向体制和制度,言词尖锐也没有关系,批评不实、过头、以至无中生有都无大碍,甚至怀疑改革的声浪甚嚣尘上也允许辩论,但触及到改革开放前,提到"反右"、"文革"或"三年灾害",仿佛就触到了什么要害,就要掂量掂量文章的"政治正确"。我们不回避现实却回避历史,面对现实和未来我们表现出极大的勇气,却又像伤心的恋人似的怕回顾往事;我们有胆量揭露现实的种种丑恶却怯于暴露丑恶的过去。我至今搞不懂这种奇怪的逻辑,也只好将那部分暂不公诸于世。但我还是想说,我的眼光之所以具备一定的前瞻性,就是因为我从不脱离历史去思考问题。我认为这才是"科学的发展观"。现实的发展是历史发展的延续,要洞察现实会发展到怎样的地步,怎样发展到那个地步,不与历史相联系就不是辩证唯物的历史观。就因为我立足于历史,才对改革持有坚定不移的决心。今年政协会期间,正是社会上辩论"放缓改革步伐"还是"加速改革步伐"的时候,英国《泰晤士报》记者在政协委员住地华润饭店采访我,问我对这个问题有什么看法。我说,请问,改革怎能有"放缓"和"加速"之分? 改革不是国民生产总值,不是GDP,可快可慢可高可低,只有改革与不改革的分别,动与不动的分别。我们的问题是改革应该急速配套,而不是"放缓",主张"放缓"就等于不改革。

　　我确信,我有关企业管理及文化产业的见解对读者有一定的帮助,特别是正在从事这方面工作的读者。读者会发现里面有许多观点和意见是新颖的,这是我出版的最具有实用价值的一本书。

辑　　一

我失去了我的报晓鸡

宁夏有个镇北堡

3

一

　　宁夏在哪里？坐在王府井或淮海路上的星巴克咖啡馆，你很难想象宁夏是什么样子。宁夏甚至比内蒙和青海还更少进入外地人的视野。你翻遍全国各地报纸的旅行社广告，很少见到一条来宁夏旅游的线路。1983年，那时出国几乎全部由组织部门外派，中国作家协会指派我跟严文井和陆文夫到北欧访问，文件居然下发到甘肃省宣传部。二十多年后的2005年，中央电视台来宁夏做我一个节目，摄制组在银川还住了几天，节目播出时，解说词竟是这样介绍的："张贤亮住在内蒙古自治区银川市。"难怪我接到很多读者来信是从甘肃、青海或内蒙转来的。有时碰到多年没见的朋友，也会问："甘肃那边怎么样？""你在内蒙还好吧？"常常令我十分惭愧，似乎不是别人的错，而是我的错。

　　其实，我自己在二十岁之前，也不知道"宁夏"二字是什么意思。

1954年我十八岁时在北京上高中，因出身"官僚资产阶级家庭"，又属于"关、管、斗、杀"分子的子女，毕业前夕学校就找了个"莫须有"的罪名将我开除。当时我家已完全败落，父亲身陷囹圄，母亲靠给人编织毛衣维持生计。我成了"待业青年"后，到刻印店去揽刻蜡纸的活儿，刻一张蜡纸五毛钱，刻印社提成三毛，我拿两毛。我一天能刻五张蜡纸，得一块钱，用以维持母亲、妹妹和我的生活。现在，"刻蜡版"已是"绝活"，七十岁以上的老人中大概只有那么少数几个，我就是掌握这种"绝活"的人之一。

1954年，北京就开始建设"新北京"，首先是要把北京市里无业的、待业的、家庭成份有问题的、在旧中国体制内做过小官吏的市民逐步清除出去，名曰"移民"，目的地是西北的甘肃、青海和新疆。我这样家庭出身的人自然是被迁移的对象。于是，在1955年7月，我携老母弱妹与一千多人一批，先乘火车到包头，再转乘几十辆大卡车长途跋涉了三天，才到当时称为"甘肃省银川专区"贺兰县的一处黄河边的农村。县政府已给我们这些"北京移民"盖好了土坯房，并且单独成立了一个乡的行政建制，名为"京星乡"，好像这里的人都是北京落下的闪亮之星，或说是陨石吧。乡分为四个村，每个村有三四十排土坯房，一排排的和兵营一样，前后来了数千人在这个乡居住。土坯房里只有一张土炕，散发着霉味的潮气。房屋在夏季怎么会发霉呢？后来我也成了老宁夏人时才知道，抹墙的泥一定要用当年的麦秸或稻草，如果用陈年发了霉的草秸合泥，肯定会有霉味。人们以为现代装饰涂料会有污染，殊不知古代的装饰涂料也会有污染。可是并没有人因为住在这种空气污染的房子里而得病，使我觉得现在的人越来越脆弱。

用麦草和稻草秸合泥抹墙，大概是人类从树上的巢爬下来开始盖房子就发明的，泥一直是古代的装饰涂料，数千年来沿用至今。那时，我在宁夏农村举目望去，几乎无一不是古代场景的再现。犁田还用"二牛抬扛"，连犁头也是木制的，春种秋收、脱粒扬场等等农业劳动,都和汉唐古墓刻石上的"农家乐"一样,洋溢着原始的纯朴。土坯房里虽然味道难闻,可是田野上纯净的空气仿佛争先恐后地要往你鼻子里钻,不可抗拒地要将你的肺腑充满;天蓝得透明,让你觉得一下子长高了许多,不用翅膀也会飞起来。

我终生难忘第一次看到黄河的情景。正在夏日,那年雨水充沛,河水用通俗的"浩浩荡荡,汹涌澎湃"来形容再恰当不过了。在河湾的回流处,一波一波旋涡冲刷堤岸的泥土,不时响起堤岸坍塌的轰隆声,使黄河在晴空下显得极富张力,伟岸而森严。岸边一棵棵老柳树,裸露的根须紧紧抓住悬崖似的泥土,坚定又沉着,表现出"咬定青山不放松"的顽强。移民们都是北京市民,在旧社会混过事儿的,虽然不会农业劳动,却会玩耍,不乏会钓鱼的人。他们用一根细木棍(宁夏没有竹子)系根棉线,棉线一端再挽根弯铁丝,连鱼饵都不用,垂在河湾浅滩边上,居然能把几斤甚至十几斤的鲤鱼鲇鱼钓上来,令我煞是羡慕。

我们用的水是从井里打上来的,一次我打水时不小心把木桶掉在井里了。政府给我们移民只发了生产性的农具,除铁锹、锄头、镰刀外别无长物,用什么东西把水桶捞上来呢? 我只好到不远处的一个农村去借钩子一类的器具。宁夏人把村子叫"庄子"。进了庄子找到一户敞着门的人家,见两个穿对襟系绊小褂的小媳妇盘腿坐在炕上缝被子。我说:"对不起,我想借你们的钩子用一下。"没想到两个小媳妇先是互相惊诧地对望了一眼,突然笑得前仰后合,连声叫"妈哟肚子疼"! 然后这个推那个,那个搡这个,"你把你钩子借给他","你才想把你钩子借给他"……两人并不理会我,在炕上嘻笑着互相撕扯起来。我在一旁莫名其妙,她们家用树杈做成的钩子明明放在门边的水桶上,不借就不借,有什么可笑的呢? 当然最后她们懂得了我的意思,一个年纪大点的小媳妇红着脸扭扭捏捏地下了炕,别过脸把钩子递到我手上。在我还钩子的时候,她们又笑得拍手跳脚。后来,我才知道,宁夏方言口语中把钩子的"钩"说成"须",钩子在口语

5

中叫"须子"或"须须子"。"钩子"的发音与"沟子"相同，而"沟子"在宁夏方言中却是屁股的意思，比如普通话中的"拍马屁"，宁夏人说是"溜沟子"。向一个女人借"沟子"，无疑是严重的性骚扰，上海人说"吃豆腐"，宁夏人叫做"骚情"。

宁夏的自然和人情，对一向生活在大城市的我，完完全全弥补了失落感。况且，我在大城市也不过是一个既无业、"出身成份"又不好的"贱民"。宁夏的空阔、粗犷、奔放及原始的裸露美，竟使我不知不觉喜欢上它。并且，这两个面色红润的小媳妇的笑靥，给19岁的我印象之深，从此决定了我对女人的审美标准。直到今天，我还是比较欣赏有点乡土味的质朴的女孩子。

这个我原来非常陌生的地方，竟成了我半个多世纪一直到今天还在此生活的家园。

二

宁夏在春秋战国时期是"化外番邦"，是西戎人的聚居地。秦代列入中央政权管辖，自汉代设"郡"，称为"朔方"。公元1038年至1227年，党项贵族凭借宁夏地区雄厚的经济力量，建立起以"兴庆府"即今日的银川市为中心的"大夏国"，统治了现今甘肃、宁夏、内蒙、陕西、青海部分地区近两百年之久。"大夏"曾是中国的一个强大王朝，与宋王朝和辽国鼎足而立，还以汉文字为基础独创了一套文字系统。"大夏国"公元十三世纪被蒙古消灭。成吉思汗就死在宁夏境内和"大夏"的战争中，所以蒙古人攻占这一片土地后实行了种族灭绝政策，不仅把党项族人赶尽杀绝，彻底焚毁了夏王朝的宫殿陵墓，还丝毫不留地消灭了党项人创造的文化。辉煌了一个多世纪的大夏王朝和党项族从此在历史上仿佛是一片空白，这就是今天宁夏的旅游业能打出"神秘西夏"品牌的原因。

清朝时期宁夏还是一个"府"的建制，归甘肃管辖。到辛亥革命后的民国才开始作为一个行省。到 1953 年,国务院又将宁夏省撤消并入甘肃省,宁夏省全境成为甘肃省的"银川专区"。所以,我当时不是移民到宁夏,而是移民到甘肃的。

宁夏离长安、洛阳、开封、南京、北京这些历朝历代的政治经济中心较远,一向被看作"边陲之地",也一直是历朝历代移民的目的地。即使今天占宁夏人口三分之一的回族,也是从唐代开始陆续从中亚细亚辗转迁徙过来的,特别在取代了元朝统治的明朝,中央政权从江浙一带迁移来大量人口"屯垦戍边",所以说,宁夏基本上是一个移民构成的地区。有关宁夏的各种版本的地方志上,都注明此地"有江左遗风"。移民构成的地区最大的特点是开放,没有排外意识,有点像美国的西部。不管是北京来的,江浙来的,山西河南、陕西甘肃来的,所有到这里的人很快就融为一体,不分彼此了。我和我母亲、妹妹到了宁夏的黄河之滨,并没有感到什么特别的不习惯,移民群体中哪家都有"污点",谁也别说谁,再没有在北京经常遭受的冷眼,所以反而有一种解放感。

今天的宁夏首府城市银川市,那时是银川专区的行署所在地。我第一次进银川市是在 1955 年秋季。一天夜里,同村的一个移民的妻子突然肚子疼得满地打滚。这个移民是个知识分子模样的人,原先在旧政府里做过事。乡里尽管都是"北京之星",却没有一个有医疗常识的人,更别说医务所了。我们几个帮忙的人七手八脚用木棒绑了付担架,拉来两头毛驴,前一头后一头,将担架驮在驴背上,找个老乡给我们领路,就往银川市去求医。那夜没有月亮,天很黑,而我们连手电筒也没有,逢沟过沟,遇坎跨坎,深一脚浅一脚地在无路的田野中穿行,前面那头驴的尾巴不停地扫着病妇的头。颠簸了几个小时,天蒙蒙亮的时候,老乡向前一指说,"银川快到了。"我们这才隐隐约约地看到有一条黑咕咙咚的仿佛土墙的东西横在前面,果然那就是银川市城墙了。

天渐渐亮了,晨风徐来,空气格外清新,这时病妇的精神居然好

7

了,肚子也不疼了,从被窝里伸出头,在驴屁股后面竟然唱起了歌。唱的是二十世纪三十年代著名作曲家陈歌辛作的流行歌曲《凤凰于飞》,这首歌曾风靡大江南北,家喻户晓,也是我少年时很喜欢的一首歌。歌中唱道:

> 柳媚花妍　莺声儿娇
> 春色又到人间报到
> 山媚水眼　盈盈地笑
> 我也投入了爱的怀抱
> 分离不如双栖的好
> 珍重这花月良宵
> 分离不如双栖的好
> 珍重这青春年少
> 像凤凰于飞在云霄　一样地逍遥
> 像凤凰于飞在云霄　一样地轻飘

病妇在旧社会的北平当过舞女,歌喉婉转而娇柔。别人都在急急赶路,又困又疲乏,对歌声无动于衷,而我好像一下子在晨光中腾飞起来,耳边响起交响乐的华彩乐章在时空中穿行。飞呀飞呀! 游呀游呀! 觉得自己像凤凰似的有一种通贯全身的自由逍遥! 当时,这算是首黄色的反动歌曲,但我弄不明白它究竟反动在哪里。

而巧合的是:银川自古以来就有"凤凰城"的美称,凤凰直到今天还作为银川市的城标高耸在环城路的转盘中间。当然,我们那时不知道,病妇更不会知道。后来回想起来,觉得好像真有什么鬼使神差:我们一行风尘仆仆、衣衫褴褛、赶着瘦驴、护着担架的外来移民,在朝霞中伴着《凤凰于飞》的歌声进入了"凤凰城"。四十多年后,中央电视台来我这里做系列专题片《一个人和一座城市》,我就将反映银川市的这一集命名为《凤凰于飞》。

　　1959年9月，宁夏从甘肃省划出单列为回族自治区的时候，我已经成了《人民日报》点过名的"右派分子"在农场劳动改造了。成立自治区的那天夜里，我们劳改犯人还在田间"夜战"，一个个"面朝黄土背朝天"，撅着屁股割水稻。想抬起头看看远处沉浸在欢乐中的银川市放的五彩缤纷的烟花，就会招来队长一顿臭骂。我们明白了：这里，就在我们立足的这一方土地，究竟归什么地方管辖，它叫"宁夏"还是叫"甘肃"，都与我们无关了。

三

　　宁夏与我真正结下不解之缘并不是在长达二十二年的劳改时期。那时，在中国任何一个地方劳改都一样，"天下老鸹一般黑"，我不论跑到哪个省区市县乡都逃不脱出生入死的命运。也许是我彻底平反重新执笔写作以后，成为一名作家，有更多的诱惑让我离开宁夏，我的祖籍江苏、我青少年时期居住过的城市包括北京，都有单位向我招手。我也曾动摇犹豫过。进入八十年代，宁夏已非五十年代的宁夏，黄河已非五十年代我初识的黄河。宁夏人口从不足一百万膨胀到近六百万，与全国其他所有城市相同，在现代化进程中失去了原始质朴的面貌，变得摩登时尚起来。很多朋友来宁夏，都会惊奇在他们印象中偏僻荒凉的地方竟也如此"现代"。而他们赞赏的东西在我这个老宁夏人来看，却是我失去的东西。一切都随风而去了。我把青春全部埋葬在这里，埋葬我青春的土壤却被剧烈地翻动而使我的灵魂不安，再迁移到任何一个地方去都无所谓了。但命运却给了我这么一块土地，终于牢牢地将我固定在这里。

　　这个地方叫"镇北堡"。

　　我想，再没有一个作家像我这样，不但改写了一个地方的历史，还改变了一个地方的地理面貌和人文景观，使周围数千人靠它吃饭。

9

镇北堡虽然不大，却对宁夏非常重要，现在已经被宁夏领导人和老百姓称为"宁夏之宝"，是宁夏首府银川市唯一的国家 AAAA 级景区，各种媒体包括中央电视台的"新闻联播"，凡介绍宁夏一定会将"镇北堡西部影城"列为首选之一。我常常觉得这比我在文学创作上的成绩还值得欣慰。

第一次到镇北堡在 1962 年春。1961 年 12 月，我第一次劳改释放，经过"低标准瓜菜代"饿死了数千万人的全民大饥荒，我万分侥幸地活了下来。公职早被开除了，释放了也不能回原单位工作，只能听从分配到银川市郊的南梁农场当农业工人。两个农场是紧邻，只隔一条渠沟（22 年中我就在这条渠沟间过来过去，反复劳改反复就业），但场部与场部之间却有五十多里远的广阔的田野，步行要六七个小时。从劳改农场到南梁农场的路途，完全和我的小说《绿化树》中所描写的相同。到南梁农场报到时已是黄昏，傍晚又被分到生产队。队长看我这个年轻人骨瘦如柴，风也吹得倒，再叫我到农田劳动等于要我命，就叫我去看管菜窖。北方地区冬季不生产蔬菜，在秋天就需把萝卜白菜土豆这类可以储存的蔬菜窖藏起来，以备整个冬季食用。萝卜白菜土豆自己不会跑，派人看管是怕人偷，可是我就监守自盗，首先偷吃起来。我甚至认为队长的用意就是叫我偷吃，和今天某些贪官体会领导的意图相似。每天，进了菜窖，先用镰刀切满满一脸盆白菜土豆放在土炉子上煮。我的破脸盆既洗脸又洗脚洗衣服，还用来煮菜，用现在的词语可叫"多功能盆"。开始享受的时候只知道拼命往肚子里填，大快朵颐。吃了几顿就觉得寡味的蔬菜噎在嗓子眼难以下咽，吃多了还会发呕，才发觉盐对人的重要，难怪历朝历代政府都要垄断食盐贸易。

到哪里找盐呢？我就业的南梁农场有个小卖部，但就为了防止农工偷来蔬菜在自己家里开小灶，偏偏不卖盐，让我不得不佩服经济的高度垄断与专制政体配合得天衣无缝。问农场的老住户，说是农场南边有个叫"镇北堡"的地方有个集市，可以到那里去碰碰运气。

于是我就在一个难得的假日去镇北堡赶集。反正到处是荒野,连一条羊肠小道也没有,一直往南走就行了。

这里,为了介绍镇北堡当年的面貌,我要引用小说《绿化树》中的一段文字。小说中这段文字完全是写实的,只是因为文学创作的需要把"镇北堡"改成了"镇南堡"。小说中这样写道:

> 镇南堡和我想象的全然不同,我懊悔一上午急急忙忙地赶了三十里路,走得我脚底板生疼。
>
> 所谓集镇,不过是过去的牧主在草场上修建的一个土寨子。坐落在山脚下的一片卵石和砂砾中间,周围稀稀落落地长着些芨芨草。用黄土夯筑的土墙里,住着十来户人家,还没有我们一队的人多。土墙的大门早被拆去了,来往的人就从一个像豁牙般难看的洞口钻进钻出。但这里有个一间土房子的邮政代办所,两间土房子的派出所,所以似乎也成了个政治经济中心。今天逢集,人比平时多一些,倒也熙熙攘攘的,使我想起好莱坞所拍的中东影片,如《碧血黄沙》中的阿拉伯小集市的场景。
>
> 我先到邮政代办所给我妈妈发信,告诉她老人家,我的处分解除了,现在已经成了名副其实的工人,成了"自食其力的劳动者";我吃得很好,长得很胖,晒得很黑,人人都说我是个标准的身强力壮的小伙子,就像苏联一幅招贴画《你为祖国贡献了什么》上的炼钢工人。
>
> 我没有钱,但有很多好话寄给我妈妈。
>
> ……
>
> 邮政代办所门口贴着一星期前的省报。省城的电影院在放映苏联影片《红帆》。我知道这是根据格林的原著改编的。啊,红帆,红帆,你也能像给阿索莉那样给我带来幸福吗?
>
> 我走到街上。这条街,我不到十分钟就走了两个来回。商店里只有几匹蒙着灰尘的棉布,几条棉绒毯子,当然还有盐。熏

11

黑的土墙上，贴着"好消息新到伊拉克蜜枣二元一斤"的"露布"，红纸已经变成桔黄色。问那煨着火炉的老汉，果然是半年以前的事了。

集上有二三十个老农民摆着摊子，多半是一筐筐像老头子一样干瘪多须的土豆和黄萝卜，还有卖羼了很多高粱皮的辣面子的。有一个老乡牵来一只瘦狗似的老羊，很快被附近砂石厂的工人用一百五十元的高价买走了。我估摸了一下，它顶多能宰十来斤肉。我一直把那几个抱着羊的工人——奇怪，他们不让羊自己走——目送出洞门口，咽了一口口水，才转过脸来。肉，我是不敢问津的。

我的目标是黄萝卜，土豆都属于高档食品。我向一个黄萝卜比较光鲜的摊子走去。

"老乡，多少钱一斤？"

"一块搭六毛。"老乡边说边做手势，好像怕我听不懂，又像怕我吃惊。

我并不吃惊，沉着地指了指旁边的土豆：

"土豆呢？"

"两块。"

"哪有这么做买卖的？土豆太贵了。"我咂咂嘴。

"贵？我的好哥哥哩，叫你下地受几天苦，只怕你卖得比我还贵哩！"

"你别耍你巧嘴嘴了！"我用上了向那女人学来的一句土话，"我受的苦你人老八辈子都没受过，你信不信？"我瞪着眼问他。

"嘿嘿……"他干笑着，似乎不信。

"我告诉你吧，"我冷笑一声，"我是刚从劳改队出来的。"

"啊、啊！那是，那是……"老乡流露出畏惧的神色。

"怎么样，土豆贱点？"我突然故意把逻辑弄乱，话锋一转，"人家都是三斤土豆换五斤黄萝卜哩。"

"哪有这个价钱?"他的畏惧还没有到贱卖给我土豆的程度。正因为这样,他即刻钻进了一个微妙的圈套。"你拿三斤土豆来,我换你五斤黄萝卜哩。"

"当真?"我表面上冷静,而心里惴惴不安地叮问了一句。"当真!"老乡表现出一种很气愤的果断,"三斤土豆换五斤黄萝卜还不换?!"

"行!"我放下背篓,"你给我称三斤土豆。"

我先把钱付给他——我们昨天每人领了十八元,干了一天就领全月工资,真好!老乡取出自制的秤。我们俩又在挑拣上争了半天。称好后他倒到我的背篓里。我说:

"给,我这三斤土豆换你五斤黄萝卜。"

老乡连思索都没有思索,称了五斤黄萝卜给我。我把土豆倒回他的筐里,背起黄萝卜就走。

我得意洋洋,我的狡黠又得逞了!

那天,我当然还买到了盐,是与宁夏相邻的内蒙古吉兰泰盐池晒出的土盐,宁夏人叫做"大青盐"。一块块比拳头还要大,最小的颗粒也和鸽子蛋差不多。我只能买一点麻袋底下的碎碴,一把碎碴就要一元钱,这么算来,今天的物价好像还不太贵。土盐里含有大量的硝,其他的有害物质也肯定超标,但在那年月,我只见过饿死的人,从来没听过有人因食品污染中毒而死。

这里,需要说明的是:我写《绿化树》的时候还没有开始创办镇北堡西部影城,对镇北堡还没有研究,错把镇北堡当作"牧主在草场上修建的一个土寨子"。其实,镇北堡是明、清两朝在西北边陲陆续修筑的两百多座兵营中的一座,是一处军事建筑物。"堡"有三种读音,一是"bǎo(保)",意思是土筑的小城,"据险筑堡以自固",即边防戍塞;一是"bǔ",常用为地名,又念"pù",与"铺"相通,本为"驿站",也用为地名。镇北堡原是边防戍塞,"堡"应该念"保",但辛亥革命后

13

清兵作鸟兽散，城堡的防御功能完全丧失，很快被周边老百姓占据，军事要塞民用化了，天长日久，堡垒的"堡"也就逐渐念成了作为地名的"bǔ"。所以，宁夏人都知道"镇北堡(bǔ)西部影城"，如果你叫出租汽车说到"镇北堡(bǎo)"，司机就知道你是外地人。

1962 年春我第一次去镇北堡的时候，正如《绿化树》中写的它"坐落在山脚下的一片卵石和砂砾中间，周围稀稀落落地长着些芨芨草"。这里所说的"山"即贺兰山。那时，镇北堡方圆数十里是一望无际的荒滩。没有树，没有房屋，没有庄稼，我从我就业的南梁农场到镇北堡，途中除了蜥蜴就没有其他动物。宁夏人形象地把蜥蜴叫"沙扑扑"，它在沙滩上打洞居住，像蛇一样爬行时发出"卟卟"的声响。我正在荒无人迹的沙滩上孤独地走着走着，走了大约三十里路，眼前一亮，两座土筑的城堡废墟突兀地矗立在我面前。土筑的城墙和荒原同样是黄色的，但因它上面没长草，虽然墙面凹凸不平却显得异常光滑，就像沐浴后从这片沙滩中一下子冒出地面，在温暖的冬日阳光下显得金碧辉煌。镇北堡给我的第一印象是美的震撼，它显现出一股黄土地的生命力，一种衰而不败、破而不残的雄伟气势。

可以想象，原来作为军事要塞的镇北堡里面应该是有很多规模化建筑的，但大概在清兵解散以后，堡内所有建筑物都被附近老百姓拆得一干二净，连城门垛的砖也拆得一块不剩，所以我形容它"来往的人就从一个像豁牙般难看的洞口钻进钻出"。堡内的"邮政代办所"、"派出所"是民国时期盖的土坯房，牧民的房屋就更加简陋了。歪七扭八地随意搭建了一些羊圈，实际上，当时的镇北堡整个就是一座大羊圈。我去赶集那天，镇北堡里面也没有多少人活动，充其量不到二百人，也没有多少摊点，只有那么二三十个瘦老头在卖和他们一样干瘪的土豆黄萝卜。可是，有那么多卖东西的摊点，有那么多人熙熙攘攘做生意，在刚劳改释放的我眼中，简直比今天城市里的"步行街"还热闹，令我仿佛一下子进入了另一个世界，耳边还似乎响起了拉威尔的《波莱罗舞曲》那种带有阿拉伯风格的音乐，于是让我联想

到好莱坞拍摄的中东电影。这里要说明的是，《碧血黄沙》并不是以
阿拉伯为背景的电影，而是一部描写西班牙斗牛士的电影，但奇怪的
是第一个进入我脑海中的影片名就是《碧血黄沙》。在那样一个残酷
的年代，尽管没有战争却饿死了几千万人的年代，艰难地跋涉在这一
片黄沙之上，展开的任何想象都会自然地带有死亡的血色。还有，现
在的读者可能不理解，砂石厂的工人买了羊为什么不牵着让它自己
走，却要像抱娃娃一样抱着它，很简单，叫只有十几斤肉的老羊自己
走到砂石厂，至少又会减掉二两肉。每一个中国人在那个年代计算
得都非常精明，所以我下面虚构了一段小说主人公"我"，用卖方的一
种商品换同一卖方的另一种商品而获得价格差的故事。

　　一切都因偷吃蔬菜而起，都因买盐而起，我这一次赶集，改变
了镇北堡的命运，决定了镇北堡的前景；从当前最强大的经济支柱
之一的旅游业上说，我这次赶集，也决定了今天宁夏旅游线路的
布局。

　　一撮盐，竟对宁夏起了这么大的作用。

四

　　为什么说我改变了这个地方的命运呢？因为在宁夏范围内像镇
北堡这样明、清时代修筑的边防戍塞不止一处，"文革"前，仅银川市
附近至少就有四座，有的比镇北堡保存得还完整。如果那天我不是
去镇北堡赶集而是去另一个同样的古堡赶集，那么今天繁荣的就不
是镇北堡而是其它什么"堡"或"营"了。

　　据史料记载，明朝从弘治到万历年间，即明孝宗皇帝到神宗皇帝
这一时期（1488—1619 年），明朝中央政府一方面在西北地区大修长
城，即包括嘉峪关在内的现在所称的"明长城"，同时还沿着黄河与贺
兰山之间狭长的平原地带修建了许多"关隘"，以防蒙古部族入侵。
那时，宁夏最重要的军事重镇是中卫县以东的胜金关。《银川小志》

说："胜金关在中卫东六十里。山河相逼，一线之路以通往来。一夫扼之，万夫莫过，诚卫之吭也。弘治六年参将韩玉筑，谓其过于金陵关，故名。"取名胜金关的意思是其坚固程度胜过了南京石头城的金陵关。韩玉将军从胜金关开始修筑"关隘"，向北逶迤到贺兰山东麓这处天然屏障，分为"南路"、"西路"、"北路"。"南路"的"隘口"有 10 处，西路的"隘口"有四处，北路的"隘口"有十七处。位于贺兰山下的镇北堡就属"北路"中的一座。如果今天这十七座军事要塞都完好无损，我们站在贺兰山上就可看到它们都能遥相呼应，彼此支援。韩玉将军的布置还是非常符合军事科学的。

可能就因为有这么严密的军事布防，对外敌有强大的威慑作用，宁夏这条战线始终与蒙古部族相安无事，所有的"关隘"包括镇北堡在内都没有经历过一次战争。原先修筑得非常坚固的长城、兵营、要塞、城堡还有放狼烟的斥堠，就在风雨时光中渐渐消融。辛亥革命后，更变成农牧民的居住点。1949 年再一次革命以后，在"广积肥多产粮"的号召下，农业社员纷纷把城墙土挖下来当肥料撒到地里，耸立的城堡又一点点溶化进黄土地（宁夏人有把久经日晒的土当肥料的习惯）。1958 年"大跃进"时，公社社员（农业社员变成公社社员了）竟在残存的城堡的墙体上挖出一个个垂直的大洞当作"土高炉"，燃起煤火来"大炼钢铁"。到了"文化大革命"，这些旧时代的遗物更成了眼中钉，对它们的破坏不遗余力，一座座城堡连同很长一段古长城都被"革命"掉了，坚固程度超过南京金陵关的中卫胜金关也不见了踪影。

现在，只有在当时的"革命"波及不到的偏远地区还残留了几座古堡，但也都体无完肤。镇北堡之所以幸存就在于它坐落在一片荒凉之中。我上世纪六十年代发现它时虽已残破不堪，像我在《绿化树》里描写的那样，二十年后的八十年代我将它介绍给电影界时，也并没有更加残破，可见它还躲过了"文革"的浩劫。而在西北地区包括宁夏的所有如镇北堡一样的要塞古堡中，现存的镇北堡有其不同于其他古堡的特点。古代军事要塞或牧主地主军阀修筑的城堡,全都是独立的一座,唯独镇北堡是两座,一座比较完整,一座是废墟。原来,明代的镇北堡巍然屹立了两百多年后的一天,到清朝乾隆三年十一月二十四日,即公元 1739 年 1 月 3 日,宁夏突然发生了强烈地震。《银川小志》里记载:"是夜更初,太守方宴客,地忽震,有声在地下如雷,来自西北往东南。地摇荡掀簸,衙署即倾倒。太守顾尔昌,苏州人,全家死焉。宁夏地苦寒,冬夜家设火盆,屋倒火燃,城中如昼。地多裂,涌出黑水,高丈余。是夜,动不止,城堞、官廨、屋宇无不尽倒。震后继以水火,民死伤十之八九,积尸遍野。暴风作,数十里皆成冰海。宁夏前称'小江南',所谓'塞上江南'也。民饶富,石坊极多,民屋栉比无隙地,百货俱集,贸易最盛。自震后,武臣府第,如赵府、马府,俱不存,地多闲旷,非复向时饶洽之象。"现在读起来还凛然发悚,连我的江苏老乡顾尔昌太守都"全家死焉"。市民死伤百分之八九十,在世界地震史上也算最高的死亡率。从此号称"塞上江南"的宁夏元气大伤,直到今天还是经济比较滞后的地区。读了地方志我才知道银川市原来"石坊极多",可是今天跑遍全城再也找不到一座了。

"有声在地下如雷,来自西北往东南。"镇北堡正在银川市的西北方,首当其冲受到毁灭性的破坏,八米厚的城墙连同城门楼及城内所有的建筑物几乎全部坍塌,作为要塞的防御功能也随同消失。然而,我们从明朝韩玉将军"北路"的布防卫上可以看出,镇北堡所在地正是军事要冲,所以"北路"的戍塞竟有十七座之多。到清代,此地仍有不可替代的军事价值,于是在乾隆五年,就在原镇北堡的旁边不到两百米的地方,又修筑起一座同样的城堡,统称为镇北堡。

可以想象,当年被地震摧毁的边防戍塞不止镇北堡一处,"北路"的十七座中肯定还有受灾的城堡。可是其他受灾的边防戍塞仅仅做了些修复工程,有的还因满清与蒙古的关系已与明朝时期不同干脆撤销了建制,唯独镇北堡又建了一座新城堡。两百多年前乾隆皇帝就给今天的镇北堡西部影城打下了基础。

一片荒凉,两座废墟,构成了今天的镇北堡西部影城。

五

镇北堡给我的深刻印象一直在我脑海中萦绕不去,《绿化树》中到"镇南堡"赶集的一章可说是专为镇北堡写的。我总觉得它巍然挺拔在一片荒原上,背后衬托着碧空白云,那种残破而不失雄伟的气势是一幅优美的画面,特别有银幕上的审美价值,所以进入古城堡时才会联想到好莱坞电影。1980年,我平反后分配到宁夏文联工作,恰巧广西电影厂的导演张军钊要拍根据郭小川长诗改编的电影《一个和八个》,摄制组从陕北采景一路跋涉到宁夏,都没有找到理想的地方。到银川,他们请宁夏文联的干部协助他们找。文联干部也不清楚宁夏境内有什么古城堡,想起我是刚从农村上来的"出土文物",就向我打听。我就把镇北堡介绍给文联干部,叫人领摄制组去看。这一看,就看上了。《一个和八个》是镇北堡拍摄的第一部电影,这部电影现在被电影评论家评为第五代电影导演的开山作,是所谓新时期电影的经典之一。谁也想不到中国当代明星竟一个个冉冉地从这座城堡的废墟中升起。当年默默无闻的电影学院的学生陈道明现在已成了"国际级影星",陶泽如也是"大腕"了,而张艺谋那时不过是个默默无闻的摄影师。

从此,镇北堡与电影电视结缘。谢晋要拍根据我的小说《灵与肉》改编的电影《牧马人》,我也领他们到这里;原西安电影厂厂长、著名导演吴天明要拍我的小说,我也把他带了来。那时电影场景一般都搭制在电影厂的摄影棚里,需要外景,就到工厂农村城市山野找个合适地方,还没有专为影视拍摄而建的拍摄基地,现在四处都有的影视城是在八十年代中后期才建成的。于是,镇北堡以其古朴、荒凉、原始、粗犷的独特面貌,成了最理想的以中国西部为背景的影视片的拍摄场所。我来赶集时它给我留下的印象,竟然和影视艺术家们"英雄所见略同"。从《一个和八个》开始,谢晋的《牧马人》、《老人与狗》、腾文骥的《黄河谣》、《征服者》、陈凯歌的《边走边唱》、张艺谋的《红高粱》、冯小宁的《红河谷》、《黄河绝恋》、黄建新的《五魁》、《关中刀客》、何平的《双旗镇刀客》等等,还有许许多多有的在大陆放映、有的没在大陆放映的港台影视剧组千里迢迢跑来取景。其中最著名的一部应是刘镇伟、周星驰的《大话西游》上下两集《仙履奇缘》和《月光宝盒》,现在已被称为"二十世纪后现代的经典"。第一部到中国本土来拍摄的韩剧,也是以镇北堡为背景的。那部电视连续剧叫《战争与爱》,可惜没在大陆电视台播放,不然也会汇入到"韩流"当中。

　　这里顺便说件《大话西游》的轶事,据我手下的工作人员说,著名导演刘镇伟来镇北堡拍《大话西游》时根本没有像大陆导演那样有个已完成的剧本,只有一个提纲。到了镇北堡正式拍摄时,刘镇伟看到这个景好,就临时调动周星驰、朱茵、莫文蔚、吴孟达等等演员"加一场",后来被他看上的景非常多,就"加"个没完没了,本来只计划拍一部的变成了两部。可见这座古堡废墟对艺术家的吸引力。

　　乾隆五年重修镇北堡这座边防戍塞时,为什么不在震塌的地基上就地取材,而要耗费人力财力物力在它旁边另建一座新城堡呢?其实,当时以清朝和蒙古的关系来讲已没有加强边防的必要。当地老百姓有个传说,原因就是修建城堡前按过去的习俗请了位风水先生来勘测风水,风水先生一看,这里有三条自然泄洪沟环绕,如在倒塌的城堡旁边隔水再建一座,正好形成一幅太极图,新旧两座城堡就是一对阴阳鱼。据说,风水先生预言,此地暗合太极,背后是贺兰山,被山环抱,成"卧龙怀珠"之势,风水极佳,是块吉祥宝地,将来必出帝王将相。可是,到清朝垮台,镇北堡连个秀才连长都没出来,住户代代受穷,老子放羊,儿子放羊,孙子还放羊,要不是我为了建设镇北堡西部影城妥善地重新安置了他们,改善了牧民的生活生产条件,他们至今还在放羊。然而,到上世纪八十年代我把它介绍给电影界后,所有今天称为"影帝影后"的明星,包括几乎囊括了港台"影帝影后"、由著名导演王家卫执导的《东邪西毒》,都要来镇北堡。这座残破的土堡竟然成了中国影视界的圣地。

至今,镇北堡已拍摄了八十多部电影电视。中国改革开放后的电影就是从镇北堡登上国际影坛的;从上面列举的影片可以看到,有许多影星就是在这里开始他们的从影生涯以后进入"国际级"的,除了前面说的张艺谋(《红高粱》是张艺谋导演的第一部电影)、陈凯歌、陈道明,还有今天已名闻遐迩的葛优、姜文和巩俐。我当年为偷来蔬菜自己悄悄煮着吃非得去买一撮盐的破败的土城堡废墟,如今竟然到处星光灿烂,一连串数不胜数、让"追星族"神魂颠倒的名字都与镇北堡有关系。镇北堡成就了他们,镇北堡也因他们的成就获得了"中国电影从这里走向世界"的称誉。也就是因为银川市有镇北堡西部影城,才能在众多争办"金鸡百花电影节"的城市中夺得 2004 年"金鸡百花电影节"的举办权。

今天的镇北堡已经成了宁夏回族自治区首府银川市外来游客的计量器,银川市一年来了多少外地人,从镇北堡西部影城的游客量就能统计出来。

我不想在这里唠唠叨叨地叙述创建镇北堡西部影城的艰辛,那和我的劳改生活一样是我一段珍贵的生活积累,可说"寒天饮冰水,点滴在心头",况且人们只喜欢观赏景物,并不太在意景物的制作过程。不过,我还是想在这里引述蒋子龙的一段话。子龙虽是我的好友,但谁都知道他是不轻易夸奖人的,在这里召开"中国作家协会第六届第八次主席团会议"时他来了镇北堡西部影城,他写下这样的话:

> 在我参加过的中国作协的会议中,这是最具精神冲击力的一次。这冲击力来自张贤亮兄,因为零距离地感受了中国文坛

上独一无二的"张贤亮现象"，或曰"张贤亮效应"。在这样一个多元化的时代，能创造一种令世人瞩目的现象，形成一种强烈的文化经济效应，非常难得，堪称是一种奇迹。是宁夏这片土地成全了他的文化世界，他的文学才华又成全他创造了"荒凉中的神话"。宁夏称他是"宁夏之宝"，同时他也是当代中国文坛上的一宝、一绝！

子龙会说这样的话，我就感到满足了。

实际上，镇北堡西部影城可说是我的另类文学作品。

我也不想详细描绘今天镇北堡的图景，镇北堡西部影城一年一个变化，即使我在写这篇文章的时候它也在变。镇北堡西部影城范围内有大大小小一百多处场景。来宁夏视察的国家领导人、省部级官员和名人都要到此一游，都曾留下题词或签名，这里只举文化部部长孙家正的一句话，我认为他的话是给镇北堡西部影城最好的褒扬，也等于权威鉴定。他的题词是：

真好玩！

六

一座荒凉的土城堡废墟有什么"好玩"？这种土城堡遍布西北各地，俗称"土围子"。即使拍了一些著名影片，也只是留下些土房、小院、栅栏、作坊、街景、楼台罢了。影星们虽然灿烂，也仅像流星似的在空中一闪而过，人去楼空。不像好莱坞的"环球影城"，用科技手段打造出的那些场景：山崩地裂、房屋燃烧、洪水猛兽、海中鲨鱼、星球大战、刀光剑影、空中飞行……种种惊险的电影场景让游客有身临其境的感觉。我早在1985年就去好莱坞"环球影城"参观过，1992年底我一开始创办镇北堡西部影城的时候就知道，不要说我没有能力建造那样的影城，整个中国当时都没有条件打造那种主题公园。一个作家有多少钱？我把我译本的外汇版税抵押给银行，加上少量"集资"一共只有区区七十八万元。七十八万元人民币，还不够盖一间公共厕所，而这就是我创办一个旅游企业的启动资金。于是我只有另辟蹊径，走一条具有"中国特色"的路子。首先，我特别注意保持镇北堡的原生态，它本来是座残破的古堡，就让它继续以其残破的面貌展示给众人。需要维修的地方，譬如《绿化树》中描写的那"像豁牙般难看的洞口"，再不修复就会塌下来砸伤人。我是怎样修的呢？宁夏固原地区在"文革"中拆毁了明代的城墙，城砖全部流落到老百姓家里盖院墙砌猪圈用了。我就叫人去从老百姓手里一一收购回来，用明朝的砖修清朝的城，不仅"修旧如旧"，简直比"旧"还要旧。为了保持镇北堡原来的地貌，在游客游览的三百多亩面积的范围内，上水、下水、电力、暖气、通讯设备等等线路，全部埋入地下，地下铺设的各种管线纵横交错有八千多米。一百多处景点内部都有现代设施，但外观上游客看不见一点现代的痕迹。

　　到镇北堡西部影城来拍摄的每部影片都会留下一些由摄制组搭建的场景。他们当然首先是看上了这里的原始、古朴、荒凉，所拍的影片肯定是古代题材的，搭建的场景自然也要和镇北堡的原生态相配，很多场景虽然简单，但都是电影美工师精心设计的艺术造型，哪怕是一个卖肉的小摊也要和古代留下的资料一模一样，并且要便于影视片的拍摄。这些艺术造型不是古代建筑物的再现，它本身就具有一定的生活气息，比其他影视城高薪聘请来仿古建筑师建造的楼台亭阁、深宅大院、皇宫王府等等专供影视拍摄的场景还要高明。当然，摄制组搭建的场景都很简陋，有很多可说是"纸糊的"。等他们拍摄完成走了以后，我看可以利用的就进一步加工，没有利用价值的就拆掉，腾出场地供下一个剧组使用。进一步加工并不是简单的加固，而是在剧组搭制的场景中加入更多更深的文化内涵。譬如张艺谋的《红高粱》里有处"酒作坊"，那本来是简陋得不能再简陋的凑合起来的棚子,我在加固完善的同时,就在里面展示出古代烧酒工艺的整个流程;腾文骥的《黄河谣》留下座"铁匠营",我也在那里再现了古代打铁的工艺;由陈红、马景涛主演的香港电视连续剧《新龙门客栈》有处"赌坊",我就搜集了所能收购到的中国古代赌具在里面集中展出。如此等等,不一而足。也就是说,镇北堡西部影城已不仅仅是一处供影视剧组拍摄影视片的基地,更是一座古代生活方式及生产方式的"另类"博物馆。所谓"另类"就在于城里陈列的瓜果梨桃,以及刀枪剑戟斧钺钩叉十八般兵器等等所有道具都可让游客玩,要织一段土布也行,想亲自操作赶毡也可以。进了镇北堡,等于通过了一段时光隧道进入到另一个时代,体验了一把古人生活,对年轻人来说,还增加了历史常识。我早就让镇北堡西部影城从一种参观型的旅游景区悄悄地转变为体验型的游乐景区,所以它才"好玩"。

23

上世纪九十年代我看了美国大片《星球大战》和《侏罗纪公园》,就发现未来的电影不会再是拍摄出来的,而会走电脑制作的路子,并且会越来越电脑制作化,根本扬弃找个外景地,拉出大队人马去现场拍摄的方式。供影视拍摄用的影视城绝对是个夕阳产业,存活期不会超过二十年。所以,一开始,我就想到要逐步地把镇北堡西部影城打造成一座"中国古代北方小城镇"。我必须使镇北堡保持"可持续性发展"。接待影视剧组,只不过为了借明星、名导的号召力,主要是借他们美工师的设计。影视美工师等于是我不花一分钱请来的设计师。初期我还要收点剧组的"场租费",本身有了知名度以后,我不仅不向他们收"场租费",还动员所有员工来伺候他们,让每个剧组都高兴而来,满意而归。因为我早有打算,下手早,我才能花较低的价钱从山西、陕西、北京、山东各地搜集来明清时代的老家具、老门窗、老雕刻、老戏台、老私塾、老的烧酒器具、纺织工具来一一替换影视美工师设计搭制的布景片及道具。在城市化和"建设新农村"中被拆除的老建筑物,我尽可能地整个搬来。有些地方有我的"眼线",我会让镇北堡西部影城内充满了真正的古董。很多老旧物具,连文化部长和国家文物局长都啧啧称奇,不知我从哪儿弄来的。现在,城堡内四处摆放着二十七口口径一公尺以上的大"太平缸",即古代灭火用具,都是明朝嘉靖三年(公元1542年)铸造的铸铁缸,与著名的清官海瑞同期。七十八万元的原始资金滚动到今天的固定资产数以亿计,证明了文化产业是特别能生产高附加值的产业。我不止搜集保存了许多物质文化遗产,还把非物质文化遗产也引进来:拉洋片、皮影戏、旧式婚礼以及各种古代制造业的工艺……2004年第十三届"金鸡百花电影节"期间,银川举办了一次"影人回家"活动,导演、影星、美工师、摄影师们乘坐的车辆还没有进入镇北堡西部影城的范围,就远远地看到斥候燃起的"狼烟"升到空中,几百名身穿明朝盔甲的士兵在路边列队欢迎,他们的车队由一匹白马引导,完全用古代的仪仗举行了一场"入城仪式"。

现在,你进了古城堡,还会听见中国其他地方已消失了的各种叫卖声,尽管所谓"影视一条街"上没有人,但一片热闹异常的叫卖不绝于耳。外面的世界越来越现代,镇北堡却越来越复古。有评论者说我在熬一锅"老汤",镇北堡的文化价值、旅游价值和经济价值都将随着时光的流逝越来越升值。作为一个主题公园,它将会越来越"好玩"!

故乡行

一

　　除了爱情,故乡也应算是文学永恒的主题。当作者以自己的童年和家庭为素材创作的时候,总会把故乡作为背景,不论故乡山秀水美或穷山恶水,在作品中总是美丽的,使人留念的。而我自己的家乡在哪里却很懵懂,虽然在各种表格上的籍贯栏里,一直填的是"江苏盱眙",可是"盱眙"究竟是什么样子我毫无印象。我1936年12月出生于南京,转年就因日寇侵略举家逃难到当时的"陪都"重庆,在重庆生活了九年,抗日战争胜利后重返沪宁两地。十三岁时因属"官僚资产阶级"被"扫地出门",父亲北上,我也就随在北京读高中。1954年父亲死于看守所,我又因"家庭问题"辍学,不得不携老母弱妹加入移民队伍,西迁到宁夏的黄河岸边。1957年被打成"右派",1958年被押送劳改队,此后二十二年间被圈在两个仅有一渠之隔的农场来来回回地反复劳动改造。"面朝黄土背朝天",眼前只有几平方米土地,偶尔抬起头来茫然四顾,常不禁有韩愈的"云横秦岭家何在,雪拥兰关马不前"的感叹。

　　到了成为一个所谓"公众人物",我的籍贯被别人关注的时候,说来惭愧,故乡"江苏盱眙"对我的成长有什么影响仍说不清楚。可是我的"第二故乡"却不少:重庆、南京、上海、北京、银川都可算一份。银川不用说了,重庆、南京、上海、北京的街道我仍相当熟悉,当地年轻人不知的旧街名我都能如数家珍。1985 年到南京领一个文学奖项时,与友人李国文、邓友梅等获奖者由张弦带路去寻过我的"故居"。虽然街市铺面变化很大,但车到"狮子桥",我马上就能认出我的出生地。原先偌大的"梅溪山庄"改建成了一座电机厂,只有儿时曾在下面玩耍的一株梧桐树依然繁茂。同样,在重庆、上海、北京等地我家曾住过的街巷胡同,我都一一去看过,站在早已面目全非的庭院或楼宇前,不禁有一种浪迹天涯不知何处是归宿的情愫油然而生。

　　其实,真正促使我去故乡盱眙的,是近年每逢旧俗的祭日给先人烧纸的习俗又悄然兴起。届时,夜间常能看到萤光燐火四处闪烁,有的人家竟把纸钱烧到人行道上,纸灰飞扬,在华灯异彩中扶摇而上,神秘且又热闹。烧纸的人们表情虔诚,有的嘴里还念念有词,在移动电话盛行的时代,仿佛正用耳机与死去的先人通话。这景象令我惆怅而羡慕。因为我不知在哪里祭祀我的父母为好。我当然不相信纸钱能供给死去的父母在阴间消费,但人死后是不是有灵魂,魂魄又归何处,都不是可以轻易下断语的人生终极问题。作为人子,父母活着时不能尽孝,他们死后又抱着"死人的事是经常发生的",死了就算了的态度,于心何忍?我父亲在看守所瘐死后没见尸体,母亲在"文革"中去世,弥留之际身边没有一个人,遗体被街道"革委会"草草火化,烟灭灰飞。至今我还时常想像母亲在最后一刻会是什么情景。父母都系出名门,"钟鸣鼎食"之家,家破后肯定有强烈的失落感,而死时又都异常凄凉。如今我要学老百姓的纪念方式给自己的心灵一点慰藉,都不知在哪儿烧纸,这不是死者的缺憾,而是生者的遗憾了。

为了找个适当的地方纪念父母，寄托我对他们的哀思，我以为最佳选择莫过自己填写的祖籍"江苏盱眙"了。上世纪八十年代初，每到春节，盱眙县委曾把我当作在革命根据地战斗的老同志，给我发来过慰问信。由此我才知道我祖籍原是新四军军部所在地，刘少奇、陈毅都在那一带活动过。借此，我就与盱眙县同志联系，请他们帮助我打听张氏家族还有没有人在那里。果然，很快就接到来信，感谢老家的地方干部，他们不但调查到张氏家族的后人，还找到了我祖坟所在地。

二

在与家乡政府干部书信往来时，盱眙县政府曾邀请我去参加他们举办的"龙虾节"。当时我很奇怪，盱眙在洪泽湖畔，并不临海，哪来的龙虾？那次因有其他事没有欣逢其盛，也没有把龙虾放在心上。而这次刚到南京，我告诉友人此行的目的，几乎每人都惊呼"你们盱眙的龙虾是出了名的呀"！据说南京城里大大小小竟有一二百家"盱眙龙虾"馆，"盱眙龙虾"居然和"北京烤鸭"、"青岛啤酒"一样成了著名品牌。以往，当我向读者、记者、编辑及朋友说我的祖籍是"盱眙"时，绝大多数人都不知道这个地名，使我常为我老家是个名不见经传的弹丸之地而赧愧。有的人还要我示意"盱眙"两字怎么写，连我自己都将"眙"错写成"贻"。而今天，龙虾居然大大提升了盱眙的知名度，不但再没人要我在桌上一笔一划地写"盱眙"二字，并且只要我一提盱眙马上如雷贯耳，这出乎我意料，也不由得令我因龙虾而感脸面有光起来。

盱眙距南京一小时车程，下午天凉时从南京出发，到盱眙已是黄昏，还没看见故乡的容貌就吃晚饭。在餐桌上，我告诉来迎接的家乡干部在南京听见的令家乡增辉的信息，他们笑我太孤陋寡闻了，带着自豪的神情说，"盱眙龙虾"不止风行沪宁一带，还打进了北京城，大有在全国要掀起一个"盱眙龙虾风暴"之势。因为盱眙龙虾烹熟前就是红色的，所以又称为"红色风暴"，好像"星星之火可以燎原"，势必要在中国饮食业掀起一场革命似的。

未见其形，龙虾已先声夺人，待端上桌，果然气度不凡。别处吃龙虾，虽然会有各式各样花色繁多品质高低的盘子，龙虾毕竟是孤零零一个，形单影只，而盱眙龙虾是用大号脸盆往上端的，火红的一脸盆龙虾成群结队地岸然而至，居于群肴中央，首先就取得轰动效应，叫人看着就热闹喜庆。主人教我丢开筷子用手抓，两手一掰，吮其壳中之肉，我一尝，确实名不虚传，鲜美异常。手上虽戴着塑料手套，但与大脸盆配在一起，仍不失粗犷豪放的野趣，让一桌人都撇开斯文，活跃起来。这种吃法是很重要的。各国各地都有特殊的风味饮食，而形成各国各地特殊的"食文化"的并不仅仅在于所食的动植物本身。怎样烹调它，怎样吃它，吃它的方式方法包括步骤气氛，都是构成"食文化"的主要元素。所以我建议千万别放弃用大脸盆盛龙虾的方式，如果改为碟盘往上端，一大特色便丧失了。吃时与主人聊天，龙虾成了主要话题，仿佛吃龙虾是我此行的目的。

原来我想的不错，盱眙是不产龙虾的。此龙虾非"生猛海鲜"的龙虾，个头略小，大的也不超过十公分，学名叫克氏螯虾，原产于北美洲，俗称不雅，叫虫剌蛄，会让北方人联想到田野里常见的剌剌蛄，而外形却与海产龙虾相似，所以又叫"小龙虾"。一说是二十世纪三十年代由日本人引进的，一说是七十年代从海外进口木材中带来的卵繁殖起来的。饭桌上因此而展开百家争鸣。我比较倾向后一说。上世纪三十年代日本人正忙于侵略，只引进过细菌病毒，怎会在改良水产品上操心，何况我多次下日本餐馆，从未见过日本料理中有这道菜。他们自己都不吃，劳神费力地从美洲引到中国来干什么？总不至于是为了破坏洪泽湖的堤坝吧。

盱眙龙虾壳较厚，肉质虽细嫩，可是每只就那么一点点塞牙缝的实质性内容。一脸盆龙虾端上来，一脸盆虾壳端下去，酒足饭饱后好

28

像脸盆里并没有少什么。所以,与其说是吃它的肉,不如说是因烹调它的调料使它的肉汁越吮越有味道。我是一贯不吃麻辣的,但此辣非干辣,此麻非干麻,辣得很温柔,麻得让人有陶醉之感。主人介绍,这种调料名曰"十三香",其实不止"十三",要数十种野生中草药来配制,原料只产于盱眙。我还不知道,我老家盱眙产野生中药材达八百多种。至于配制调料的方法,是很"复杂"的,是别的地方"学不来""做不出"的。

在国内我到过很多地方,品尝过很多风味菜肴和小吃,如果要问厨师烹调方法,都会说是"秘而不宣"的"祖传秘方"。当初我有点反感,觉得这是中国人爱故弄玄虚的毛病,后来我才体会到这正是一种具有中国特色的饮食业的商业文化。欧洲所谓的"美食"我也尝过不少,在西欧时,打开电视,还经常看见教观众怎样做菜的节目。西方人和我们不同,喜欢公开炫耀他们的烹调方法,没有"祖传秘方"一说。尤其是法国和意大利,常以饮食大国自居,在电视上看着厨师把很简单的一点原料作料在锅里拨弄来拨弄去,虽很解馋,也很可笑。现在这种节目已传到国内,像我们在中央台二频道中所见的那样。但是,如果你照着去做肯定把材料都糟踏掉了。看起来西方人有"公开性",有"透明度",然而最后等于没有,不能落实到具体操作上的。可见烹调或说是厨艺,确实有一个因人的"手气"而异的神秘性或不可言说的秘诀,和写文章相似,没有文学禀赋的人你怎样教他都教不会的。因而,对主人强调盱眙龙虾烹制方法的神秘性,调料的特异性,离开盱眙本土便失去了独特的风味性等等"只此一家别无分号"的说法,我都欣然接受了。而且,正因为它的调制方法如此神秘,更增加了盱眙龙虾的口感,使整个吃的过程有一种寻幽探秘的趣味了。

更让我有兴趣的是:盱眙龙虾和北方的剌剌蛄一样,原是一种害虫,它长有一对和海产龙虾钳子般的螯足,在堤坝田埂上打洞既快且深,常常造成决口,害人匪浅。和麻雀蚯蚓不同,麻雀是益鸟已得到平反,蚯蚓还能起到疏松土壤的作用,这种虫剌蛄只会搞破坏,而且繁殖能力、适应能力极强,不对它们大开吃戒简直没有办法。于是老百姓从上世纪七十年代它出现时就开始把它当螃蟹的替代品吃,吃着吃着就吃出了水平,吃出了境界,吃出了特色,吃出了风格,形成了最佳烹调方法。现在我们吃的"盱眙龙虾",原来是有个反复实践过程的,是经过不断尝试、选择、淘汰、优化的实验过程的。实验室就是各家各户的厨房,实验者就是各家各户的家庭主妇。因而,盱眙龙虾虽然不像徽菜、鲁菜、淮阳菜等等名菜系那样有悠久的历史,却具有深厚的民间性,表现了群众的创造性。而这种原产于民间的家常风味小菜,却受到了盱眙县党政领导的重视,运用行政手段将它提升为振兴盱眙经济的主力军,可见家乡干部们很有现代的商业头脑和市场意识。

　　陪同我大嚼盱眙龙虾的主人都是盱眙的地方干部,生于斯,长于斯,和我一样同产于盱眙。在餐桌上我听着他们意气风发地大谈如何包装盱眙龙虾,如何宣传盱眙龙虾,如何打开全国市场,如何形成产供销一条龙,如何办"龙虾节"唱招商戏时,听着听着就悟出了我之所以能成为"下海"最成功的中国作家的内在原因。尤其是主人说的这段话可说与我"心有灵犀一点通",他说:"文化是商品的依托,商品是文化的载体,文化与商品的有机整合形成品牌,有了品牌没有卖不出去的商品,也没有卖不出去的文化。"过去,各种媒体的记者总是问我何以能将宁夏荒凉残破的古堡废墟"卖"出去,变成中国西部最具规模最有知名度的影视城的?中国至少有百分之七十以上的国土是荒凉的,其他荒凉怎么"卖"不出去呢?这样的问题真叫我难说。我自己也并不觉得我有什么过人的经商本领,一切好像是那么自然。商场如战场,兵法云"运用之妙存乎一心",而"心"即头脑的活动过程怎能说得清楚呢?正如佛学说的"言语道断",真正的道理不是语言所能表达的。这次回乡听盱眙人聊商经,我才知道,原来,我是盱眙人这点,应该是经商成功的主要内因之一。虫刺蛄是害虫,是"废",荒凉的古堡废墟也是"废",两者有相通之处,而它们恰恰都是在盱眙人手中"热卖"出去的。我以为,盱眙人天生就有一个化腐朽为神奇的本领,这本领的要点就是对文化的重视,擅长"有机地整合文化与商品"。俗话说"一方水土养一方人",盱眙的水土虽然没有养育我,但盱眙人的基因,盱眙人的遗传密码肯定在我身上起了作用。这点,因我目前生活在西北感触尤深,一对比就可明显地看出,同样的一堆废物,在西北人眼里废物就是废物,再不是其他,可是在盱眙人眼里可能就会变出许多花样,就能变废为宝,产生出高附加值来。

三

　　因小小的龙虾我竟意外地找到了"根"之所在,找到了履历表上填写的"江苏盱眙"对我成长的影响,这也应算这次回乡的收获吧。吃完了龙虾到旅店休息,当晚却下起了滂沱大雨,陪同我的家乡干部懊恼地说真不巧,明天到我祖坟去的路会很难走。长江流域不像西北地区,那里下完雨后土壤很快就干,所以西北人即使生活在农村一般都不备胶鞋,而盱眙这地方下点雨土地就变得泥泞不堪。我也觉得很遗憾,但好在我走惯了难走的路,何况这次是为表孝心而来,再难的路也得走了。然而,当第二天一大早家乡政府派来陪我的朋友准备了塑料鞋套等等接我时,天空却格外晴朗,马路如水洗般洁净,田野中的阡陌湿润而滞涩,不但很好走,走在上面心情也格外舒畅。说到这里,我就必须要谈点和盱眙龙虾一样奇妙的事了。

　　回乡路过南京的时候,我和我妹夫、宁夏美术家协会主席张少山又到湖北路狮子桥"梅溪山庄"原址去"怀旧"。"旧"早已无可"怀"了,1985年与李国文、邓友梅一起去时那里已经成了电机厂,现在又在大兴土木建造一座宾馆,名字很怪,叫"微分",像数学的术语。儿时在下面玩耍的梧桐树,在高大的"微分"包围中显得小了许多,连记忆都萎缩了,过去的时光已全然找不到依托。梧桐树旁边是"微分"的附属建筑,里面正在装修,我俩进去一看,是一处"足部反射治疗室"，就是俗称的"洗脚屋"，也没有正式开业。反正闲来无事，我们说就洗个脚歇一歇吧。经理是位盲人，向我们道歉，请我们等开业时再来。少山跟他说，这位先生就是出生在这个院子里的，我们又来自外地，能不能让我们在你这里坐一坐。盲经理一听很高兴，马上叫人给我们倒茶端洗脚水，安排服务员做"足部反射治疗"。他在一旁陪着说话，说我们是他的第一批客人，而我又恰恰在这里出生，开张就吉利，他将来的生意一定会很好云云。待我到盱眙后，与盱眙人聊天时，才得知故乡盱眙有个旧风俗：外出的家人回到家乡，进家门的第一件事就是洗脚。

虽不能说冥冥之中有天意，但不能不说是个有意思的巧合吧。

另一件事也很有意思。去我祖坟的路上，盱眙朋友让我和我妹夫顺路到盱眙的名胜、国家级文物保护单位明祖陵看看。朱元璋当皇帝后，将他父亲的陵墓建造在安徽凤阳原址，他自己的陵墓在南京，是为明孝陵。明祖陵是朱元璋高祖朱百六、曾祖朱四九、祖父朱初一的衣冠冢，据说是他当了明太祖后找了十六年才找到他真正的"根"在盱眙的。于是，从明洪武十八年开始修祖陵，到明永乐十一年基本竣工，再持续改建、扩建、翻建，到万历二十六年方告完成，前后历时二百一十三年之久，可见其工程浩大，原貌一定宏伟壮观。尽管后来明朝皇帝的陵墓很多，北京就有十三座，但我们盱眙的明祖陵总是排行老大，号称"明代第一陵"，其他明代陵墓不论规模多么宏大，都是它的子子孙孙了。

从朱元璋祖宗三代的名字来看，他就出身于没有文化的农家，所以当乞丐也好，当和尚也罢，都没有什么失落感，永远不会情绪低落，反正"失去的只是镣铐"，再折腾也不会有什么损失的，所以才能总是顽强奋斗且能冷静应变，同时，内心里先天地猜忌知识分子和以"略输文采"而自豪。虽然后来他给死去的三代祖宗都封了尊号，在史书上仍不避讳使用"百六"、"四九"、"初一"这样乳名似的称呼。

明祖陵即使在水下浸泡了近三百年，出水后仍气势恢宏，残存的

32

石雕石刻石人石马石道都表现出开国的马上皇帝的雄风。这些我都不想多描述，我要说的是：我们一行人走过石道，漫步到明祖陵正殿，即朱百六、朱四九、朱初一的衣冠冢时，我猛然感觉到这地方曾经来过。明祖陵是在清康熙十九年因黄河夺淮被洪水淹没的，直到公元 1966 年大旱才露出水面。现在别处都基本干了，墓穴的正殿因地基下陷成坑的原故，还时时有堤坝外的洪泽湖水浸透进来，形成一圈小小的池塘。堤坝外涨水时它就大一些，干旱时它就小一些，池水清澈，能隐隐约约看见水中的三座墓门。我在池塘旁站了一会儿，才想起这池塘连同周围的景物是在我梦中出现过的。这梦是最近才做的，我又是个不吃安眠药就不能入睡的人，睡着后极少有梦，做了这个景物清楚且又无情节的梦，醒来后还对人说过，所以明白无误，完全可以肯定。梦中的情景常会在现实中再现，弗罗伊德也曾有过阐释，我忘了他是怎么说的了，可是这种再现偏偏在我回故乡重修祖坟时发生，不能不让我感到诧异而值得一提。

　　愧对故乡的山水，我来亦匆匆，去亦匆匆，目的性很强，就为了重修祖坟以纪念父母，心无旁骛，盱眙其他的名胜也没时间和心情去游览了，只看到祖坟所在地古桑乡的一小片田野。其实，我觉得它和我曾居住过的南京、上海、重庆甚至北京郊区农村的田野并没有什么两样。而这一小块地却让我牵肠挂肚地非来不可，为什么？就因为那里面埋着的朽骨在血缘上在基因上与我还活着的肉体有牵连，不仅仅有心理上的还有物质上的了。站在土包似的祖坟前，我并没有什么特别的感觉，只微微感到幸运的是：经过那么多政治性与生产开垦性的人类活动，这三个土包居然安然无恙，没被铲除。联想到我在小说《绿化树》中写过"祖宗有德"的话，不禁凛然，好像冥冥中有人告诫我不可做坏事似的。想想人真是很奇异的东西，我们现在对大自然、对外太空知道得不少，而对人自身却了解得不多，所以一谈到"人"，不可避免就带有某种神秘性，可能这就是东方神秘主义的根源吧。

在盱眙朋友和张氏后人的帮助下，我终于如愿以偿，将荒冢整修一新，并从河北订做一块大理石碑立在前面，上面我这样写道：

修缮祖坟记

《论语》有言："慎终追远，民德归厚矣。""追远"方能继承并发扬民族之传统美德，大而言之乃"以德治国"之根本，小而言之可解今人"我是谁"的哲学疑难。赐我身体发肤之父母，历尽颠簸，尸骨无存，令我常怀哀思。公元二千零一年初冬，我转道出生地南京来盱眙，见祖坟白草凄迷，偏促于田垄缝隙。幸古桑乡乡亲关照，尚有土冢三座隐于荒草野蔓之中，不禁悄然生悲而起修缮祖坟以寄托慎终追远之意。先考讳国珍字友农（一九零九——一九五四），先姚讳陈勤宜（一九零八——一九六九，祖籍安徽望江生于湖北武昌）于此同受张氏后人纪念。呜呼！惟我祖考，积善成德，宜享其隆。

我从坟关抓了一把土带了回来，仿佛今后不管我走到哪里都有一根虚线连接着我和这里的土地。同时，我也比过去安心了一些，好像我为父母做了些让他们高兴的事似的。

我失去了我的报晓鸡

　　"五一黄金周"期间,中央电视台《新闻联播》播出上海许多"老建筑"在节假日免费向市民开放。电视画面上那些"老建筑"前排起长队,游人络绎不绝;报道说市民们兴趣盎然,纷纷表示希望今后延长免费参观时间,而物业管理者又出面说明,为了营业需要,很抱歉不能满足人们的要求云云。而我,实在对这些兴趣不大,即使那些是我儿时经常出入的地方,有可缅怀的往事。今天进出那些"老建筑"居然要买票,是我儿时绝对想不到的。每当我在西北黄土高原回忆儿时的上海,只是一首歌曲,歌词的开始竟是"粪车"!

　　就是这"粪车"令我惊讶,印象之深,至今念念不忘。我六岁以前,已经在重庆乡下受过两年私塾教育,启蒙就开讲《左传》的《郑伯克段于鄢》。那是《古文观止》的第一篇。哑哑学语、结结巴巴地念着"之乎也者矣焉哉",读其音而不知其义,囫囵吞了一半,到了上学的年龄,母亲将我送进正规小学。一年级的课文是"来来来,大家都来上学堂"之类,从头到尾所有的字我早已认得了。看见同学们摇头晃脑如鲁迅先生描写的"放开喉咙""人声鼎沸"地念我认得的字,颇有一种优越感,于是就找课外书来读。家中除篓藏的线装书,还有很多"闲书",都是大人随手买的小说诗集。那些闲书启发了我幼稚的想象力,让我进入一个虚幻的世界。茨威格笔下赌徒苍白而纤长的手指,常在我眼前神经质地颤动;我也能听见《战争与和平》中小姐们的裙裾窸窣作响;我记得那时就看过今天仍很畅销的《飘》,还有一本现在再也找不着的题为《琥珀》的英国小说,"非典"时期我曾想起它,那里面有十七世纪欧洲闹"黑死病"的可怕场面;当然还有基督山伯爵的快意恩仇和三剑客的潇洒。书里的字虽是印在薄薄的劣质黄草纸上,纸面凹凸不平,岑出扎手的稻草秸杆,但一个一个字似乎都经过了过滤,没有一丝污秽,字字逸世独立,洁净挺拔。那种字堆砌成的人物,你不可能想象跟你一样也会屙屎屙尿的。而到了上海,听到了这首歌曲,一下子把文学拉到我身边,或说是开拓了我的文学视野:"粪车"居然可以入诗,并且在歌中让人感到那么活泼有趣而且亲切。这首歌的曲调我还能哼得出来。它是这样唱的:

> 粪车是我们的报晓鸡
> 多少的声音都跟着它起
> 前门叫卖菜
> 后门叫卖米
> ……

"粪车是我们的报晓鸡",妙不可言!我们举家"逃难"到重庆后,日本人还不放过"大后方",天天有飞机来轰炸,那时叫做"躲警报",全家又搬到重庆南岸的乡下。现在,重庆南岸已是一片繁华,尤其在夜晚,灯红酒绿,临江倒影,有"小香港"之称。而在抗日战争时期,那里却是典型的村野风光,小学校也没有,所以我才上了私塾。重庆乡下一年四季都有绿色的植被覆盖,这个季节在这里,另个季节在那里,变换腾挪,多姿多彩。绿的庄稼菜蔬清新可人,褐色的泥土给人一种扎实的温暖。傍晚和清晨,炊烟四起,袅袅地飘散进竹林和皂荚树丛中,如同挥洒上一层淡墨,竹林、茅舍、阡陌、田园,溶成一幅山苍树暝、水活石润的图画,让我永远神往。皂荚树结的皂荚,重庆人叫它"皂角",当肥皂用来洗涤衣裳。那必须在一溪清流旁边,把灰黑色的皂角涂抹在衣裳上,拿根木棒将衣裳翻过来掉过去反复捶打,污垢便随水而去了。"秋夜捣衣声,飞度长门城";"今夕秦天一雁来,梧桐坠叶捣衣催",古人吟咏的"捣衣",便是这种场景。杜甫也有"万户捣衣声"的诗句,但那集体的行动声势太浩大,应该是一个女子在一流小溪边"捣衣",回荡于两岸之间呼呼的捣衣声,才有孤寂悠远的意境。除了"捣衣声",乡间还有的就是鸡鸣了。"未晚先投宿,鸡鸣早看天"是脍炙人口的楹联,更有"风雨如晦,鸡鸣不已"及"鸡鸣戒旦"的雄豪。不论"风雨如晦"或是晴朗无云,在东方破晓之前,报晓鸡总会像现在的闹钟一样定时啼叫起来。报晓鸡是农家不可或缺的宠物,它就是家庭的发号施令者。不论家贫家富,各家的报晓鸡一律戴着彤红的高冠,披着绚丽斑斓的羽毛昂首阔步,每时每刻巡视它的领地,俨然是一家之主。在没有被《半夜鸡叫》这篇课文污染之前,报晓鸡在我心目中总是神圣庄严的。上小学后,因为路远必须早起,每天清晨都是它们将我从睡梦中唤醒。高亢的鸡鸣或近或远,或长或短,此起彼伏地四处响起。可以想象到它们伸长脖子,高昂着头,竭尽全力尽职尽责的英姿。我会赖在床上聆听它们的啼声,仿佛是梦的延续。自古以来,捣衣声和报晓鸡便是"户"与"家"的象征,是远行游子中的骚人墨客思乡的承载与寄托。听见这种声音,人便会荡气回肠,想蜕变成蛹蜷缩在里面。乡音不止是指人们的口语方言与曲调,还应包括故乡的一切声音才对。有捣衣声,有报晓鸡,有鸣禽及狗吠,有牛们的哞哞,有羊们的咩咩,有微风吹过豆棚瓜架,等等等等。

但抗战胜利后回到上海,所有的乡音在耳边全消失了。我家的老宅因日本人糟踏需要修缮,一度我寄住在亲戚家的弄堂房子,充分体会到"粪车是我们的报晓鸡"的贴切。每天清晨，"粪车"便大摇大摆地招摇过市，进驻每条弄堂。不只整部车子从轮到顶都咯吱作响，并且还要喊。那也是命令式的，号召各家各户把马桶拎出来。其实，乡间的捣衣声有的还是比较沉闷的，在溪水的潺潺声中流露出捣衣人的哀愁和困顿，闻之令人同情。而倒马桶及刷马桶的声响是一种职业性的操作，竹篾在马桶里的涮刷与拍击，既清脆又响亮，娴熟的手法如行云流水一般。加上不论贫富贵贱都要听其指挥，闻之令人肃然起敬。然后，城市才敢于鼓噪，各种噪声好似听见粪车的发令腾空而起。"前门叫卖菜，后门叫卖米"，这个句子浓缩了市井的一切喧嚣；"卖菜""卖米"是所有市场交易的起点，世界各大股票市场的股票包括纳斯达克股和概念股都要以此为基准。而从皇帝大臣国家首脑到流氓乞丐无家可归者都要吃饭，要吃饭就会拉屎撒尿；有人卖米卖菜就必需有人来处理饭菜转化的排泄物。这是城市之所以存在的理由，更是一个城市最基本的条件。

38

那时，只有这些"老建筑"里有我们现在所说的"卫生间"，有抽水马桶和浴缸，上海人叫"冲浴盆"或"汰浴缸"，还有"司门汀"即暖气。若干年后，我在斯德哥尔摩和巴黎参观了他们的城市史展览，才知道这两个我们今天看来是现代都市典范的城市，在二十世纪前期竟然不比当时的上海进步，或许还稍稍落后一点点。二十世纪二三十年代的斯德哥尔摩市民还养猪，整座城市就像我们今天的"城乡结合部"；巴黎则是直到二战结束后，"卫生间"才开始普及，二战前普通巴黎人也是要上公厕的。这有雷马克的《凯旋门》为证，拉维克医生住的是"国际饭店"，卫生间却要自己掏钱装备。再远些时就更不用说了，著名的凡尔赛宫里压根儿没有厕所。只有国王的起居室旁有个小间，供屙屎屙尿用。屙下的屎尿掉在下面的一堆羽毛上，羽毛便会轻轻飘浮起将国王尊贵的屎尿盖住。至于王公贵妇们，可以随意在花园里大小便，所以凡尔赛宫中的花木修剪的都高于人的腰部，到处都可作为人们下半部的屏障。

　　周游了西方列国,我才知道西方人十九世纪至二十世纪初跑到上海,并不完全像我们早先被教导的那样是专门抢夺、专门剥削来的。当然,"剥削"还是会"剥削"的,但同时他们也把他们国家当时最文明的东西移植了过来。上海是他们的新天地,虽被称为"冒险家的乐园",毕竟还是"乐园"。他们在上海搞的东西包括建筑在内,全部是他们国家当时的尖端,在他们本国也算是精品。不会因为这仅仅是块具有不确定的临时性的殖民地而胡乱凑合,弄些"假冒伪劣"来搞"豆腐渣工程"。因此,上海才能在一个不长的时期内成为"远东第一大都市"。

　　我说这句歌词贴切精确,就在于尽管当年上海市一边有高楼大厦,有现在被称为"老建筑"的西方国家的各式各样的洋房,有电灯电话和有轨电车四处乱跑,外表非常现代化,但骨子里并没有真正转型,还需人力粪车来处理屎尿,原始的粪车还承担着城市非常重要的职能。而各家各户拎回马桶,即使主人穿的是西服旗袍,油头粉面,香风四溢,都必须在一天之内忍受自己及家人的排泄物熏莸,如《左传》中说的,"一薰一莸,十年尚犹有臭"也。

　　想呼吸一口清新空气,对不起,得等第二天的头班粪车。亏这位作者想得出来,他一定有不受时空转换而迷惘的高屋建瓴的视野,才能找到这种独特的视角,一下子把握住上海的城市特点。而且,这位可敬的作词家肯定也是刚从农村踏入城市的,"农转非"不久,不然,他决不会把报晓鸡与粪车联系在一起,比喻如此生动准确。

　　报晓鸡和报晓鸡的替代物"粪车",在很多年中也是我思念往事的寄托和承载。离开上海,再没有听到过粪车的声响了。但在上世纪五十年代中期"移民"到黄河岸边务农以后,又能听见久违了的报晓鸡鸣啼。特别是在我中了"阳谋"被劳改期间,劳改队周围农村的家鸡们不用"周扒皮"去搞,早于劳改队长的哨声就嘶叫起来,那真是"声如裂帛",清厉而严峻。戴帽发配,荒村野屋,晨鸡早啼,霜冻气冽,冷炕孤灯,披被而起,茫然四顾,褴褛萧条,惶惶然不知今夕何夕,今日何日，重庆上海，捣衣粪车，如烟岁月，恍同隔世，常常不禁涌起彻骨的凄怆感。

现在，粪车绝迹了，"老建筑"却吃香了，这个世界真像上海人说的会"捣浆糊"。我到上海再听不见粪车的报晓，每次都怅然若失。上世纪八十年代初，我平反后第一次回上海时，曾到我家老宅去"寻根"。本来也应算是"老建筑"的法式洋房，早被改造成一所小学，花园成了水泥操场，建筑物从里到外都"灵魂深处闹革命"了，不但面目全非，并且显出一股失于维修打理的破败之象，后来到上海我再也不堪回首。上海朋友曾邀请我去一些"老建筑"吃饭喝咖啡，有几次我还在里面入住，也是物在情非。建筑虽还是那座建筑，但细节和感觉却不复当年，一踏上化纤地毯就令人扫兴。因为这种"老建筑"不只外观要给人以某种独特感，内部装修和陈设都要与其配套。每一座建筑物都和人一样，有自己的层次与个性，而化纤地毯马上降低了它的层次，破坏了它的个性。原先在里面居住活动的人，虽不能说都像安徒生童话里的公主，睡在七层床垫上还能感到床板上有颗豌豆，但至少隔着鞋袜能感觉出混纺与纯毛的不同。细腻的感觉是文明的一个重要内涵，文明不能光剩下一个空壳。

今天，我们终于懂得"革命"并不会增加社会财富，"剥夺剥削者"不过是通过暴力手段将财富的所有权转移，社会财富不会因"革命"增值。而恰恰是暴力革命者不珍惜爱护到手的财富，从项羽到洪秀全都把烧房毁书当作"推翻旧世界"。从历史上看，被革命者、被剥夺者却极少在仓皇出逃时把自己的房子一把火烧掉，或许他们还幻想"变天"吧。但是，雨果的《九三年》中有这样的情节：一个贵族从革命者手里已经骑上马逃跑，回头一望，被愤怒的造反者点着火的谷仓里有个农民的小孩在挣扎，竟又返身回去救孩子再次被捕。这说明，有的贵族虽然失去了财富，但不会失去贵族的气度。其实，至少有部分"老建筑"是因贵族、被剥夺者、被革命者具有一定的文明气度才得以保存的。所以，每当我到上海进入这些"老建筑"，我会想当年究竟是谁建造的，是谁住在里面的？住在这样的建筑里，久而久之，是否不自觉地会被熏陶出一种雅量与气度呢？以暴力剥夺别人财富的革命者固然可敬，眼看着自己财富被别人剥夺而不加以毁坏的人也值得赞赏，因为有这样贵族气质的人，人类文明才得以传承下来。

只是，如今我再也找不到我的报晓鸡了。

丫头·婆姨

《希望》杂志来电话"希望"我写一篇谈宁夏女人的文章,本来我手头有事,但男人谈起女人来总是有兴趣的,有说不完的话,似乎两千字还嫌少,因而"毅然"抽出一点时间满足《希望》的"希望"。

托极"左路"线统治的福庇,我有幸以"右派"身份劳改长达二十二年之久,进劳改队时年仅二十一岁。五十年代年轻人对性之间的事远不像如今年轻人这样内行,再加上我又是个书呆子,所以对异性很少注意。到了劳改队,才受到刑事犯的性启蒙教育,而在那种环境,真可谓"见了母猪赛貂蝉",对女人当然毫无审美的资格。第一次注意到女人居然也有美丑之分,而且我们宁夏女人还不错,已经是到1981年谢晋导演和老李来银川要将我的小说《灵与肉》改编为电影《牧马人》的时候了。两位对女性有较深研究的老师走在银川街头赞叹宁夏女人漂亮,这才提醒了我去观察。后来,国内国外跑了很多地方,见识广了,漂亮不漂亮的女人见了不少,很快就具有了评论女人的资格,如不谦虚的话,现在还可说是个资深评论家,但限于篇幅,只能谈其大概。

宁夏女人总体分丫头、婆姨两类。"丫头"是方言,此地不作奴婢讲,如《红楼梦》中薛蟠唱的曲儿:"这丫头不是那丫头,无钱去打桂花油。"丫头即普通话中的姑娘;姑娘一结婚就成了"婆姨",从二十岁的少妇到八十岁的老奶奶都统称为"婆姨"。我看,男人最大的本事大概就是能把丫头变成婆姨,除此之外别无他能。因为宁夏人由外地各省各族迁入的居多,有杂交优势,所以宁夏女人比其他地方确实略胜一筹,这决非我大言不惭,有优生学为根据。一,宁夏尤其是银川市的丫头婆姨,面部都饱满而匀称,极少像南方特别是广东一带女性的脸有如山峦般起伏不平的(特别申明:起伏不平的脸如轮廓鲜明也极具生动的美,这里我丝毫没有小瞧广东女性的意思,不然罪莫大焉)。二,宁夏川区水草丰厚,素有"塞外江南"的美称,所以宁夏川区女性不论是丫头还是婆姨,皮肤大都白皙细腻,再加上宁夏妇女在历史上有参加劳动的传统,即使到今天,遗传因素还起着作用,因而宁夏女性的躯体多数都结实而富有弹性,说她们体态婀娜也不过分。三,难得的是宁夏妇女多半温婉贤淑,我很少见宁夏女人泼妇般骂大街的。至于丫头更是胆小害羞,如你不信,看看报纸,你在哪里看到过有把宁夏丫头拐卖了的消息? 当然,这也有她们的劣势,宁夏丫头出外打工挣钱的也很少。

43

如果从性感上要求,其实婆姨要比丫头耐看。我回忆,凡我见过的女性,漂亮的几乎全是少妇,即婆姨,宁夏也不例外。多数丫头,似乎缺乏点水分。宁夏人对女性的审美常以"水灵"为标准。"水灵"也是本地方言,这二字很传神的。旧小说里女人常有所谓"眼睛一眨母鸡变鸭"的话,推测这"一眨"的意思大约就是丫头变成少妇了。给我寄来的《希望》杂志上美女如云,全部出自大城市,令我颇有些不平。因为西北有句俗话"山沟沟里出凤凰",我以为此话不虚。到今天为止,我见过两个令人动心的陌生美女,一是在瑞典斯德哥尔摩的餐厅,一是在宁夏偏僻的盐池县一家脏得可疑的小吃店里。瑞典金发美女斯文秀气地在讲究的餐桌旁吃蔬菜沙拉,山沟里的黑发美女却烟熏火燎披头散发地在炉灶边掌勺，命运对人何等不公！上帝和有些守财奴一样，总把最珍贵的东西埋在深山里。山沟沟的美女，可惜没有机缘挣扎出来而已。现在的封面女郎们，不过是有幸运的机缘罢了。在山沟沟的凤凰面前，我只好叹"时也命也运也"了。还有，《希望》上别的作家写到自己省的女性都能举出好些本地知名美人来，叫读者羡慕，好像作家也可一近芳泽似的。而我所在的宁夏，也许我孤陋寡闻，我还真不知道出了什么引人瞩目的明星，让我无美女引以为豪，真有点自惭形秽。

这些话，女读者看来可能不堪入目。要请她们原谅，中国还是个男权社会，连改革开放走在前边的广东省的《希望》，也不能免俗，可见其他地方了。什么时候在我们杂志上能请女作家大谈特谈"靓男帅哥"，而女作家也敢公开地直抒胸臆，品评所喜所恶，我们社会便进步了许多。

坦率地说，我还是个没有脱俗的男人，这也是篇很落后的文章。

44

作家出游

　　我不爱游山玩水,并非因为在"反右"至"文革"中被关二十多年关傻了,而是本性如此。也许正因为喜静不喜动,有耐得住禁锢的天赋才侥幸活了下来。改革开放后,我却"动"得很频繁,以作家身份屡屡出国,但也没有因此觉得新的地方有什么新鲜。那时,不论是被派还是被请,统统叫做"访问",旅游有"资产阶级生活方式"之嫌,还在禁忌之中,其实"访问""讲学"很大成分是旅游。这么算来,我也旅游了二十多个大大小小的国家和地区,可说是"游遍天下"了。可是,除了从北欧三国回来曾写了一本名曰《飞越欧罗巴》的游记,再没写过一篇有关旅游的文章,走了许多地方,都如云烟过眼。《游遍天下》杂志邀我写篇游记,本来没有什么好写,但我这不喜旅游的人恰恰从事了十年的旅游业,把银川市郊的古堡废墟变成中国西部最有知名度、最具规模的影视城,"镇北堡西部影城"已是宁夏最重要的旅游景区之一,不写说不过去。现在,我就把在旅游中遇到的趣事拿出来与大家共享。

上世纪八十年代初,中国人到西欧,要从北京起飞先到巴基斯坦的卡拉奇,再到阿联酋的迪拜,再到德国法兰克福,到了法兰克福才可以转到要去的其他西欧国家。从北京到法兰克福一路乘的是"中国民航",现在叫做"国航"的。转机后,乘坐的就是西方航空公司的飞机了。我们第一个目的地是挪威的奥斯陆。法兰克福至奥斯陆我们转乘北欧的"联航"(KKK),开始供应北欧菜肴,端上来的全是生鱼片。生鱼片我们勉为其难地吃了,供咖啡时,除了炼乳、白糖外还有一个小包,拆开一看是两小片白药片。我与陆文夫面面相觑,都不知道是什么东西,文夫用舌尖尝了尝,有点苦,说肯定是因为吃了这么多生鱼片后帮助消化的药物,于是我们俩连同严文井老师都用咖啡咽了,果然觉得胃里舒服了许多。从此,我们一行人在整个北欧三国的旅行中,每餐都在餐桌上找这种小药片吃。如果找不到这种小药片马上就有反胃的感觉。回国后,一直到国内也盖起了星级饭店,有了西方式的咖啡厅,我才知道那是"无糖"的甜味素,即"代糖",专给糖尿病人和不喜欢糖的热量的人用的。

最出彩的是冯骥才的轶事。骥才的游记写得非常好,他的游记我都看过,但没读到他写发生在自己身上的这两件事,今天我就将其公之于众。我与骥才第一次去美国也是在二十世纪八十年代初,去了四个多月,跑了不少城市。在美国东部旅游,芝加哥是必经之地,那是美国的一个主要航空枢纽,机场大得令人吃惊。当时北京的"首都机场"只有寥寥几个通道(Gate),芝加哥机场却有一百多个,密如蛛网,我们俩一句英语也不会,晕头转向可想而知。从机票上看,我们转乘的下个航班就快起飞了,这里我们还不得其门而入,转来转去又回到原来的大厅,好像进了迷宫。我只好仗着稍稍认识几个英文字母一个人跑去找,待找到后回来再找骥才,发现他竟被两位漂亮的空姐用轮椅推着一路小跑。身高有两公尺的骥才穿着蓝色风衣,像美国影片里"中情局"或克格勃的官员,气派而又潇洒地坐在轮椅上,旁边还有个高大威武的警察当他的随从,提着他的行李。这样一直把他送进机舱,安顿他坐好。飞机起飞后我俩大笑,原来是骥才情急之下拿着机票跟美国警察说中国话,而这个可爱的美国警察看他哇哩哇啦地指手画脚,以为他是个聋哑人,属于需要特别照顾的残疾人一类的,立即找来空姐按残疾人待遇送他上了飞机。

　　骥才身高体壮脚也大,要穿四十八码的鞋,据他说在商品还很匮乏的时候,鞋是他最犯愁的事,非要到鞋厂去订做不可。到了美国爱荷华,我俩由中国留学生陪着到超市,这也是我们生平第一次看到这样规模的"百货公司",这种"市场"称为"超级"当之无愧,货物琳琅满目,鞋类区域陈列着大大小小各式各样的鞋。骥才非常高兴,很快就找到一双适合他脚的尺码的旅游鞋,到收银台付了三十七美元(这种交款方式也是我们第一次经历)。这以后,我俩游了芝加哥再到纽约,可能是跑的路多了,他的旅游鞋越来越夹脚。回到爱荷华,那位陪我们的中国留学生又来了,骥才就很懊恼地跟他提起鞋的问题。那时我们都不富裕,三十七美元是很大一笔钱,花了这么大一笔"外汇"却被"穿小鞋",当然心痛。谁知留学生却不以为然地说这可以换的,我俩都很诧异:哪有走了一个多月路,鞋都快磨破了还能换的道理?留学生问骥才原先售货的小票还在不在,骥才竟然翻了出来。"走!"留学生坚持带我们再去那家超市,我并不想买什么东西也跟着去看。到了那家超市,留学生拿出售货小票叽里咕噜地跟售货员一说,售货员就请骥才到鞋类区再去找,看还有没有适合他的鞋。骥才找了半天没找到更大号的,快快地又回到收银台。而售货员居然向他道歉,说爱荷华是个小城市,这家超市是连锁经营的,在小城市的连锁店就没有在大城市连锁店的商品多,规格全,那表情仿佛比骥才还不安,一脸没有为骥才服务好的歉意。知道我们曾去过芝加哥纽约等大城市,售货员又说,其实你可以在那些城市去换的,只要有这家连锁经营的超市的地方,拿着售货小票到任何一个城市同一家连锁超市都可以退货或调换。最后,售货员数了三十七美元退给骥才,丝毫没有觉得顾客占了便宜的意思。

47

这两件小事比《独立宣言》让我更深地认识美国及其市场经济。可能因为骥才后来没有从事商业活动而忽略了这类小事吧,然而对我"下海"经营镇北堡西部影城的影响极为深远。可以说,镇北堡西部影城能一次通过 ISO9001 国际质量管理体系认证和被评为国家4A 景区,都与这两件小事有关。而且,在写小说《青春期》时,我写进了这样的话:"在市场上要实现个人的最大利益,必须把别人的需要放在第一位,所以,市场经济本质上是为人民服务的经济。"

著名女作家叶文玲 1995 年曾与我同一个作家代表团访问台湾,从台湾回到香港,在"购物天堂"当然少不了逛街买东西。跟女人逛街是很麻烦的,当时我觉得她婆婆妈妈地好像没有什么独自旅行的本领,走过一家商店想回头再找就找不到了,进了地铁辨不清方向,走了几步路就喊脚疼。可是,2001 年我到意大利,在没有文玲的场合我却不经意地发现她独自旅行的本领。在弗罗伦萨,我与同行者阿来、邓一光到一家中餐馆吃饭,餐馆的温州老板出来接待我们,知道我们是作家更为热情,说,他家不久前还住过一位中国女作家叶文玲。说起她,老板赞不绝口,佩服她有本事。原来,叶文玲一个人从法国到意大利旅游,刚刚上了从弗罗伦萨到威尼斯的火车,就来了两个意大利小伙子说她坐错了座位,文玲别说意大利语,连英语也不会,只好拿出火车票来跟他们比划。两个小伙子看了票后,跟她道了歉转身就走得没影了,而她一转身,发现自己的包也跟着没影了。中国人外出旅游习惯把所有东西都放在一个包里,尤其是女士小姐。篮子掉地下,所有鸡蛋都打了。文玲的包里装有一万多美元现金和全部证件包括回程机票,身上一分钱(里拉)也没有,而她却并没有当场晕倒或嚎淘大哭,很镇静地游了威尼斯又回到罗马,找到中国大使馆解决了问题,平平安安回到杭州家里。后来我见着她,才知道浙江人乡情的浓郁,从她被盗以后,以下的行程完全靠在意大利的浙江老乡帮忙。如果说中国人遍天下的话,那么哪里有中国人哪里肯定就

48

有浙江人,文玲是浙江人中的知名人士,自然会受到照顾。但在异国他乡语言不通又丢了通讯录,身上连打电话的零钱也没有的情况下,文玲也能找到浙江人,其克服困难的能力确实非凡。看一个人的品质不是看他(她)顺利的时候,在危难时刻"方显英雄本色"。而且,我赞赏她丢了全部钱财和证件后还游兴未减,仍按原计划游了威尼斯水城。钱财失去了能再挣回来,旅游的机会失去了很难会有第二次。文玲不愧是"女中豪杰"。

类似的事情在我身上也发生过,那是 1996 年夏天在匈牙利,我带着宁夏电视台的一个小组去拍摄《宁夏人在匈牙利》。恰逢布达佩斯建城纪念日,一千年还是两千年我记不清了,只记得那一夜布达佩斯市大放焰火,几乎全城人都跑到街上,人潮汹涌。我们乘车到预订的拍摄地点稍晚了一点,匈方接待人员开着车四处寻找停车位,但所有能停车的空地都停满了大小车辆。匈方人员只好把车横在别的车的屁股后头,叫我们快去快回,不然旁边的车主来开车我们的车就挡了别人的道,警察发现他违规停车也是要罚款的。我们三个中国人下车后,摄像和编导就赶紧找合适的地方取景架机器,拍摄布达佩斯千年难见的场面。我一个闲散的人就挤在人群中观焰火,一会儿,看见不远处有个卖冷饮的商亭,想过去喝杯可乐,可是冷饮亭前挤满了人,正在犹豫的时候,突然出现三个身材魁伟的白种彪形大汉拦住我的去路。当中一人先用英语问我会不会英语,也是我自己显能,刚学会了几句英语会话就想试一试,回答说会一点(a little)。彪形大汉立即朝我摊出大巴掌,说要检查我的护照(check your passport)。幸亏我还算"游遍天下",我想,我什么也没干,更谈不上违规,凭什么要检查我的护照?我也用英语问你们是什么人(Who are you)?他们说他们是警察。我又说,那么,我要先看看你们的证件。幸好英语的 passport 既可做"护照"解也能做"执照"解,我还不知道英语的"警察证件"怎么说呢,反正统统把证明文件叫"passport"吧。问我的大汉从口袋里掏出一张黄色的身份证似的纸片朝我一晃，马上又装进口袋。我只看见那上面有张相片，别的什么也没看清楚。这一下他们露了馅，外国警匪片我看了不少，西方警察向人出示的要么是金属制的警徽，要么是用黑皮夹套着的有照片的证明，像 CIA 或 FBI 人员那样。一张破纸片儿贴张小照片，皱皱巴巴的，连个封皮也没有，就这样随随便便地掏出掏进成何体统？于是，我就起了调侃一下这帮痞子的念头，也从裤子后兜里掏出护照，比他们动作还快地在他们眼前一闪又揣起来，既结结巴巴又理直气壮地说："那好，我的匈牙利朋友正在停车场等我，请你们跟我到那里去，我会把护照给你看。"总算三个彪形大汉听明白了我的英语，一个大汉拉了拉同伙的衣袖，用我听不懂的语言，大概是"走吧走吧"的意思，撇下我扬长而去了。

50

事后我跟匈牙利朋友说了经过，匈牙利朋友直夸我警惕性高，说那种黄色的身份证是匈牙利警察局发给外国人的暂住证。为什么偏偏找上我呢？一定有偷渡的中国人或者亚洲人找他们买东方人面孔的护照，他们哪来护照？只有去偷或抢另一个东方人，如果我不小心给了他们，护照一到他们手就一溜烟跑了，在人山人海中你哪儿找去？

说起东方人面孔，一次在巴黎曾让我愤愤不平。1988 年我曾在巴黎住了四个月。法国文化部安排我住在巴黎的"大学城"，常有在巴黎大学就读的我国留学生和访问学者到我房间聊天，有时也带我去观光。在"花都"观光，"红灯区"是必去的旅游点之一，巴黎有几处红灯区，我跟着留学生都"观光"过。巴黎法律是不允许妓女拉客的，"小姐"全站在红灯区的人行道边，外面穿着裘皮大衣，游客对某个妓女注视的时间稍长，她马上敞开大衣展示出她几乎全裸的胴体对人一笑，不主动搭话。大多数游客包括女游客，都把她们当作巴黎的一道风景，看一眼就走。哪个游客有意，就走近跟她讲价钱，成交了带走，不成交"拜拜"，很有规矩，没见到拉拉扯扯叫叫嚷嚷的现象。过

了些日子的一天晚上,领我观光红灯区的留学生跑来我房间说,现在
法国电视二台正在播个访谈节目,值得一看,赶快把电视开开,我来
给你翻译。我房间里有台电视机,等于摆设,因为我不懂法语,而且
法国的电视节目以议会辩论居多,翻来复去讲个没完,我极少开电
视,晚上时间一般就是埋头写作。这次打开电视果然开了眼界,原来
是电视台采访巴黎妓女。巴黎妓女有自己的工会或叫行业公会,时
不时还上街游行,抗议警察暴行、抗议社会歧视、抗议苛捐杂税等等,
常闹出新闻。所以,这种有关妓女的节目在法国人看来没什么稀奇,
对我们中国人来说真是难得一见。

　　这次采访的话题是巴黎妓女对外国游客的印象。嘉宾当然是妓
女,在电视里打扮得完全像个职业妇女,很斯文地坐在椅子上,一举
一动中规中矩,绝没有人们想象的那种搔首弄姿的风骚。节目主持
人是位男士,岁数不小,表情决无不恭之处,和我们的节目主持人与
学者专家对话一样。通过留学生的同声翻译,我很快知道了这节目
骨子里含有反美的意思。法国人在文化方面看不起美国人,我到法
国不长时间就感受到法国人的排美情绪。此节目的细节我忘了,其
要害部分大致如下:

　　问:巴黎是个国际大都市,你们的客人中外国游客肯定很多,请
问,你们比较喜欢哪个国家的游客? 答(很干脆):德国人。问:为什
么? 答:德国男人大方,有礼貌。问:还有呢?(想了想)答:西班牙
人。问:为什么? 答:西班牙男人很漂亮。问:还有呢?(又想了
想)答:意大利人。问:为什么? 答:意大利男人很热情。问:那么
你们对美国游客的印象怎样?(主持人流露出不是嘲笑嘉宾而是嘲
笑美国人的表情)答(同时做了个不屑一谈的手势):不喜欢,讨厌!
(主持人来劲了)问:为什么? 答:美国人虽然有钱,但很粗鲁! 有的
美国男人还变态。

　　聊到这里,主持人和妓女嘉宾都开怀大笑,节目的目的达到了,
把美国人揶揄了一番。可能是主持人觉得到此为止的话,对美国人

51

的侮弄太明显了吧，笑罢，也跟着问了句：除了美国人，还有没有你们不喜欢的？看来这个问题妓女没想过，嘉宾沉吟了一下才回答：中国人。这个答案大概也出乎主持人的意料，主持人也追问一句：为什么？妓女嘉宾的回答是这样的："很多中国人跑来看我们，却不跟我们做交易。"

看到这里我跳了起来。来巴黎的有中国大陆的、香港的、台湾的，还有更多的日本人、韩国人、朝鲜人、新加坡人、越南人，甚至泰国人、马来西亚人、菲律宾人、高棉人（高棉原是法国殖民地，巴黎有很多柬埔寨人和老挝人）等等，面孔都长得差不多，巴黎妓女怎么能肯定一些不跟她们交易的东方人就是中国人而讨厌呢？胡说八道！而留学生却说服了我。他说，巴黎妓女的眼睛比巴黎警察的眼睛还尖，她们一天到晚站在街上找生意，观察人的经验当然非常丰富，一眼就能识别出客人是哪个国家的，没这点本事怎能在街头混？是的，上世纪八十年代，不论是外派的或被邀请出国的中国大陆人，一律在北京的"友谊商店"置办西服。在外国人眼里，中国大陆人穿的全是同样的"制服"。走在大街上，别说妓女，任何一个稍有常识的人都认得哪是大陆来的，哪是香港台湾来的，哪是日本人、韩国人……我想了想，和留学生一起大笑。从此以后，在巴黎的三个多月，我再不敢踏入红灯区一步。

国际接轨第一功

——小浪底随想

当我坐在河南一个名叫济源的地方,端起意大利瓷具啜着纯正的意大利咖啡的时候,骤然涌起一种奇妙的感觉。豫西峡谷夹着黄河,山峦起伏,两岸陡峭,极目远望是常见的中原村落,鸡鸣狗吠,炊烟袅袅,一派典型的中国式农村景象,令人不禁会发思古之幽情。然而我的周围却仿佛是路过罗马近郊见过的建筑群。红砖平房错落有致,小径曲回,细砂铺地,杂花生树,干净整洁,别有一番洞天。接待我的是一位来自四川的普通农村青年,只读过高中,照料住在这座营地的意方人员生活。他说他在小浪底工地上已积累了四年为外商服务的经验,基本上学会了用英语跟外国人交谈,他回家乡后,将到一所四星级酒店应聘大堂经理的职位。他自信而乐观,预测他将会每月有四千元人民币的收入。

我国引用部分外资按国际惯例向国际招标建成的宏伟的小浪底水利枢纽,不仅起到了防洪、防凌、防淤,兼顾供水、灌溉和发电的作用,极大地提高了黄河下游的防洪标准,解除了河床不断淤积抬高的威胁,并且改变了许许多多中国人的观念。我闻到从营地厨房里飘来阵阵洋葱、胡椒和新鲜的法式面包的香味时，我微笑了，我完全相信这个四川农村青年能实现他的理想，还有更多的中国人会改变他们的命运。

小浪底工程所在地曾经产生过一个寓言——愚公移山：愚公因家门前的太行、王屋两山阻碍出入，率领他的子孙每天挖山不止，决心代代相传，非把两山挖平移走不可。这象征着中华民族具有顽强毅力的故事，也反映了农业社会只知凭借体力劳动的劳作方式。后来，如"大跃进"中虽也提倡"巧干"，那也不过是把肩挑背扛"巧"变为轮式运输而已，也就是说改进的仅限于劳动工具和方法，生产方式并无丝毫改变。在组织方式上，"子子孙孙"的家族式进而集体式进而民族国家式，进步到头也不过是原始组织方式的扩大化。"跨国""国际化"，想也没想过，直到出现"国际主义""社会主义阵营"，仍坚持"自立更生为主"。家族式劳作以家长为主导，集体式劳作以队长为主导，民族国家式劳作以政府首长为主导，层层垂直向下，用指令的形式下达任务。政府首脑和家长队长一样是生产建设的总指挥。从未建立在劳动者个人基础上的合同制，以便在社会化大生产中相互配合、相互制约、相互促进，把胳膊与手的关系变成手指和手指的关系，形成新的强劲的合力。当然不可否认，原来那种生产方式组织方式在一定时期中也发挥过巨大作用，奠定了我国工业的基础。但那种不计成本的非经济生产方式，事实证明事倍功半，花费了无数财力物力人力还是落后于当时同水平国家发展的进程。

因为与国际社会经济发展不同步和错位，所以我们现在才要"接轨"。参观了小浪底水利枢纽，我才知道石广生、龙永图在全球飞来飞去和世贸组织、西方各国官员进行艰难的"入世"谈判时，在这处地图上都很难找到的地方有一群中国人和石广生、龙永图同样艰难地力图在实践中与国际通行规则接轨。总的有 WTO 的种种条款，分门别类中还有个"菲迪克"条款。所谓"菲迪克"（FIDIC）条款，是"国际工程师联合会"编写的《土木工程施工合同条件应用指南》，是在编制招、投标文件以及在合同实施过程中不可缺少的、国际通用的权威性文件。因为小浪底水利枢纽工程利用了世界银行贷款,按世行规定就必须在国际建筑市场上招标。可以说,即使不用国外工程技术人员,我国的技术力量也能拿下这项艰巨的工程。我国在大型水利工程建设技术上并不落后。但是,借了人家钱就要服从人家的规矩,1994年6月2日贷款协议在华盛顿签字后,主管这项水利枢纽工程的政府部门就成了"业主",按国际通行规则面向世界的著名土木工程公司招标。结果,以意大利英波吉罗公司为责任方的黄河承包商中大坝标,以德国旭普林公司为责任方的中德意联营体中泄洪洞标,以法国杜美兹公司为责任方的小浪底联营体中发电系统标,同年7月16日与各方的合同签字仪式在北京举行。

然而,在法制观念较为淡薄的社会环境中生长的中国干部、工人,虽对"合同"二字并不陌生,在执行时却缺乏规范性,出了问题往往会有种种主客观原因找领导解决。上级下达的指令表面强硬,实际上有很大弹性,更何况合同的甲乙双方多半都是国营单位,一家人还有什么事不好协商的? 可是,在国际社会,"合同"可不是官样文章,用外国人的话说是"圣经",高到神圣不可侵犯的地位。"接轨",是你与国际社会接而不是叫国际社会与你接,更不能像过去那样来场反合同的"革命",剑走偏锋,定要与人家对着干。于是,在工程进行时也就是在执行合同中,就有许多令中国工程师、工人们吃惊的事情发生。

小浪底水利枢纽工程,用水利部副部长兼小浪底建管局局长张基尧的话说:"不来小浪底,觉得它很小,小得地图上找不到,来到小浪底感到它很大,大得满世界都知道正在黄河上建设最具有挑战性的跨世纪水利工程。""挑战性"指的是小浪底地质条件的复杂可称为"世界之最"。而我国水电工程设计的规范性文本是在计划经济下形成的,设计深度常常不够,在工程复杂多变的地质条件下致使施工设计变更较多。每一次变更都会成为外商提出索赔的借口。工程量变大,外商说需要增加各种资源要索赔,变小了,又说造成资源浪费也要索赔。一时,索赔函件如雪片般向我方纷纷飞来。几年来达两千多封,摞起来有两米厚。因施工中出现地质问题,外商索赔六亿元;因税制改革征收新税种,外商索赔十三亿元;合同规定施工现场必须干净,一次某工程局收到外商信函要求限期清理现场,起初中方不以为然,依照惯例,挖洞哪能没有积水?过了两天外商派人前来帮助清理,结果各种费用一算,这个局只好开出一张两百万元的支票。

在我国,提前或超额完成任务一般都会列为先进而受到表扬奖励,在小浪底黄河水利枢纽工地,一些人和单位却因多干了活遭到处罚。开挖导流洞时,按施工合同规定每向前推进两米就要进行支护。为了赶工期,一位班长根据自己多年经验,判断安全有保障的情况下一夜之间向前挖了十米,第二天他却被外方开除了。还有,铁道部隧道分局分包了导流洞的一项工程,由于挖掘深度超过了合同规定的范围,结果被索赔数百万元,相当于他们应得的所有工程款。辛辛苦苦干了一年,隧道局不仅一无所获,还被"请出"了小浪底。再说,对一个投资几十亿元的大工程,我们工人极少注意几分钱的小钉子、几毛钱的电焊条,用起来大手大脚,结果超过了合同上的用量,被索赔四百万元。

可是,在小浪底建设工地上曾有来自五十多个国家和地区的上万名建设、监理、设计、施工四方人员,一度号称"小联合国",既有为中方服务的外国咨询专家,又有外商雇用的中方劳务,你中有我我中有你。只有合同才能把不同文化背景、不同价值观念、不同教育素质、不同工种的人们联系在一起,把复杂的关系简单化。执行合同的过程就是建设过程,只有严格地遵守合同才能科学地严谨地使建设按部就班紧张有序地向前推进。国际通行的对合同的严密性规范性的观念,对我国惯用的工程设计、施工、市场及项目管理提出了严峻的挑战。

中国一位资深水利专家来到意大利承包商的工地,发现这里每一道工序以分钟核算,工程每一天的进度、损耗、成本都用电脑计算,国内往往测验一次的项目外商要验证八次,使他感慨不已:"这么大的工程计算得像绣花一样精细,是以前从来没见过的!"

经过一次次碰撞,小浪底人终于明白了:与国际接轨不是说说而已,要真正接轨首先必须要在思想上接轨,行为上接轨,接轨的唯一准则就是按合同办事。过去,我国为了社会主义建设不知交了多少"学费",很多"学费"都白交了,大把大把的票子付诸东流,被索赔的小浪底人这次却真正学到了学问。他们逐渐熟悉了国际的施工方法,也学会了规范化生产,学会了投资约束机制。在小浪底工地,再也看不到随意码放的钢筋水泥等材料了,即使是混凝土搅拌车收工后也洗刷得干干净净,排放得整整齐齐。与国际接轨,逼着中国干部工人学会了成本核算和资本经营这些原来很陌生的"生意经"。小浪底水利枢纽全然没有出现我们常见的投资超标,对我们各地的"胡子工程"、"钓鱼工程"、"烂尾工程"来说,小浪底水利枢纽工程在合同中的严格投资约束机制应给人们以深刻的启发。

在意大利人曾开山取石的山坡上,管理局的宣传处长指着如罗马斗兽场的阶梯一般层层有致的工地对我说:过去这里非常热闹,又是爆破,又是重型卡车跑运输,可是忙而不乱,由外向里,完全按规范推进。外商撤走时还把这里弄得你现在看见的这样。对他们来说我们是"外国",对"外国"的生态环境都注意保护,可见科学是无国界的。我在好几个水利工程上都干过,我们采石后留下的山体就跟狗啃了一样,没见过这么整齐的。起初,我们也有些人把外商的不断索赔看作是讹诈,后来,我们不但认识到索赔是一种正常的商业行为,索赔能不能成立、索赔量的大小,是衡量业主、承包商经营管理水平的一个尺度,还认识到这里面其实有个先进生产方式和落后生产方式的较量。承认自己落后是进步的开始,知耻近乎勇。水利部小浪底项目一位负责人说:"从原来不认真看合同到认认真真研读合同,只有熟悉合同才能不被罚款,不挨打,这是一种观念上的转变。"

中国人其实是非常精明的,观念一旦转变,学会了国际通行的科学管理和规范化的操作,不但会完全按合同办事,规避索赔,并且也学会了反索赔,即向外商进行索赔。更重要的是,中国工程人员在国际通行规则的运行中还发挥了中国特色,创造了"成建制引入施工队伍"的成功经验。这种经验并不与菲迪克条款的某一具体条目吻合,但却是大见成效。权威国际咨询专家说,菲迪克条款在1957年问世,至今已修改到四版,也许在第五版、六版中,会出现一条小浪底工程引发出的新条目。与国际接轨,在小浪底开始出现双向相接的苗头。

遗憾的是我到小浪底时工程已经全部结束投入使用了,采访不到当时在这里干活的普通劳动者。可是陪同我的宣传处副处长说,即使我那时来,也看不到一般大型工程施工中所见的场面。在长三十四公里、宽十七公里的小浪底工地上没有高音喇叭,没有标语牌,也没有万头攒动的激动人心的景象,而且记者的正常采访也可能遭到拒绝。上万人在严格的规范化管理下静悄悄地干着世界规模级的特大工程。如今建设者们已经散到各地甚至有的已走出国门,到新工地上搞水利工程了。我想,张基尧副部长说的"创一流工程,总结一流经验,培养一流人才"的话,所有经历小浪底工程建设的人不仅仅在技术方面有所提高,更重要的是获得了国际眼光,成为真正意义上的现代人了。

然而,当副处长带我上山如他所说的"旅游旅游"时,山路上却拦着根破木头,一个衣衫不整的农民模样的年轻人趿着鞋从木板钉的岗亭里钻出来,张开手向我们要"过路费"。经副处长交涉,才懒洋洋地放我们通过。副处长两手一摊说没办法,这块地方是划给搬迁移民搞旅游的,他们就这副样子。看来,整个中国要全面地与"国际接轨",还有很长的一段路要走!

时尚制造者

　　早在亚当夏娃把树叶挡住下体之前，猿人就用兽皮遮羞了。那时的时尚表现在兽皮上，很可能异彩纷呈花样翻新，能上巴黎时装博览会的Ｔ形台。到人类社会出现阶级阶层，不同的阶级阶层有不同的衣着服饰，这在封建等级社会中是有严格区分的，但在相同等级的人士之间，会允许他们互相争奇斗艳，于是这就展开了"个性化""个人化"的时尚天地，遗憾的是那时没有出版时装时尚杂志，不然那会是一份非常珍贵的历史遗产。即使从后来出土的一些古代衣冠饰物用品上看，其精美高雅程度，也够叫我们这些不肖子孙目瞪口呆了。可见自有人类就有时尚，时尚是人类文化的重要表现之一，而人类社会仅就时尚这方面说，不但没有进步反而有很大的退步。这大概可以作为"人文精神失落"的例证之一吧.

　　有一年我访问台湾，记者问我对"新新人类"有什么看法，我还不懂什么叫"新新人类"，记者告诉我，主要是指现在的一帮年轻人，人生目标是个人享受，崇尚时尚，追求玩乐，在衣着服饰等发式妆束及日常用品与家具上极力表现"个人化"和"个性化"等等。我说，如果是这样，那么现在的"新新人类"比过去的"老老人类"差得远得多。我们的祖先那才叫做"个人化""个性化"哩。因为我们的祖先使用的全是手工制品，而现在的"新新人类"也好，"布波族"也罢，只能接受工业社会批量生产的产品，大至汽车、住房、摩托车，小到手机、手表、围巾（在闹 SARS 时还有口罩），你再别出心裁，厂家也不会为你单打独造一个（王室、总统除外）。手工制品给人以想象、表现与创造的空间，即使一个小小的玉佩，也会因佩带者的个人性格爱好而呈现出千变万化的形态，不仅有花样繁多又独一无二的鼻烟壶，还有古人在夜壶上也玩出各自的花样来。但现在的"新新人类"、"布波族"只不过是在市场上进行选择而已。不管他（她）怎样标新立异，也仅仅是品牌型号的差别和在艺术、科技含量上见高低，其不同处，主要还是表现在价格上。商品价格成了身份的表征，成了是否时尚的表征。可是请问，现在顶级的"新新人类"、"布波族"中，除石油大亨与萨达姆外，有谁是用专为他个人制造或者就是他本人设计的夜壶（小便器）的？因此说，这帮"新新人类"、"布波族"，不是在玩"物"，而是"物"在玩他（她），说到底，是生产商品的厂家在玩消费者。"大玩家"、领先时尚者，不过是高消费者罢了。因而当今世界各国像点样子的厂家都拥有各自的设计师，因而，说到底，现在只有挖空心思的设计师才是制造时尚的人物。试想，由每一个人都是时尚的表现者、制造者，变成只有一小撮人来引领制造时尚，这个社会究竟是退化了呢还是进步了呢？

　　现在的"新新人类"、"布波族"以为过去的"布尔乔亚"（即"布波族"中的"布"——"大资"和"小资"）穿着使用佩带的都是名牌，殊不知那时（至少在中国）的"老布"们极少到市场上去购买衣着服饰用具，名门贵族和富户都雇用裁缝师傅在家里做衣服，不但严格量体裁衣，哪怕一个小纽扣也完完全全照穿着者的心意缝制；家具摆设等等也是如此，雇用有名气的木工师傅和玉器师傅专门按自己的要求订做。这"心意"与"要求"中就出了独特的创造创新，主人于是就自我

"时尚"起来。"购物",是现在"时尚一族"最爱好的活动,shopping来 shopping 去。而过去的"时尚一族"却是不屑于逛商场的,觉得逛商场是"下等人"的事。当然,现在是商品经济社会,没一个人的生活能离开商品,离不开商品就得进商场,可是今天你仍然看得出来,学者们、高级知识分子们闲逛商场的极少。

学者知识分子"首富"的代表人物算是比尔·盖茨,这是"知识经济"的产物。现在流行的休闲服好像是由他引领的。富且贵了后反而不讲究穿着,倒随随便便了。这看起来与历史规律反其道而行的现象,其实也是人类社会退化的一个表现。过去,富且贵之后就有闲,如今是富贵之后还得拼命干。不是比尔·盖茨爱穿休闲服,而是残酷的竞争使他不得休闲,从而不得不在穿着方面随随便便一些。他一随便,大家都跟着随便了,这又成了"时尚"。真正有闲的失业人员与无闲又有钱的阶层在衣着上都站在同一水平线上了,在非正式场合,美国总统和美国的无家可归者在穿着上没有什么大的区别。这种"时尚",实质上表现了人类生活品质的下降。人越活越忙碌,就为了工作而生活,"独坐幽篁里,弹琴复长啸"那种悠闲劲儿都没有了,活着还有什么意思?

那么,谁在追求时尚呢?也就是说,谁最易被商品厂家的设计师所诱惑呢?当然是既有钱又有闲而又不擅长或懒得创新的一部分社会群体。创造创新交给别人去做,然后自己跟进,享受所谓的时尚。这个社会群体非女士们小姐们莫属了。所以说,今天时尚的体现者主要是可以不从事社会劳动但必须有钱的女性,换句话说,这个群体才是生产商品厂家的主攻目标。本质上是一个弱势群体,却因其高消费而在表面上成为社会的强势群体,成为时尚引领者和制造者。看来,女权主义还"任重道远"得很哩。

61

女人内裤的哲学

逛了一次百货商场。现在中国所有的商场都把很大一块面积出租给小商贩,让他们摆摊。租出的这一部分,是商场里交易最活跃的一角,商品的花色多,品种全。小商贩的服务态度要比国营商店的售货员热情,在那里你还能看到笑脸,而且他们的叫卖声调很高,常常拉住游客刺刺不休地介绍他们摊位上的货物,和巴黎"跳蚤市场"中的阿拉伯人一样。

一个清脆响亮的叫卖声吸引了我的注意。

"快来看啦! 快来买啦!"那女商贩至多二十岁,长得还很漂亮,拿着一条女人的三角内裤,不停地在游人面前晃动,像挥舞着一面旗帜。"这女人裤衩不是普通裤衩啦啊! 请来看最新发明的药物裤衩啦啊! 这裤衩专治女人的外阴瘙痒啦啊! 穿了这裤衩能治妇女病啦啊! 女人有外阴瘙痒,有阴道滴虫,穿了这裤衩三天内保证治好啦啊! 快来买啦啊! 最新发明啦啊! 咱们这药物裤衩有专利权啦啊! 总理还给咱们这裤衩题了词啦啊! ……"

政府总理居然给专治外阴瘙痒的女人内裤题词! 这可是件新鲜

事！她的摊位上摆满花花绿绿的不同型号的女式三角内裤，还有非常性感的、让男人看了会想入非非的用薄纱制的透明内裤。几个女顾客在她的摊位前挑选，一会儿就卖出了几条，看来患外阴瘙痒症的女人还不少，政府总理的题词是最有力的广告，起了相当大的促销作用。

当然，政府总理不会为这个专利做广告，并没有给这种内裤题过词。但她这样喊叫也没有一个人提出疑问，商场的治安人员在四周逛来逛去，仿佛熟视无睹。商场内一片喧哗，叫卖声不绝于耳，她吸引顾客的方式不过是所有小贩们吸引顾客的方式中的一种罢了。

我不禁无声地笑了。

第一，前些年，如果有人把"政府总理"和女人的三角内裤结合在一起，马上就会被捕。捏造总理给女人内裤题词的小贩，至少要以"污蔑党和国家领导人罪"判上三年五年。而如今，小贩假借总理的名义推销自己的商品也无人过问。在商品经济大潮的冲击下，"政府总理"这一崇高的头衔在人们心目中已失去了神圣不可侵犯的光环！

第二，按中国的传统习俗，女人的贴身衣裤是不能让外人看见的。过去，女人洗了自己的内衣内裤，必须晾在隐秘的地方。女人的贴身衣裤被男人看见，是女人的一种耻辱；男人看到绳子上晾晒着女人内裤，会以为一定要"倒霉"。今天，透明的女人内裤也大量制造出来，并陈放在公开场合任男人和女人挑选。中国古老的禁忌已不复存在！

第三，商店即使公开出售女人的内衣内裤，过去也一定由中老年妇女当售货员，而且摆设在妇女专用商品那一角的柜台里，因为年轻的姑娘和少妇决不会当众购买内衣内裤。年轻的姑娘和少妇，更不会当着络绎不绝的游人高喉咙大嗓门地兜售女人的专用商品，而且这种商品还和女人最隐秘、最敏感的部分的最不可告人的疾病有最密切的关系。男女之间的防线，女性的羞赧感，已在追求现代化的进程中彻底崩溃！

如果继续探索下去，还可以得到第四、第五、第六……直至最深层的哲学结论。总之，一个年轻的小姐，当众高声喊叫出售这种专治女性外阴瘙痒的"药物内裤"，非常充分地说明了中国正在变，而且指示了向何处变。

谁说太阳之下没有新事物？

商场里这生动的一幕，给了我灵感，我下一部小说《钱歌》，就以这一场景开始。

中国土著的廉政观

　　国文兄打来长途，说他有两位朋友办了一份杂志，请他约些名人写点有关廉政建设的文章，并说张洁、叶楠、晓声等都写了。有了那些名家谈廉政，我就没有什么话说了，因为我肯定同意他们的意见。不过，由于我呆在远离北京的"老少边穷"地区，倒经常能接触到许多最普通的老百姓，不知怎的，也许我是井底之蛙，一提起"中国国情"、"中国特色"，我首先想到的就是他们，仿佛他们比东南沿海及中原大城市的人更能代表"国情"和"特色"。这些人，我也不能说是"群众"。因为如果我把他们称为"群众"，他们的看法就成了"群众意见"。这太严重、太政治化，我这篇短文承担不起。想来想去，只好把我接触的这批人叫做"土著"。

　　中国"土著"对于廉政的看法，的确与报刊杂志上登的观点很不相同，也颇有趣。据我听来，大致可分为这样几类：

　　一类，只注重看领导人或官员的个人生活作风，所谓"生活作风"，因为土著们本身的生活就极简单，所以也仅仅是看吃、穿两项罢了。比如，这个官员平时吃得很清淡，只爱吃家乡饭，最大的奢侈不过是来碗红烧肉，穿的衣裳打着补丁，生平不爱钱，甚至手连钱都不碰，那么，这位领导人或官员即使把这地方治理得民穷财尽，冤狱遍地，土著们评论起他来都会一致称赞；不管他办了多少坏事，糟蹋浪费了多少人力物力，土著也认为他是"好心办了错事"，不但会原谅他，而且仍十分崇敬，离任时或逝世后，还会一把鼻涕一把眼泪地对他依依不舍，万分怀念。在土著的心里，"廉"和"政"是分开的。

把"廉"和"政"分开的另一种土著心态却恰恰相反，只看"政"不顾"廉"。有个土著曾跟我说："妈的！只要这个官儿把咱们的生活搞好，把经济搞上去，他坐啥'奔驰'，哪怕他坐'桑塔纳'呢（这个土著以为'桑塔纳'比'奔驰'高贵）！他要高兴，咱们还愿意用八抬轿子天天抬着他去上班。至于玩女人嘛，咱们县上至少有二十万女人，他一天玩一个，一年也才三百六十五个，够他玩的！"我瞠目以对，不知再和他说什么，因为他的头脑里恐怕还没有现代政治中"廉政"这一概念。

头脑里没有"廉政"概念的土著非常普遍。办点事要请客送礼，和结婚过年时要招待亲朋好友一样成了风俗习惯，已经深入到民间。假如我持反对态度，定会遭他们的白眼，我倒变成不懂人情世故的人了。而他们对收礼的官员，内心里也决没有一点蔑视，认为收了礼就是"受贿"，不收礼就是"清廉"。只是在官员收了礼却不办事的情况下，土著们才有点抱怨。你如不信，可看中央电视台"焦点访谈"的某些节目与所谓"法制文学"的某些文章，很多制造假药、销售伪劣商品的人和贩卖妇女儿童的人，当记者问起他们"知不知道这是犯法"，不是很多犯人都回答"不知道"么？问起受害者，受害者也不知道受了害可以到什么地方去申诉，好些人还根本不知道自己受了害。这不由得常使我感叹，我们国家是最最重视"政治学习"的，四十多年来全国花在有组织的"政治学习"上的时间和金钱，肯定超过全球其他国家的总和，但我们"学"的东西跑到哪里去了呢？我们"学"的是什么东西呢？"学"来"学"去，结果是全国有近四分之一的文盲和更多的法盲及科盲。

什么叫廉政？"不知道！"

其实，官员收了礼，是愿意给你办事，不收礼，便是不准备给你办事的表示，已是人人心中有数的了。有人说这种歪风邪气是改革开放后搞市场经济才出现的。可是土著们不这么看。追根溯源，这种现象还是至今仍有人留恋的"文化大革命"的产物，是"有权不用过期作废"的余韵。至于说是不是"量变发展到质变"了呢？请听土著们的比较：一个土著说，"物价涨了嘛！这会儿的一万块钱，也就相当那会儿的一百块钱。再说，现在找个婊子来跟管事儿的睡，总比把自己的老婆送去好吧！"土著们并不认为目前更糟，现在比过去还是有进步的。

更有甚者，很多土著不信任清廉的官员，而对不怎么清廉的官员反而感到亲切。譬如，西北某中等城市有位市委书记，在任七八年，没给自己的亲属子女解决过户口，安排过职务，虽然政绩平平，但清廉可说是清廉的。离休后，土著们评论起他来却说："他连自己的亲属子女都不顾，还会顾咱们老百姓吗?！"不错，"齐家治国平天下"，他连自己的家都没有"齐"，遑论"治国"？还有的土著用官员是否收礼来衡量这官员是不是"跟群众打成一片"，"对群众的态度"。有篇小小说写的就是这个内容：有位清廉的官员上任后一本正经，下属见了敬而远之，弄得他也很苦恼，一次他生了病，人们纷纷提了礼物去看他，而他也照单全收，这才把关系搞好起来。看到报纸上登某某官员拒收贿赂，有的还有确切的数字——"拒收二十一次，共三万七千二百元！"土著们就对此大有怀疑："每次贿赂给他的钱他都先数了再还给行贿者？""他怎么不把行贿者当场抓起来交给公检法处理，以致人们一次次地向他行贿？""这三万多是他报的，还有没报的呢？"等等。有个较为富裕的土著个体户跟我聊天说："我一听见'廉政'就害怕！"我奇怪地问，廉政对你只有好处，那是针对干部的又不是针对你的，你怕什么？他说："干部不廉政，我花些钱还能办成事，一廉政，干部不收礼了，可也不办事了，对于咱们个体户来说，真是得不偿失。

其实我要办的事也都是在法律允许范围内的，又不是犯法的。我只求办得快一点，顺当一点而已。""两害相权取其轻"，不清廉似乎倒能提高办事效率，这种现象怎么解释？

如此等等，不一而足。

我自以为有点政治常识，也跑过外国，领略过些许现代国家的行政规范和风土人情，但面对土著们这种深入骨髓的习惯，我也不知如何"教育"是好。有时想，这就是"中国特色"和"国情"吧，不如随大流图个顺利，逆潮流而动必然四处碰壁；有时想，要在中国解决廉政问题及树立廉政的观念，恐怕还要从更深层处着手吧。

透视中国人的英雄观

中国文化自古以来就有"英雄"这个概念，可是中国人是把英雄和做大事业的人与领袖联系在一起的。中国人崇拜圣人、皇帝、国家领导人、政治家、军事家等等具有高度文化权势、社会权势和政治权势的人物。不管什么人一旦取得这样的地位，在中国人的印象中他们自然而然地也就成为英雄了。尽管普通老百姓在日常生活中有数不胜数的英雄行为，也会被有权势的英雄发射的光辉所淹没。在中国电视屏幕上，不论你选择哪个频道都能看到讲述英雄故事的电视剧，闪耀着英雄的高大形象。电视在中国是覆盖面最广的媒体，很多人不看报纸但没有人不看电视，而几乎所有电视剧歌颂的英雄都是上面说的那种具有高度权势的人物。正因为他们拥有了高度的权势，才会被编剧选中作为故事的主人公，在中国观众面前重演他们过去的英雄行为甚至是他们传奇般的神话。所以，中国人会想：要当英雄首先必需要有权势。

还有一种是官方树立起来作为中国人学习榜样的英雄。他们是从普通老百姓、普通士兵中产生的。这种"英雄"实际上是官方加封的一种光荣称号，服务于官方的政治目的。他们的英雄事迹经官方整理修订后发布，这种人物的一生中似乎从来没有过失和性格上的弱点，好像天生下来就是"英雄"，叫老百姓叹为观止却又无法去做。久而久之，这种人物的姓名也就成了一个社会符号，在老百姓口头传来传去却极少人认真向他学习，即使认真去学的人做到了其中一项，没有官方的正式加封也不能成为"英雄"。

　　在中国人的心目中，"英雄"必须是能干出一番大事业的人。中国有句俗话"不以成败论英雄"，也就是说，即使你干失败了，只要你干得大，有广泛而持久的社会影响，也有可能被老百姓视为英雄。还有，中国人一向偏重于在政治角斗场中寻找英雄，特别是政治斗争最极端的形式——军事斗争中，似乎只有在这方面不论成功失败都会显露出英雄本色。这种忽视普通人在日常生活里偶然表现出的英雄行为（一个人的一生中没有几次表现英雄的机会），是中国文化的一大缺陷。如果你问今天中国的年轻人将来的愿望，绝大多数都会回答他们想当高官、巨富或将军，当然也有人想当科学家、作家、艺术家，总之，都想取得高度的社会权势、经济权势或文化权势，因为他们知道，只有在他们取得了这样的权势后才会成为人们眼中的英雄。

诚信政府与无诚信的官员

　　政府无疑是讲诚信的,特别是在以胡锦涛为总书记的新的领导集体执政后,通过"非典"的考验及 2003 年中一系列政策措施,大大增强了政府"以民为本,执政为民"的诚信形象,更进一步提高了人民群众对中央政府的信心。可是,各级政府中却散布着许多无诚信的官员,有的无诚信官员还占据着政府中很重要的位置。政府是由大大小小各级官员组成的,在老百姓眼中,政府是抽象的,官员却是具体的。有道是"现官不如现管",日常与老百姓打交道的并非政府,而是政府的各级官员,如遇到讲诚信、也有条件兑现承诺的官员,"诚信政府"也就名符其实了,遇到的如是无诚信的官员,老百姓却不会以为是这个官员的问题,而是把账算到政府头上,认为是政府没有诚信。这就是目前我们的诚信政府常常碰到的尴尬。

　　我之所以在这里用"无诚信"而不用"不讲诚信"来界定某些官员,是因为压根儿就抱着不讲诚信,居心欺瞒哄骗来当官的人毕竟极少。我们应该知道,讲诚信是需要条件的,兑现承诺是需要有一定权力资源的。在基本上已经形成权力部门化、部门利益化的今天,上级政府官员对老百姓真心实意的承诺，下级政府或部门官员常会依据自己地方或部门的利益加以权衡，如果与自己地方或部门没有什么利益冲突至少无损，那就一路顺畅，贯彻无误，政府从上到下就真正"诚信"了；倘若与自己地方或部门利益有矛盾，那对不起，下级官员就会举出这样那样的困难让上级官员无可奈何，使上级政府官员的承诺大打折扣，以至于一级一级地逐渐把上级政府的承诺"消化"于无。你还不能说上级政府不讲诚信，而是他没有讲诚信的条件，"令不行禁不止"这种现象已相当普遍。"政治路线确定之后，干部就是决定一切的因素"，这句真言从列宁、斯大林一直传到毛泽东，直到今天仍有它的现实意义。诚信政府遇到无诚信的官员（干部），如何诚信得起来?!

　　如今的官员也知道选举的重要了。能上不能上，选票是一关。可是，手拿选票的大多数是"圈子"里的人，这些人即使是你的下级，也是得罪不起的。原来权力集中的时候谁都两眼向上，"唯上是从"，下面不敢"抗上"，现在下面又多了一个选举权，要两头兼顾，有多方钳制，替政府官员想一想，也叫他们为难。下面抗了上，又如何呢?你就是他们选出来的，因而你的一个无形的任务就是保护"圈子"内部的利益，你的诚信触犯下面利益的话，那只好让"圈子"外的普通老百姓或民间企业吃点亏了。

　　所以，各级人民代表大会如果不突破由"圈子"内部的人（大大小小的各级各类干部官员）组成的结构，让"圈子"外的真正来自民间的人大代表占有一半以上的席位，党政一把手如不能破除下面权力部门化、部门利益化的格局，把人民赋予他的权力一竿子插到底，政府就很难事事有诚信。

变形语言的审美享受

曾在《书屋》杂志上看过一篇文章,题为《病句走大运》,总的意思是批评类似《诗刊》给我提供的《我的肌肤充满了蝴蝶》(作者卡琳·葆叶)这样"病句"堆砌的诗的。我不知如今这类诗该叫做什么诗,早先好像叫"朦胧诗",现在是不是把它们归为"现代"或"后现代"了?不错,确有许多故作高深令读者莫名其妙其实是诗人自己舞文弄墨的文字产品,可是也不能否认还有不少此类"莫名其妙"的诗读着读着能读出某种味道来。其中的"妙"是要读者去感觉去品味,而不能靠理性去"懂"的。我们一直读惯了线性语言,在口头上更是一直使用线性语言来表述表达,碰上非线性语言当然会觉得绕口,难于理解,这是很自然的。然而,诗本身是一种语言的艺术,甚至可以说是语言的游戏。请读者别以为我把诗当作"语言游戏"有什么贬意,"游戏"也有味道,也能使人感悟。问题是诗人能把语言玩得好,玩得妙,玩得读者得到一种审美享受,而不是再怎么读都是一头雾水。

我们好多祖先在诗中玩语言比咱们要超前多了。譬如杜甫的"香稻啄尽鹦鹉粒,梧桐栖老凤凰枝",鹦鹉啄稻谷、凤凰栖梧桐是线性语言,主、谓、宾一调就成了典型的非线性语言。其实非线性语言并没有表达什么别的意思,可这样一玩就有了意思。《我的肌肤充满了蝴蝶》还不能算作典型的非线性语言,只是状、主、谓、宾的搭配上是非线性的,是变形的,肌肤怎么会充满蝴蝶呢? 乍一看真是胡说八道,不说它是"病句"也难。然而,一种意境一种感觉一种联想就寓于其中,意境不是在理解中产生,而是从品味里顿悟的。所以才有压根儿不用语言,只朝你竖起一根手指头你就能悟到禅机的事。我个人比较喜欢这种非线性的"病句",也曾用这种"病句"的笔法写过小说。既然说起"蝴蝶",我就选摘一段《习惯死亡》中的段落:"你们脚不履地地双双飘出奥克兰机场,比任何一架从这里起飞的飞机都轻盈。/美国西海岸晴彻的暮色,把你们的肉体融化于其中。你们是两只透明的蝴蝶,蹁跹在所有钢铁和水泥焊接堆砌的建筑物之上。你们无色的翅膀因千百只闪烁的霓虹灯光而带着越剧服饰上的那种古典的彩斑。"《习惯死亡》整部小说我都是用这种"病句"似的句子堆起来的,所以,《我的肌肤充满了蝴蝶》这首诗不知别人领悟不领悟,我还是喜欢的。

今日再说《大风歌》

　　1956年可说是中华人民共和国成立后形势最好的一年,毛泽东用诗人的语言表述了中共"百花齐放,百家争鸣"的"双百"方针,据传达内部讲话的精神,社会已开放自由到了准备出版《蒋介石选集》的地步。那时真正是人人心中舒畅,生活蒸蒸日上,如俗话"芝麻开花节节高"。虽然我因出身"官僚资产阶级",又是"关管斗杀子女",在1954年高中即将毕业时受到不公正对待(见拙著小说《青春期》),不得不携老母弱妹随北京贫民迁移到黄河岸边务农,而也正是在1956年,我却被中共甘肃省委干部文化学校录用为语文教员,似乎家庭出身已不再是求学求职的一大障碍了。总之,我的确感受到了"新时代的来临",于是我以全部的真诚唱出了这首《大风歌》。可是转眼到1957年我却因此被打成"右派分子",首先发难的是《人民日报》。《人民日报》在当时看来如同"圣旨",这决定了我以后长达22年的劳改生涯。

　　今天再读这首诗,不能不说我还真有点超前意识,副标题"献给在创造物质和文化的人",不就是我们现在说的精神文明和物质文明建设吗？并且诗里还预见到了"知识经济"的来临哩。改革开放后，我想我仍保持了那点超前意识，譬如"下海"和在新时期的一系列言论。当然，诗中也预示到"任那戈壁滩上的烈日将我折磨/忍受深山莽林里的饥渴"。《大风歌》简直是谶语。

　　可是自《大风歌》后我再写不出诗了。诗人必须是将假象当作真相的人。只有假象令人兴奋，令人哀伤，令人快乐，令人愤怒（"愤怒出诗人"）。真相只让人沉思和冷静。自经历了"皮破骨损"、"满身伤痕"，尤其是1960—1962年与全民共渡中国可怕的大饥馑，我从劳改队的破停尸房爬出以后（见拙著小说《习惯死亡》、《我的菩提树》），世界上再没有什么能使我情感产生波动，在瞬间爆发出灵感的火花了。人一"务实"便无诗可言，我已失去了诗的境界和高度。

　　此诗写于1957年4月，发表于《延河》文学月刊1957年7月号。那时我是多么热情啊！

过好每一天

  1999 年底全世界曾闹腾过"迎接新世纪",说 2000 年就是二十一世纪了,名曰"新千年"或"千禧年"。1999 年 12 月 30 日午夜,通过卫星转播,可以看到凡有条件闹腾一下的国家,从美国纽约的时代广场到中国北京的天安门,成千上万有心情的人们唱歌跳舞拥抱狂欢,个个兴奋莫名;有古钟的城市撞古钟,没古钟的城市现造口钟来撞,确实热闹非凡。第二天清晨,连我所在的不大的城市也搞了一次"万人迎接新世纪曙光"的长跑,可想那天全球有多少人迎着晨光傻跑。可是,刚刚迎接完"新世纪",祝辞的墨迹未干,又来了个说法,说到 2001 年才算真正的新世纪,2000 年不算,那还是二十世纪末,今年大家都得退到起跑线上重来一遍。这真应了老黑格尔的话:历史上的事件都会出现两次。

  所有的热闹与喧嚣当然都是人们制造出来的,人只要一"扎堆",聚集成或大或小的群体,一定会搞出些事情来起哄。大而言之叫文化的表现,小而言之就叫做"炒作",尤其在资讯媒体发达的现代,芝麻大的事都会一呼百应,何况涵盖全球的"跨入新世纪"了。这种事又是好事，只有它才是属于整个人类的节日，不管贫富贵贱贤愚都能在这上面"找乐子"，上海话叫"寻开心"。政界可以借此鼓动民心，企业界可以借此推销产品，文化界可以借此大发感慨，娱乐界更增加了演出场次……好在整个社会总算营造出一种从此每个人都能改变面貌，从此生活就会大有起色的令人振奋的气氛。所以，再次迎接一下新世纪，重新振奋一下又何妨？但热闹一过，人们又会觉得日子仍然如旧，世界并未焕然一新。打的地方照样打，闹的地方仍是闹，贪污渎职的并不因跨入新世纪而痛改前非，社会问题也没有在新世纪的曙光下冰消雪解。人们发觉，今天不过是昨天的继续，昨天不过是前天的继续。至于明天怎么样，不是看你上个世纪过得怎么样，而是看你今天怎么样过。因而热热闹闹地迎接完新世纪之后，就会有点寂寞难耐的失落感。

78

其实，人的一生不过是一个个日子串连起来的罢了。因而，只要你活着，过好每一天才是最重要的。迎接新世纪的大好节日中你不妨跟着人们玩闹，而在人们都因"世纪末"而惶恐时却用不着杞人忧天。人一扎堆成为群体就变得幼稚，所以世界各地都呈现出人越多的地方理智越少的怪现象。跟群体接近最好像保姆带孩子一样，又要逗他玩，又不误做你的事。"迎接新世纪"也只能如此。

"力工"

——山城重庆的精神品牌

近日到重庆,听说各大报正在为"棒棒"向市民们征集一个正式称谓,记者在飞驰的轻轨上征询我的意见,我笑着说了个"力工"。第二天便用大号字见诸报端。后来得知,要给"棒棒"改名的呼吁出自市长王鹏举同志,才使我意识到在重庆这是个严肃的话题。鹏举同志觉得"棒棒"带有蔑视和侮辱的意味,要为出卖苦力的劳动群众"正名",表现了一个共产党人对底层劳动者的人文关怀,不但让我肃然起敬,而且使我有"正中下怀"之感。我建议将"棒棒"改为"力工",看似脱口而出,其实是早就萦绕在心头的。

抗日战争中我在重庆生活了十年,在那里,我迈出人生的第一步,开始牙牙学语,至今,我还能说一口纯正的重庆方言。重庆是我的第二故乡,我一直对重庆恋恋不忘,我的小说中就常出现对重庆景物的描写。我把爱好绘画的儿子送进四川美术学院上学,也含有对重庆的这份情感和信任。孩子在美院附近找了套出租房,购买了一些家用电器,在石阶坎坷的黄桷坪,大件电器只能雇"棒棒"来背。那时,我就指着背着沉重的冰箱的"棒棒"的背影,对儿子说,向什么历史上的伟大人物学习,都不如向"棒棒"学习来得实际! 正是他们,充分体现了什么是吃苦耐劳、尽力而为、正视现实、不惧艰险;什么叫一步一个脚印,什么叫脚踏实地。他们就是极为形象生动的写照。只有他们,才真正深切地体会到经济学上的命题:"天下没有白吃的午餐。"抱着"棒棒"这种彻底的现实主义态度,才能面对残酷的人生,才能在社会上立于不败之地。我告诉儿子,你遇到困难的时候,想偷懒的时候,与其坐在屋里读伟人传记、英雄故事,还不如到街上去观察一下"棒棒"来激励自己。

　　我对"棒棒"的好感自小就油然而生。抗日战争期间,日寇对重庆进行了三百多次狂轰烂炸,可是重庆的再生能力却非常强。那时,重庆绝大多数民宅的墙是竹篾编的,竹篾上抹一层石灰,顶上铺一层瓦便成了房屋。虽然简陋却也自成一体,别具一格。日寇飞机今天来炸得遍地焦土,不几天新的民宅又拔地而起。傲然矗立起的新屋比竹子生长的还快,用"雨后春笋"远远不能形容其生长速度和坚韧不屈。而在地貌起伏不平的山城,所有建设都要靠像蚂蚁一样勤劳刻苦的"棒棒"来搬运。我家的墙也被炸弹震塌过,我曾亲眼目睹"棒棒"是怎样在我一支棒棒糖还没有吮完的瞬间,将我家的房屋恢复起来的。

　　可是,无庸讳言,"棒棒"这一称谓确实含有侮辱至少是轻蔑的意味。虽然有很多地方的老百姓为了方便,把某些职业的从业人员以从业者的衣着或使用的工具来呼叫,比如上海人把火车站的搬运工叫做"红帽子",北京人把拉平板车的运输工人叫"三轮"和"板儿"。"棒棒",看起来是以他们使用的工具(肩挑的扁担或木棍)为职业标识,但在重庆方言里,"棒棒"这一称呼会让人联想到"棒老二"和"棒客"。在五六十年前,重庆人把土匪就叫"棒老二","棒客"呢? 是比土匪更可怕、叫人防不胜防的从背后打闷棍的贼。"棒老二"和"棒客"曾在重庆城乡猖獗一时。我记得五十多年前,重庆还没有"棒棒"这一称呼。那时,重庆的主流社会是从北方和东部各省敌占区涌来的"下江人"为主,"下江人"掌握着话语权。"下江人"把这类体力劳动者一律唤为"挑夫"。"挑夫"一词还比较文明。"挑夫"和"纤夫",是抗日战争中活跃在大后方陆路和水路上的两支巨大运输力量,他们在整个抗日战争中有不可磨灭的贡献。这么说来,"棒棒"这一带有贬义的称谓,很可能是重庆人自己的发明,重庆人当然义不容辞地有为他们正名的义务。

　　"棒棒"或"力工",应该是山城重庆的精神标兵。众所周知,重庆是座山城,大型机械在很多地方无法施展,从每一座广厦到每一个人成家立业,都离不开人力肩扛背负。说整座山城是建立在"棒棒"或"力工"的双肩和脊梁上的,这话并不过分夸张。今天的重庆已高楼林立,灯火辉煌,夜重庆的景色之美不下于夜香港,但周围还有十来个县市并没有完全改变落后面貌。整个重庆要达到高度现代化,还任重而道远。在相当长的时间内,重庆都需要"棒棒"或"力工"。鹏举市长对"棒棒"的尊重大概既出于人文关怀,又极有远见地看到这类体力劳动者对重庆建设的重要性及长期性;并且,作为一位市长能对"棒棒"如此垂青,我还认为,他与人文学者一样对"棒棒"们的精神表现及劳动态度不止是尊重,还有一份尊敬。的确,在重庆实现全面小康、建设和谐社会的征程中,重庆人应该像你们今天呼之为"棒棒"的劳动者一样能吃苦耐劳、尽力而为、正视现实、不惧艰险,脚踏实地,一步一个脚印;你不觉得你经常在街头看见的那些手提棒棒和绳索要为你分担重负的人身上有值得你学习的地方吗? 在他们中间很可能就有今天被誉为"时代先锋"的王顺友式的人物。那么,就请尊重他们吧! 首先从称呼上开始。当然,我说的"力工"可能也不尽贴切,但我想,三千多万重庆人只要能和你们的市长一样尊重这类体力劳动者,肯定会自然而然地、约定俗成地对"棒棒"有个中性的、符合其职业特点的称谓。

辑 二

西部,你准备好了吗

西部企业管理秘笈

——在"北大"国际 MBA"大管理论坛"演讲

很高兴受到北大国际 MBA 的邀请。十几年前我也曾到北京大学讲过一次话,但那次讲的是我的本行——文学创作。今天再次到北大来,却是向攻读工商管理硕士学位的各位讲企业管理。作家来向企业管理专家们讲企业管理,据我所知在中国还是第一次,这是我深感荣幸的。可是,各位在企业管理上都是内行,我来班门弄斧很可能"露怯",因而又感到很惶恐。不过,我毕竟在宁夏将一座古堡的废墟建设成著名的镇北堡西部影城,不仅为中国影视界提供了一处富有西部风光的拍摄场地,同时也是宁夏集观光、娱乐、休闲于一体的重要旅游景区,是宁夏投入产出比最高的企业之一。积有"下海"十年的经验和获得的成果,这大概是我还有一点资格被邀请来与各位一起讨论企业管理这个题目的原因。下面,我仅将我的一点心得呈献出来向各位请教,有"露怯"之处请批评指正。

一

在"下海"之前我也不能说毫无理论准备,在劳动改造的二十二年中,我唯一熟读的书就是马克思的《资本论》。当初,是像奥地利作家茨威格在小说《象棋的故事》中描写的那样,出于一种书生的积习,在囚禁中也要找一本书来读。《资本论》还是允许犯人看的,而没想到我一看便看进去了。这里我还可以自豪地说,我在中国可能是通读三卷《资本论》较多的人中的一个。诚然,改革开放后我有了阅读现代西方经济学和企业管理理论方面的书籍的机会,但翻阅了几本阐述现代发达的资本主义社会企业管理的书籍后,我个人总觉得它们与中国尤其是中国西部的现实有些格格不入,于是又自然而然地回到原来熟悉的《资本论》上。《资本论》在今天已经不是一部时尚读物,可是我不怕被人讪笑为"落伍"地说,如果把它作为一种方法论,它仍然是一部能够指导我们怎样建设市场经济的必读书。这部书不仅在黑暗年代告诉了我那时的所谓"计划经济"从根本上违反了社会发展规律,最终必然垮台,从而鼓舞起我顽强地活下去并怀着希望在屈辱中等待,而且在我"下海"后也时时指导我应该怎样实事求是地去经营管理企业;它无形中练就了我具有一种历史唯物主义的处事态度,使我往往有一点前瞻性。

具备一定的立足于现实的前瞻性是企业家一个很重要的素质,尤其在政策经常有变化的我国。要揣摩会有什么政策出台以及这个政策是否能够推行贯彻,不能只从主流意识形态及领导层的意志出发,而要从现实的需要和现实的可能性上去推测;不是看领导层要怎样做,而是看他们不得不怎样做。形势是比主流意识更为强劲逼人的东西。开始提出"建设市场经济"时我就认识到,即使我们把它称之为"社会主义市场经济",也肯定要不以人的意志为转移地与国际市场规则接轨,因而我一"下海"便自觉地尽可能按通行的市场经济规则办事。当时,很多人还不清楚正规的市场经济规则,我之所以还明白一点点,靠的就是《资本论》所举的实例和正文下的大量注释。市场经济的基本规则在一百多年中并没有太大的变化。

这里仅举两个实例:早在中央提出"建立现代企业制度"首要的一条是"产权明晰"的前几年,我就将镇北堡西部影城的产权以股份制的形式明晰化了。虽然在流行无规则游戏的西部经济环境中,在投入资金的比例上我吃了亏,但只要在我绝对控股的前提下,我可以允许必须要其参与的股东以"白条子"入账。西北有句谚语:"舍不得孩子打不了狼。"真正的企业家应该永远追求根本目标,为了不失去转瞬即逝的商机可以舍弃掉一点利益让给伙伴。在某些枝节问题上纠缠不休,往往会丧失最宝贵的时间,最后弄得大家得不偿失。后来的结果证明,西部影城以最快的速度、在最适当的时机建立起来,是今天取得成功的原因之一。而在产权明晰化的过程中我获得绝对的控股权,更是一个决定性因素。一个企业究竟是什么性质、是属于谁的都模糊不清,这个企业是绝对搞不好的。

另一个例子是,在今天人们都熟悉并承认的"知识产权"的概念在中国还不广为人所知的时候,我要恢复在镇北堡西部影城拍摄的著名影片的场景,将它们转化为旅游商品之前,就主动付给影片场景设计者一笔不大的费用,让我能有利用它们的权利。设计者那时还很惊诧,甚至不敢接收,他还没有意识到他自己拥有一种叫"知识产权"的东西。如果在大家都明白了知识产权的重要性,等他觉悟过来再向我索要时,今天我就必须支付数百上千倍的知识产权费用。这就是我具有一定的前瞻性的好处。

二

企业管理,我以为根本上不过在两个方面,一是资产(包括资金)的管理和运用,一是人员的管理和使用。今天我只谈后者。因为现在企业界都在喊"企业以人为本"，好像企业管理的重点就在于对人的管理。

世界上最复杂的莫过于人了，"管"人也就成了一项最复杂的工作。我之所以觉得西方发达国家的企业管理学与中国现实有距离，主要是因为他们的学问是针对管理他们国家的人的。我认为企业管理学首要的一条应该是因人而异，对不同的管理对象有不同的方式。打个我曾切身感受的比喻，尽管这个比喻非常粗俗并且有蔑视人之嫌，但却能说明问题：在劳改期间，我曾长期放牧，经验告诉我，放马和放羊不一样，放羊和放猪不一样，放牲畜又和放鸭子大不一样，何况"牧"人乎？管理在不同文化背景、不同生长环境中成长起来的人，必须有不同的方法和措施。管理美国人和管理法国人都不尽相同，更不用说管理西方国家的员工与管理中国员工不能采取同样的方式了。同是中国人，又有高素质群体与低素质群体之分，东部各省人与西部各省人之间虽是大同，也有小异。不久的将来，各位当中可能会有不少女士先生们在西部大开发的热潮中前往西部企业担任高级管理职务，而我今天又是以一个西部企业家的身份来这里介绍个人不成熟的经验的，所以，在此我首先申明今天我所讲的仅限于中国西部企业的管理，我所讲的内容没有普遍性，更不是"放之四海而皆准"的。

谈到西部企业管理，我必须讲的是，在东部沿海发达地区，更不用说在发达国家，有些根本勿须说、完全不言自明的道理，却是你必须注意并且需要反复强调的。我国目前还在所谓的"社会主义初级阶段"，西部大部分省区市更是处于"初级阶段的初级阶段"，因而你特别要注意一切都从"初级"开始。到了西部，恐怕你要把高深的理论先放一放。远洋巨轮行驶到浅海，可能有搁浅甚至触礁的危险。

第一，你要管理使用员工，必须首先尊重员工。调动员工工作积极性的最好方法是企业主主动维护并实现劳动者的权益。在发达地区和发达国家的文化生态环境中成长起来的人，一般来说都已明确公民的权利和义务,在学校中就开始了职业准备。而中国西部各省区市刚从学校走上工作岗位的员工,即便是大学专科毕业的专业技术人员,在学校里受的都是"应试教育",具备现代企业所需要的职业素质与敬业精神的人不多。不是他们天生疲惫耍赖,而是学校里压根儿就没有敬业教育。我们目前的教育存在着很大的问题,还不能适应市场经济的需要。"政治课"中多为抽象理论,缺少公民法制内容,多数人不知道依法维护自己的权利,也不明确个人作为社会成员应尽的责任和义务。这也使很多企业老板有空子可钻,除了能源源不断地获得廉价劳动力之外,还可以进行"超经济剥削"。事实上也有不少老板在这场无规则游戏中发了财。这种"包工头"式的、盛行于资本主义原始积累阶段的做法,倒是与"初级阶段的初级阶段"很合拍的,大概今天在东南沿海也屡见不鲜。

89

可是,作为正规的企业家是不屑于、也不能这样做的。正规的企业家必须使每一个员工都能尽职尽责,以使自己的企业在激烈的市场竞争中具有强大的竞争力。而要想达到这个目的,你使用的就必须是正规的、合格的劳动者。只有正规的企业家与正规的、合格的劳动者相结合,这个企业才能兴旺发达。

我的企业是怎样招聘员工的呢?我手下的管理人员到人才市场上目测到合适的人,先把他们用大轿车接来,让他们作为游客将整个西部影城包括宿舍、食堂、澡堂、阅览室、文化娱乐场地都参观一遍,让他们熟悉他们将来的工作生活环境,然后公布各个岗位的工资及一般员工享受的待遇。如看了后不愿意在我们这里工作,就可不参加下一步的面试和笔试,在接待室里等待愿意在此工作的人进行两试。经面试笔试后淘汰下来的人和不愿在影城工作的人,请他们吃一顿午饭,再用轿车把他们送回城里。两试都合格的人,留下来签订劳务合同。

你的目的是劳动者能为你所用,符合你这个行业的生产或服务要求,遵守劳动纪律,发挥他们的主观能动性,给企业创造效益。那么,有远见的做法就是在你对他们提出责任要求的同时,也教给他们自身拥有的权利及怎样行使权利。明确地告诉劳动者:我为你做了我应该做的事,你就必须做到你应该为我做的事。在劳资双方的交换关系中,他也是与雇主平等的一方,如此才能让他们意识到:他不是一个无意识的劳动力,而是生产工具或服务过程中的一部分,是有自主能力和自由意志的人。出卖劳动力并非"打工挣钱"那样简单,他本身也是一个主体,一个"责任人"。于是进而认识到雇主支付给他工资,他就应该达到雇主的要求。他没有尽到应尽的责任或有失职行为,雇主有权按照企业的奖惩制度给他以经济处罚直至辞退;优质劳动力优价、低质劳动力低价是天经地义的经济规律。在劳动力买卖过程中双方都有"双向选择"的自由,他认为雇主给的报酬低于他的劳动力素质他可辞职,他要想得到提升或奖金,就必须付出更大的努力。这是一个人格的塑造过程。于是你才能进而对他们进行职业培训,激发他们再学习的积极性,争取成为具有一定素质的合格的劳动者。

企业不是学校,没有义务给员工们补充学校教育的不足。这话不错。但在西部省区市,从企业长远的根本利益出发,也许你不得不负起再教育的任务。众所周知,西部各省区市的教育比较落后,职业培训就更稀缺了。你很难在劳动力市场上找到完全适合你需要的人。要在西部创办企业,适合企业的职业培训多半要由企业自身来担负。关于职业培训,因各行业的需要而异,不在今天的话题之内。

对职业素质较低、不完全符合你行业要求的劳动力,你是用低廉的价格雇用他(她),还是按劳动力市场的标准价格雇用他(她)?因我们国家的性质,各地政府尤其是西部各省区市政府制订的劳动标准工资,并没有准确反映劳动者真正具备的职业素质,即使有正规学校的学历,往往也是价高于质的。所以在大批工人下岗,劳动力供过于求(实际上是低质劳动力供过于求,而优质劳动力却供不应求),劳动力市场开放的情况下,各地都形成了劳动力买卖的自由谈判价格。

这种价格低于地区政府制订的标准工资。有些雇主以为这是一个发展企业的大好时机,因为生产成本中的劳动力支出部分会大大降低。可是,我一"下海"就不贪这种便宜。我购买的不是办公桌椅,不是不可变还会陈旧的物件,我购买的是人的劳动,而人是可变的、可提升的。在得不到完全合适的劳动力的条件下,我宁肯支付给劳动者不仅高于他(她)本身具有的劳动力素质、而且高于本地区政府制订的同行业同级别工资标准的工资。镇北堡西部影城员工的收入高,在宁夏旅游行业中是尽人皆知的事实(当然不应算上现在风行于旅游行业中的导游员的不正之风所得的"灰色收入")。这在表面上看来好像是一种"不合算"的非经济行为,但我这样做了后:一、给予他们高于标准的工资,就让我取得了对员工高标准要求的权力,我有权督促他们努力向上,以弥补双方交换的不平等,如果个别人不努力弥补这个价格差,企业就有权行使企业的奖惩制度消除差距直至辞退,这给企业的严格管理与严格纪律约束奠定了道义基础;二、使企业对劳动者具有一定的吸引力,让企业有较大的选择劳动力的空间,可以在一个落后地区逐渐将比较适合的劳动者筛选出来。

91

给予比本地区标准工资较高的工资,同时按照国家颁布的《劳动法》给予员工种种劳动保障,哪怕是干一天活的临时工都要投保意外伤害保险;绝不搞无偿的所谓"义务劳动",并且严格地按超出的工时付给加班工资,工作到一定年限的员工都享有养老保险,哪怕他(她)还不到三十岁(这要在自愿的基础上,有不少员工本身是农民,有自己的土地,不愿参加养老保险的人很多);表现优良,到规定年限的职员还给予购房补贴;我企业员工的福利在宁夏工商旅游企业中也属一流。如此种种,加上公正的奖惩机制,镇北堡西部影城才能够成为宁夏旅游服务业的文明窗口,开业十年来,接待海内外游客超过三百万人次,从未被游客投诉过一次,留言簿上每天都有表扬和赞扬的留言;游客的手机掉进蹲便沟被水冲进化粪池,男员工能为他跳进几十立方米的化粪池将手机掏出来;聋哑游客随团来参观被导游发现,虽然旅游团已经上了大轿车,员工还急忙追上去把票款退还给他(因残疾人免票);游客在镇北堡西部影城丢失的物品,大至数万元的摄像机,小到一串钥匙,只要员工拾到了都能立即交还,有些无主的东西,员工还能根据线索到外省登报追寻到失主……这样的事情很多。而这种成绩却是在荒凉偏僻的落后地区由原来素质很低的劳动者取得的。这证明,落后地区低素质的劳动者不是不能提高的。关键在于企业要有一整套使人提高素质的分配机制和培训与奖惩相结合的教育手段。

在中国,在西部,企业对员工采用文明管理,员工才会文明化起来。

三

其次,有一个很重要的问题是应该让员工明确的。这个问题在西方国家人士看来大概很荒唐可笑,但在中国,尤其在西部各省区市,要想使你手下的员工真心实意地而不是不得已地表面服从你的管理,这个问题非搞明白不可。这个问题就是:"谁养活谁?"

长期以来,我国一以贯之地用各种方式向全体民众灌输"农民养活地主,工人养活资本家","资本家靠剥削工人发财"的教育。现在,一些电视剧和电视台播放的老电影仍然遵循这条思路导引广大观众。这种观念一直是我们的主流文化及文化生态环境的重要组成部分。时代变了,历史条件变了,但这种会引发"阶级斗争"的旧观念却常存不衰,只是因目前令人眼花缭乱的时尚的风靡,暂时退隐到后台罢了。这个"后台"不是别的什么地方,就在人们的脑海深处,你不知道在什么时候、碰到什么事情,它就会从脑海深处浮泛上来,大而言之引发社会动荡,小而言之也会让你的企业不得安宁。

说农民养活地主,在旧时代还有道理。因为地球上的土地,特别是一个国家所拥有的可耕地是个绝对量,是不可再产出的。你多占了一块土地,别人肯定会失去一份占有土地的机会。今天我不在此重复各位已经熟知的由许多经济学家包括马克思早就阐明过的地租理论。然而,资本是会增值的,增值的空间可以说是无限的。个别资本的增值不会妨碍其他任何人的资本增值,并且在一定条件下还会促进社会或一个地区资本的互激生发效应,使整体资本增值。同时,在当代世界,私人资本的社会化性质日趋明显,抛开它提供就业机会、增加税收来源、增强综合国力等等社会效益不谈,彼尔·盖茨个人的财富是美国社会财富总量的一部分,是不言而喻的。有关这方面的理论也不在我今天的话题之内,请允许我仍回到与企业管理密切相关的劳资关系、管理和被管理的关系上来。

马克思在《资本论》中早就说过,脑力劳动即复杂劳动是一种高级劳动,在交换过程中它的价值可以折算为若干倍的简单劳动即体力劳动。但由于过去对马克思主义的曲解,我们一贯崇尚的是体力劳动,说起"劳动人民"仅指干体力劳动的工人农民,以此来贬低、羞辱和打击知识分子,进而从根本上抹杀知识、智慧、创意、设计、发明以及组织管理中的经验、理念、策划等等在经济发展与社会发展中所起的巨大推动作用,更不承认什么"无形资产"了。诚然,这一段可怕、可悲又可笑的历史已经过去,然而这种意识还根深蒂固,阴影不散,与我上面所举的旧观念纽结在一起,仍是我们现在的主流文化及文化生态环境的一部分,至今影响着我们改革开放的深入,目前国企改革的艰难,不能说与陈旧观念的阻碍无关。

在市场经济开始萌芽的古代,商品的交换价值是以社会平均劳动时间为尺度来计量的,那时的"劳动"当然只能主要是简单劳动——体力劳动。在很长一段历史时期中,我们可以说"体力劳动是第一生产力"。但世界迅猛发展到现代,商品价值内含的体力劳动即简单劳动量越来越少,在当代某些高科技产品中,内含的简单劳动量微弱到几乎可以不计,比如大家使用的手机,你说它里面有多少体力劳动的含量?越是精密的高端产品里面的体力劳动量越少。体力劳动已经被科学技术所替代。"科学技术是第一生产力"早已是人们的共识。按中共十五大文件规定：所有生产要素都可参与分配的原则，在我们对特定的商品及服务进行科学地量析后，可以看出越是新商品、新服务，越是优质商品、优质服务，其中科技、智慧与创意的含量就越大、越重要。那么，各种生产要素在按比例进行分配时，投入科技智慧及组织管理生产服务的那一方，就应该多得。在某些科技、文化产品及服务实现了交换取得收益之后，投入科技智慧者、生产服务的组织者、管理者，有可能应该分得的份额比投入简单劳动者应得的份额超过百倍千倍。这既符合当代经济规律，也符合中共十五大精神。这也就是彼尔·盖茨何以从一个大学生在短短的二十年间一跃成为世界首富的根据所在。谁也不能说他是剥削手下工人发的财。一个资本家要按资本主义原始积累时期的经济规律靠剥削工人的劳动掠取如此巨大的财富（以六百亿美元计），在所有社会历史因素都具备的条件下，也至少需要五百年。何况彼尔·盖茨创办的"微软"就制造了几百个亿万富翁。

但是，在我国，根本不可能进行那样合理的分配。投入科技智慧者，生产服务的组织管理者，远远没有得到、也不可能在最近的将来得到他们应该得到的份额。因为长达二十余年的"极'左'路线"统治与所谓"计划经济"在政治和经济上的种种失误，最后使中国经济濒临崩溃的同时，形成了极端的权力"两极分化"。现代中国从未产生出有独立财产事业的、能使社会稳定的中间阶层，却出现了一个非常庞大的弱势群体。中国弱势群体占总人口的比例，超过世界上任何一个国家。弱势群体因其数量之庞大而转为强势，庞大的弱势群体是社会不稳定因素，更成为国家在制订方方面面政策中必须首先考虑的重点，并且在社会主流文化与主流意识形态中占有很重的分量。现在，在知识经济初见端倪并即将进入 WTO 的时代，他们虽然创造的财富量较少，其中许多人还根本不创造财富或是进行着无效劳动，浪费资源，国家也要从社会创造出的财富总量中分出一部分份额来养活安抚他们。但国家是不创造财富的,国家只能从创造者应得的份额中以各种方式划出部分来匀给他们。其实也不必再采用什么方式,被贬低的脑力劳动与被抬高的体力劳动之间分配不公的模式,在前几十年极"左"时期就几乎牢不可破地固定了。何况,"不患贫而患不均"早已成了我们文化的基因。所以,分配制度的改革面对现实的与文化的强大阻力,要想适应新经济时代是非常困难的。这也是我国很不容易成为科技大国的一个内在原因。

简单地说,新经济或曰"知识经济"的特征就是知识、智慧等等脑力劳动成为创造价值的主力。主力当然应该分得创造出的财富的主要部分。但在我国很难实现,连推行国有企业中的"期权股"都很难。事实上,我国目前的贫富差别已经稍稍反映出人口中的知识智慧差距,遗憾的是这种正当的收入差别没有条件贯彻到底。由于上述历史原因,我国国民中的知识智慧的差距是非常悬殊的,存在着严重的知识智慧上的"两极分化"。今天一些人大喊大叫"贫富两极分化"不得了,应该说有一部分是知识智慧上的两极分化的反映。如果在分配上真正反映出知识智慧的"两极分化",那么我国的贫富"两极分化"现象也会超过世界上任何一个国家。可是,在"允许一部分人先富起来"的政策刚刚开始兑现之后,在改革开放中我们试图扭转极"左"时期固定的分配不公还刚有点苗头时,在贫富的"两极分化"还不严重时,就有相当大的势力忧心忡忡,高喊必须起来阻止贫富的"两极分化"了。这证明了我以上所说的弱势群体在社会主流文化中占据的重大分量。

我们社会还存在一种普遍情况:因为现在社会主义民主法制建设还有待进一步完善,权利的"两极分化"现象还没有完全消除,所以仍然有大量因"权钱交易"而致富的人。这种"富人"与用诚实劳动包括脑力劳动(投资及管理也是脑力劳动)而致富的人搅在一起,剥离不开,从而使成长于"为富不仁"、"无商不奸"、"穷得光荣"的文化生态环境中的人们,对所有的富人更加深了对立怀疑情绪。请各位注

95

意,越是贫穷落后地区的贫穷落后的群众,这种对立怀疑情绪越严重。

说白了,现在我们靠什么来挽救中国,振兴中华? 除了邓小平理论及中共第三代领导人正确领导的政治力量,在经济上靠的就是资本、科技与脑力劳动,而不是被称为"劳动人民"的弱势群体。所以,中共从工农劳动群众的代表扩展为"最广大人民群体的根本利益的代表"是符合世界潮流的。过去,由从事体力劳动的劳动者创造剩余价值,现在,是由从事脑力劳动的劳动者创造高附加值,而资本(包括国有资本与民间资本)担当了社会生产、交换及服务的启动者和组织者的角色。在我国庞大的弱势群体没有得到提升之前,究竟是"谁养活谁"这个问题也应该是不言自明的。

另外,资本还有一个重要作用是承担风险。资本投入并建设了一个企业,一个项目,赚钱不赚钱,成功不成功,都得给工人支付工资,工人的工资收入与企业的成败无关。企业项目一旦失败,资本就会蚀本甚至完全打了水漂,"血本无归",而工人的收入总是稳定的。这种风险,也应该计算到生产要素中去,从而应使资本有更大的分配权与分配份额。在经济学原理上讲,这完全是合理的。今天,到处有企业主拖欠工人工资的现象,拖欠工人工资几乎成了常规,这是企业主把应该由他承担的风险转嫁到工人身上的办法,这种办法不仅是违背经济学规律的,更是犯罪的。可是却没有受到有力的打击。

因为在短短时间里我不能展开来谈这个问题,以上讲的话可能很不准确。因为中国有中国的"国情",中国的传统文化与现在的主流文化中有许多有利于民族团结、人民和睦相处、互相敬爱尊重的好的因子,也有会造成人与人之间、阶层与阶层之间、群体与群体之间相互磨擦争斗的不良因子,后者以一场"文化大革命"的形式被推到极端,从而影响无比广泛深远。可以说我们传统的文化基因已经被"文革"改造过了,所以我才特别提请诸位注意。

以上是从国家整体分配上说的,就一个企业来说,从一切生产要

96

素都能参与分配的原则出发,应该让员工明白在当代社会,资本、经营理念与管理在生产服务中起的决定性作用,这部分生产要素得到高额分配是完全合理的。

总之,你决不能一开始管理,就用一群与你怀有对立怀疑情绪的员工。诚然,绝大多数员工只是抱着"打工挣钱"的态度,而极少考虑其他,但为了你企业的安宁,为了整个社会的长治久安,在这个问题上你还是要让你手下人明白。也许你一下子向员工交待不清楚,但在你实施管理的过程中,怎样从心理上、习惯意识上及行为上逐渐让员工转变到现代意识上来,是放在有别于西方企业家的中国企业家面前的一个特殊课题。

要让员工认识并且感觉到:员工是因有老板才有饭吃;老板和员工一样都是在为社会服务。

97

四

还有一个在西方国家不成问题的问题,可是在中国,由于主流意识形态的导引以及国营企业占有国民经济的主导地位和占有很大比重,形成了一种社会习惯意识,我以为在中国的民间企业,尤其在西部的民间企业,仍应强调这个不成问题的问题。这就是主从关系。

一开始创办镇北堡西部影城的时候,我就向每一个员工说清楚:企业的主人是我而不是你,你是国家的主人,但不是企业的主人(因为群众一直受的是"工人是企业的主人"的教育)。作为国家的主人,你享有宪法赋予你的公民权利,你可以通过投票选出你认为合适的人当人民代表,你的代表再选出地方政府直至中央政府的领导人。但在我的企业里,我是你不可选的!你必须遵守我的企业制度和纪律;进入我的企业,在工作时间内,请你放弃你的个人自由。企业管理者必须首先让你的员工明确主从关系。明确了主从关系,才能树立管理的绝对权威。

　　树立起管理的绝对权威的同时,你又必须真心实意地将你的企业建设成员工的第二家园,使员工有归属感。我从没有采取过去所谓的"大寨经验"——"先治坡后治窝"那种不文明的办法(现在许多企业仍自觉不自觉地采用那种创办方式)。我企业的职工宿舍、食堂、阅览室、文化活动室、洗澡间、电视娱乐、暖气电扇、导游休息室等等与员工日常生活密切相关的设施,都是与景点同步建设,有的还是超前到位的,其设施规格超过本地大学生享有的生活设施规格。而这一切都建在原来一片荒漠上的废墟之中。除每年发放三至四套工作服及全员享受伙食补贴外,在旅游旺季,每个员工特别是一线的导游员,还发放中高档饮料、点心和防暑药品;熟练的、遵守制度的员工基本上每一两年都享有一次旅游假。企业内部严格的制度管理及制度监督,必须和对员工生活的关心呵护相配合,即古人所说的"恩威并用",缺一不可。

　　只有使员工们有了归属感,员工将你的企业当作了他的第二家园,才会自觉维护企业的利益。要达到这个目的,还必须将员工的收入和企业的收入紧密地结合在一起。不论哪个国家的员工都一样:不管雇主说得怎么天花乱坠,拿到手的钱才是最直接最实惠的。我企业的员工如当月表现优异,不仅当月可获得优异奖,到年终,根据企业当年的效益,还发放一个多少不等的红包。优秀称职的员工所得的"红包"接近或相当于他一个月的工资,也就是说他劳动了12个月可拿到13个月的工资。而这一切的一切,都决定于企业当年的整体经济效益;企业的经济效益提高了,员工个人的收入与福利会立竿见影地得到提高。提高企业的经济效益成了员工提高个人生活水平的主要寄托。这样,员工从个人的切身利益出发,必定会关心企业的收入。调动起员工对企业营业状况的关心,员工自然而然也会关心企业的管理状况。

　　现代企业家仍须记取"财聚人散,财散人聚"的古训。"散"了"财",员工才愿"聚"在你周围,用现代语言来说是"团结在一起"。

这里讲个例子：我的镇北堡西部影城也曾发生过员工伤亡事件，一个没有驾驶执照的农民工在工地上自作主张地爬到拖拉机上倒车，别人制止他也没听，结果拖拉机往后一倒就翻了，拖拉机整个压在他身上，当场不幸死亡。银川市有关部门来调查，交通事故的认定书上明确他个人有部分责任。本来，按农民工的抚恤金企业付三万元就可以了（煤矿事故中，毫无牺牲者个人责任的矿工家属也不过以二十万元打发了事），可是通过这事我才知道交通事故中如死亡的是农民，抚恤金只有三万，死的是城里人抚恤金却是八万，这太不公平。第一，我决定按城里人的抚恤金支付，并负担全部丧葬费；第二，他的母亲有六个子女，都已独立成家分开过日子，死者是她最小的儿子，还没成家，我怕他母亲拿到八万再加意外伤害保险赔付的两万转眼就没人照顾了，于是决定每月给他母亲支付六百元人民币作为生活费，一直到她去世为止。镇北堡西部影城是宁夏的"文明窗口"（自治区颁发的荣誉），既然对外是"文明"，对内更应该"文明"。也只有先对内"文明"，才能做到对外"文明"。同时，也只有对内的"文明"才能增加你企业的凝聚力。

一个企业没有凝聚力，员工对企业的经营管理状况漠不关心，只关心给他的那份工资，企业赚多赚少甚至赔钱都与他无关，企业破了产，他至多再去找份工作，于他损失不大；老板和员工成了两张皮，是企业管理上的致命伤。

明确了主从关系，明确了老板是老板、员工是员工的区别，树立起管理的绝对权威后，企业管理者还必须注意采用一切可行的方式把企业办成老板与员工的利益共同体。这二者中间是一种辩证的关系，先划分清楚，又结合在一起。这点非常重要。因为说到底，哪个企业都离不了员工，超常的头脑也离不了体力劳动，何况体力劳动有逐渐与脑力劳动相结合的趋势。先从企业是老板与员工的利益共同体开始做起，一步步上升、扩大、普及，国家才能成为"最广大人民群体根本利益"的共同体。

五

　　一些受过多年政治教育的中共党员、高级干部在没有有效监督的情况下都会渎职和贪污腐化，何况西部地区原来素质就不高的普通员工？怎样对员工进行有效监督，我认为应该是企业管理学中很重要的课题。

　　我的企业施行的方法是：用经济手段而不是用说教调动起员工对企业的经营管理状况的关心后，每个员工就能切身体会到哪个部门、哪个人的失职致使企业的声誉受到损失，进而失去客源使营业额下降，当即就会直接连累到自己的收入和福利。我将员工与员工之间，员工与企业之间的关系形象地称为"链条效应"：一根自行车链条假如在人正骑车办要紧事去的中途断了，总是在一个环节、一个小螺丝上断的，绝不会整根链条一下子全撒落在地上。而只要一个环节一个小螺丝出毛病，那就不是人骑自行车反是自行车骑人了，可见一个劣质的小零件会给人造成多大的麻烦和困难。旅游景区也是这样，无疑是整体对外的。游客来观光游玩时，景区其他各岗位所有员工都尽职尽责，游客都很满意，唯独一个员工失职给游客带来不好的感觉，游客绝不会仅仅责怪那一个员工，必定对整个旅游景区都产生不好印象；优质大米中的一颗小砂粒就有可能硌人的牙。所以，每个员工不能只做到自己尽职尽责，还必须督促其他员工共同把工作做好。这也就是说，关心个人的收入福利就必须同时关注他人的工作；对别人不闻不问就是对自己不负责任。"团队精神"靠政治说教是很难建立起来的，在文化生态环境更为脆弱的西部，只有用利益驱动机制才能将人们集合在一起。

　　有了这个基础，我在企业内部建立了"员工评议制度"。办法是：每月每人发一份"评议表"，表上列出姓名栏、优异栏、失误栏与评分额度。每个员工都是"评议员"，这是每人必须填写上交的，不填就要依奖罚制度给予经济处罚,直至辞退。每个员工在表上填写出他(她)在本月观察到的表现比较优异与出现失误的员工姓名和优异失误的事实,以及他(她)认为各个员工的优异或失误的程度给予的比较分数。每个员工必须首先对他(她)的直接上级与下属有个评议,然后再评其他员工。当然只以他(她)看到的为限,不必要也不可能每人把所有员工都评个遍。评议表全部封口,只由我一人拆阅。我每月都要花一两天时间像美国加州对布什和戈尔的选票进行手工计票那样一一审阅"评议表"。这样,每一个个别员工包括管理人员,都处在其他所有员工的监督之下。我前面所说的"公正的奖罚制度"就由此而来。每月对员工的奖罚一定要有员工提供的事例作为依据。一般来说失误很少,如果有失误,他(她)本人在下月还有机会申诉。当月的奖罚根据当月的评议,到年终,再根据十二个月的优异与失误的次数相加、折抵后,发放年终红包或不再聘用(我企业的员工合同每年签一次)。

101

建立"员工评议制"我强调了以下几点:

一、每一个员工在评议其他员工的同时也在表现自己,个人在心态道德上是否公正、正直、诚实,在评议表上也反映了出来。要让员工相信管理者是有洞察力与鉴别力的。打击报复或拉帮结派,暗中捣鬼或互相吹捧,都会被我从填写的内容中发现。于是,员工在填写评议表时才会尽量做到客观公正。这样,评议制度无形中就成了员工道德的自我提升的一种方式。

二、"评议表"不是打"小报告",更不是"告密",因为它不是光找别人的缺点失误,还要看到别人的优异表现。"评议表"中我只看事实,要求少写最好不写什么概括性的评语,不要"帽子"。我往往根据只有一个员工看到另一个员工的一条优异表现就给予奖励。对某个员工优异的评议虽然很多,但只有"帽子"而没有事实,我也不一定给奖。另外,要把员工在岗位上应尽的职责、应做的工作,与超出企业的要求做的特殊成绩区别开。奖,只给后者。不然,员工每人每月都有优异奖，又成了平均主义了。但我还补充了一条规定，在三个月中虽然没有优异表现却也没有失误的算一次优异，给予奖励。这样，一般员工也有获奖机会，受到激励。

三、我企业的《员工手册》中明确规定了"不得干预他人隐私"。在全国的企业制度中，恐怕第一个有这项尊重隐私权的规定的是镇北堡西部影城。"评议表"中绝不允许填写属于员工个人隐私的事情。只要员工在企业中尽职尽责，做到企业要求他(她)做的工作，每个员工都应该有属于自己的感情世界及私生活。员工在业余时间、在企业之外做的事由他(她)个人负责，犯了法有公安部门处理。他(她)在企业外面的个人行为，企业既不追究也不负责。中国很多工厂企业中有一种怪现象：该管的不管，不该管的却抓得很紧，限制了成员的个人自由空间。而且，中国素质较低的群体中还有个不好的风气，平时爱张家长李家短地说三道四，以挖掘传播他人隐私为乐。我企业的《员工手册》与"评议表"的规定，在企业内基本上杜绝这类非正常活动，这样才能使员工的注意力放在正常工作上。而且，不干预他人隐私也是现代道德的基本准则之一。

四、要明确说明，一贯表现良好的员工也有可能失误，平常表现一般的员工也可能做出优异的事迹。对人的管理使用要运用辩证观点。我只着重员工在企业内的表现，不去评论人的品质，什么"好员工"、"坏员工"，我的企业里对员工从不以"好""坏"二字区分。有失误的不一定就不"好"，下个月他(她)有可能创出个"优异"，这样才能鼓励员工上进。即使被辞退的人，也从不用"择优汰劣"的"劣"字，只说一个"不适合"或违反了某项条例便可以了。

五、企业每周必须有两小时的文化学习或业务学习时间，要将学习表现和学习成绩列为"评议表"中的一项重要内容。并且，员工提出的每一项可行的建议都会得到奖励，暂不可行的建议都会得到答复，某一项建议的提议者在三日内没有得到基地经理的答复，算基地经理的一次失误。

102

管理企业不能"民主",但应该"民治",逐步在员工中建立起自我约束、自我管理、自我提高的机制及氛围,并且在看来极为严厉的监督机制中渗透进道德文明的教育。员工在不懂文明到懂得文明的过程中,是需要一定的强制性的。另外,不民主又民治还有两个好处:一是每个员工每月至少有一次向我说话的机会(除了"员工评议表",还设置了"董事长专用信箱")。除了我,企业上下一律平等,人人都有发言权,大家都一样可以发表意见,使员工们既处于上下级的监督之中,又没有被上下级压抑的感觉。而我也能比较客观、全面、真实地了解企业内部发生的事情及人与人之间的关系,使我对事、对人的处理有一定的事实根据。二是在我们国家的一些企业机构里,常常有工作努力而在为人处事上稍差的人得不到提升奖励,所谓"民主评议"选出的"代表"、"模范"、"先进人物"等等,往往是一些不得罪人的"好好先生"。"民主"变成了"群体造假"。"不民主"大致能防止这种弊病。

六

企业管理可说是一门艺术,"运用之妙存乎一心"。然而现在四处都在大谈"企业文化",好像每个企业有每个企业的"文化"。我是个"文化人"或说是个从事文化工作的人,作为政协委员也参观了些企业,"下海"后又翻读过有关"企业文化"的书报,却始终搞不懂什么是"企业文化",在《简明不列颠百科全书》中也找不到这个条目。有号称"企业文化"搞得好的企业,我去一看,不过是员工的业余文娱活动比较活跃或是办了几份企业的内部报刊罢了。只要企业的经济效益好,哪个企业家都愿意拿点钱出来办这些"文化"。我也去看过被指责为毫无"企业文化"的企业,其实是招了帮"打工仔"干活的作坊式生产方式的扩大与延续而已。这种企业不要说在中国大陆,在港台地区以至西方国家也还常见,可是你并不能说它"没有文化"。文化是生活方式和生产方式的社会表现，没有一个企业不处在某种文化当中。"企业文化"是社会商业文化的一部分，商业文化又是民族国家在某个时代的整体文化在工商业活动中的反映，但不能说每个企业都有属于自己特殊的"企业文化"。

当然，有这个说法也无所谓，在"文化"这个词泛滥的时候，有"酒文化"、"茶文化"、"饮食文化"甚至"性文化"，多一个"企业文化"出来有何不可？但重要的不是你的企业有没有什么"企业文化"，而是你的企业在国家有关法律允许的范围内自行制订的制度、纪律、措施等等能不能严格地贯彻执行。某企业在国家有关法律允许的范围内自行制订的制度、纪律、措施，其他企业也可以抄回去照搬，对员工一宣布，往墙上一贴就行了。而贯彻执行的方式方法，却有"八仙过海各显其能"的分别了。

虽然我认为各企业不会有各企业不同的"企业文化"，但各企业确实有各企业不同的"企业风格"。企业风格就体现在贯彻企业制度、纪律、措施的过程中。企业风格实际上是企业管理者个性的外在表现。这个企业属于谁、由谁管理，这个企业就或深或浅地打上了这个人的个人烙印；他的人格品质、思想境界、办事作风、为人处世的态度，会逐渐感染到企业的各个环节直至他的员工，而不论企业的大小。

有一些企业将政治性的标语作为自己"企业文化"的标志。经常能看到一些企业大门口刷着到处雷同的标语："团结奋进，腾飞鼓劲"、"厂荣我荣，厂衰我衰"及"时间就是金钱，质量就是生命"等等耳熟能详的口号，那么你就可以断定它是个毫无个性、没有风格特色的企业。这种企业的管理一定是一般化的，是没有创意的。它只能在市场上随波逐流，碰得好就好，碰了一鼻子灰拉倒。

我开始创办镇北堡西部影城时也未能免俗，也曾想搞些标语口号激励员工。但我想来想去还是觉得不必要。只是针对来自乡镇和中小城市的员工给他们拟了个"座右铭"，很简单：

"老老实实做人,勤勤恳恳工作,清清白白挣钱,平平安安生活。"

我跟员工们说,你们的一生能这样度过就很幸福了。什么是"福"?平安是最大的"福"!要能享到这种"福",就得做到上面说的那四句话。最近,我才添了段我在小说《青春期》中写的话,这段话也是我1999年在中央电视台二套节目的春节晚会上说的话:

"要实现个人在市场上的最大利益,必须把别人的需要放在第一位,所以市场经济本质上是为人民服务的经济。"

在现代物欲横流的市场经济社会,每个人当然都在追求个人的利益,这是无可厚非的。但在商品经济发达的时代,要想将利益追求到手,就必须投人所好,仔细观察并尽量满足别人的需要,这样你的商品才能推到市场上实现交换并占到一定的市场份额。你的商品是别人不需要的,不能实现交换,你就得不到任何利益;你越是能投合并能满足别人的需要,你获取的利益就越多,二者成正比上升,你为别人(顾客、游客)尽了最大努力,你就能获取到"最大利益"。

员工出卖的是自己的劳动,劳动素质越好、技能越高,劳动价格即工资待遇也会随之提高,直到员工个人最大限度地发挥出他的潜能,个人利益也能最大限度地实现。企业出卖的是商品(旅游也是一种商品),你的商品能使顾客(游客)得到多大程度的满足,企业就能得到多大的利益,直到争取到投入产出比上的最大利益。在这个问题上,员工和老板是一致面向社会的。在经济关系上是老板直接面对市场,在现实过程中是员工直接面对顾客(游客),所以二者虽然地位不同,面向目标的程度却是相同的。这又是企业能成为劳资双方的利益共同体的一种表现。

在现代社会,每个企业每个员工直至社会上的每一个人,无不是互为出售者与购买者的,相互依存,循环反复,形成市场经济社会的一条主要的"生物链"。所以,市场经济社会才能真正体现出过去人们常说的话:"人人为我,我为人人。"因而"市场经济本质上是为人民服务的经济"。在"为人民服务"的立场上,所有员工与所有企业家是统一的。

如果说我的企业有什么"企业文化"的话，以上就算是我的"企业文化"吧。但那只不过是我的主导思想，是我个人风格的外在表现。

七

最后，我想谈谈什么是"管"。各位是 MBA，工商管理学士，是专学"管"的。"管理"这个词和很多其他词语如"干部"、"代表"、"国会"等等一样是从日本引进的。中国原来没有这个概念，"管"一般作为一个词单用，双音节词是"管辖"，没有"管理"。当初引进这个概念时，译者肯定下过很大功夫，考虑用什么样的汉语词才能准确地表达它的本义。结果选择了"管理"作为它在西方发达国家和日本通行的原本意义的"管理"。这个"管"，汉语的根本意思指的是一种细长的简形的物器，最早仅仅指乐器，即笛子之类的东西。以后才引申到"管辖"，有了自上而下统领的涵义。怎么引申出来的呢？古人具有非常的智慧，所谓"管"，要吹得响，响得好听，这根"管"必须是通的，是中空的，两关透气的，是能从这一头一眼看到另一头的。不通气的、实心的不叫"管"，叫"棍"。由此可知，古人早就知道要"管"，不论是管辖、管带，是统治、统领，总之你要带领一帮人去干件什么事，或是你要把某个地方管治得妥妥帖帖，让人们安居乐业，最最重要的是通气，上下通气，左右通气，四面通气。不但通气，更重要的是中间能流动，像根竹管、自来水管一样能让水四处流通无阻。可见古人对"通"在"管理"中所起的作用多么地重视。古人如果认为"管"靠压、靠打、靠单纯的行政命令就能把人治服，那就不会用"管"这个字而用"棍"这个字了，今天我们在这里学的就是"工商棍理学"而不是"工商管理学"了。

因而，各位必须明白你们将来在管理工商企业的时候一定首先要做到"通"，上下左右四面八方都要"通"。

第一，和你手下的员工"通"，要让员工完完全全懂得你的意思，你也要完完全全了解员工的意思，员工的心态；第二，同事之间要"通"，只有"通"了你才能和同事相处得好，共同完成任务，达到目的；下面，当然是四面八方都要"通"。我想，在这信息化的时代，尽量多地占有信息资源的道理大家都明白，我就不再多说了。今天我只在这里大言不惭地告诉各位："工商管理学"即 MBA 的最根本原则只有一个字——"通"。只要弄懂这个字，哈佛、剑桥的那一堆 MBA 教材都不用学了。

你千万别小看了这个"通"字，现在我们国家的法规法令可谓非常严格严密，我们国家的政令、指示、通告名目繁多，中央领导的权威比哪个国家的领导人的权威都高，西方国家的总统首相都会被人批评，被老百姓指责，用点钱还要国会批准，而你在这里批评批评我们的领导人试试看？我们这里可说绝对能够令行禁止，领导人一呼百应，没人敢违犯领导意志，可是为什么下面各省市自治区老出问题，贪赃枉法的官员像韭菜似的割了一茬又出一茬，贪赃枉法者层出不穷？究其原因："管"是"管"了，并且"管"得很严，但这根"管子"却是不通的。于是有人感叹，我们领导人的政令甚至出不了中南海。

这就看出，你要管好一个企业，与众人经常沟通，沟通得彻底的重要性。千万记住，管人不是靠棍子而是靠管子。一旦管子不通变成了棍子，你用棍子来管人，那就坏了，企业会垮台，你也会失业。

现在返回来说西部。你肯定会在中国西部聘用许多西部的劳动者在你手下工作，你会遇到许多你怎么和他沟通他都不愿和你沟通的职员或工人。这你就必须下"水磨工夫"，像磨豆腐一样一圈圈磨。豆腐不是一下子做成的，豆制品是豆子从石磨里先磨成浆汁即豆浆，一滴滴流出来，然后才能进一步加工出来的。不是有句俗语说"心急吃不了热豆腐"吗？有人说，中国西部的劳动者素质较低，是的，但素质越低你越要与他沟通，不然他更不明白你的意图，不明白他干好工作他能得到什么，干不好工作他会有什么下场。不明白上级的意图，不知道工作对他来说有什么样的利害关系，工人怎能做好工作？同时，你也要多听听他的意见。西部劳动者多是农民，农民在现代社会虽有农民的种种弱点，但这弱点不过是对现代社会的不适应。其实他们也有他们的长处：单纯。因为他们在现代社会占有的信息少，就少有复杂多变的心态。打工就是为了挣钱。因而，你只要让他们知道怎样挣钱，怎样能挣更多的钱，基本上就算沟通到位了。用经济术语来说，就是你必须在你企业里建立起良好的、完善的利益驱动机制。利益分配又必须合理公平，该奖的奖，该罚的罚，奖罚时一定要"通"，即必须让受到奖罚的员工知道为什么得奖，为什么受罚。这样，他们就会逐渐了解现代企业制度的管理方式。这个过程就是你管理的过程。

　　今天，实话向大家说，我手下不但没有 MBA，也没有一个大学高材生，最高也只是非名牌大学的大学毕业生，并且仅仅两三人而已，有的还非本科生。可是我就凭了这么点"人才"资源，把一片荒凉、两座废墟办成了宁夏首府银川市唯一的国家 AAAA 级景区。从开始时的七十八万元原始资本发展到今天，不计算无形资产，仅有形资产就上亿元的知名旅游企业。其投入产出比是全宁夏最高的，在全国来说也算是个经济奇迹，因为我是从零开始的。政府应该给予一个企业的"三通"条件，我一项都不具备。荒凉的古堡废墟中无水、无路、无电，全部现代基础设施都是我一手建的。我的很多朋友对此特别惊叹：你张贤亮领了帮农民竟干出这样的成就，真不容易！那么，我是怎么"管"的？除了上面说的靠智力投入、靠策划之外，就是靠沟通。一定要让员工知道你的想法是什么，不厌其烦地手把手教他们怎么干，请专业教师来给他们上专业课。我当然也碰到不少不愿跟我沟通的人，但我知道，不是他不愿，而是他不习惯与家人以外的人沟通，这是农村人的一个普遍特点。那不要紧，沟通并不是所谓的"交心"，你只要让他明白你在工作上的意图就行了。你只要把你手下的劳动者真正当"人"看，而不是把他们仅仅当作工具的一部分，在人格上给予适当的尊重,你就不会有沟通上的困难。

另一个重要方面是管理人员之间的"通",同事之间的"通"。任何一个企业、单位、机关,都少不了妒才嫉能的排挤现象。西方国家的企业也有这种情况,"天下老鸹一般黑"。中国人自古以来就比较内向,在自然经济社会里,与外人打交道少,这种民族性的特点还不是明显的缺点,在市场经济社会,这缺点就变得十分突出:有意见不当面说,说了也不真诚,背后"腹诽","发牢骚讲怪话",还喜欢搬是弄非传闲话。请大家注意,你不要以为这是你找错了企业或单位,碰到这么多"怪人怪事",跳到另一个企业单位去就好了。今天我告诉你们,中国没有一个企业单位不是这样,没有这种现象的企业单位反而不正常,绝对是一潭死水,或者是一座没有爆发的火山。那么怎么办呢?这里,在你的企业内部建立起良好的"同事文化"就十分必要。首先,你这个最高管理者要做到公正、公平、公开,你千万不能从一个领导者变成一个参与者。很多企业内部搞乱都是先从领导者那里开始的。领导者今天跟甲谈话是这样,明天跟乙谈话又是那样;把甲向你汇报的话告诉乙,把乙向你汇报的话告诉甲;找乙了解甲的情况,找甲了解乙的情况;对下级要小聪明,玩小心眼。这样的企业管理者最后只会自己被玩进去,造成下级众人一起玩你的局面。各位学成以后都会成为企业的高级主管,请牢牢记住我今天的话,别掉以轻心。

什么是"良好的同事文化"呢?我在我企业中就不时告诫我的"坐办公室"的管理人员:所谓人与人的"矛盾",产生的根本就在于你把别人对你的不好的态度返还给了别人:你对我冷淡我也对你冷淡,你说我不好我也说你不好,你对我摔茶壶我对你摔杯子,你说怪话我说闲话,该你办的事你不办我也不办,袖手旁观,幸灾乐祸……这不产生矛盾才怪。我绝不允许我的下级之间各自用对方不好的态度对付对方。我常向他们讲:他对你摔茶壶你马上伸手接住;他对你冷淡你对他笑,他说"怪话"就是你跟他说好话、向他征询意见的最

109

好时机,怕的是他不开口,只要说了话,哪怕是所谓的"怪话",也是你与他交流沟通的机会。尤其是上级对下级,更应低姿态,你已经高高在上了,低姿态并不使你丧失什么身份。每个管理者都没架子可摆,因为我本人就没架子。我还说,你们要珍惜大家在一起工作的缘分,各自在天南海北,能凑到这个企业也是一种因缘。大家平心静气地工作,把日子过好也是过,整天你看我不顺眼我看你不顺眼,日子也得过,为何不和和气气地过日子呢? 这不但是对西部劳动者,对美国人来说也说得"通"。大道理都是非常朴素的。

　　然而,这不等于叫每个人都做好好先生,该批评的还要批评,该撤换的还要撤换,该处罚的还要处罚。问题是:批评、撤换、处罚的原因要给对方讲清楚。当然,被批评、撤换、处罚的人很少服气的,他总有一套理由反驳你或是举出这样那样犯错误的客观原因。你也要耐心听他讲完,或许你还能从他的理由中得出新的结论。如果你发现了新人真的比他称职,非换掉他不行,你也必须给他讲真话。我们中国人不知怎么搞的,现在"讲真话"居然还要中央领导同志来提倡了,可见到处充斥着假话。但市场经济容不得假话,企业讲假话会破产,企业管理者对员工讲假话绝对做不好企业,最后搞得员工离心离德。我们一般在撤换人的时候总喜欢所谓的"顾面子",不说他不行,编套理由来撤换他。这大可不必,不如你把新人和他公开比较,一条一条讲要换人的道理给他听。他不服,至少让他知道他的弱项是什么。

　　这里顺便谈谈企业要用什么样的人。我们常说"任人唯贤"、"任人唯才"等等冠冕堂皇的话,其实这些大道理都可听而不可行。一个才能、水平、学问都很了不起的人才,跟你耍小心眼,敬业精神又差,遇事害怕承担责任,这样的"高才"你千万别用。你最好用才能稍差却勇于负责,又听你话,踏实肯干的一般人。除非你打理的是一个高新科技企业,即使科技专家有这样那样的毛病也必须用他,一般来说选用下属首先要看他(她)的敬业精神和心理素质。业务能力稍差一点无关大局,只要他具有敬业精神,他就会去不断钻研,只要他有良好的心理素质,他就能和同事合作,融入到你的团队中去,你的团队才能形成整体的良好风气。"要任人唯贤,不要任人唯亲",这仅仅是大道理。请问,这个"贤人"跟你不"亲",跟你离心离德,有自己的小算盘,说不定还会"吃里扒外",你怎能用他?请你全面观察一下中国乃至世界,哪个国家和地区真正做到了"任人唯贤"?另外,一个人的心理素质非常重要,我情愿用身体有残疾的人,而不愿用心理有毛病的人。心理素质差但有才能,自以为大材小用,跟同事搞不到一起的人,你趁早打发走。

现在人才流动性很大,有人今天在你这里,明天就跑到别处去了。我们很多企业单位的管理者对这种人总有些不好的看法,这也很自然,情有可原。但你要反过来想,从你这里出去的人不正是你一个外派的、能对外联系的资源吗?我的镇北堡西部影城年年都有辞职的,因为不论你对他(她)怎样好,每个人都有每个人的具体情况,有人就非离开你这个企业去解决他最关心的问题不可,钱和待遇不是万能的。我把每一个在我这里辞了职跑到另一个旅行社或景区去的人,都当作自己对整个宁夏旅游业的贡献。镇北堡西部影城培养出的人已遍布宁夏各个旅游行业。要让他们高兴而来高兴而去,不要给这种人设置障碍。来的欢迎,走的欢送。走了以后还要保持经常联系。这样,你的企业才能做大做强。总之,一个企业高级管理人员一定要有"高级"的姿态,用毛泽东的话说:"不要把自己混同为一个老百姓。"

感谢各位耐心听完了我的话。我的企业因所谓"名人效应"虽然名气不小,是宁夏旅游业的一大品牌,但实际规模不过是个中型企业。然而,作为作家,我可能比一般作家多点市场经济的实践经验,作为企业家,我又可能比一般企业家多点理性的思考,因而我以为我的话对各位也许还有点参考价值。

中国文化产业概谈

一、中国文化产业有悠久的历史

中国之所以是有高度文明、深厚文化积淀的泱泱大国，就因为在数千年历史中，全社会从上到下一直有着非常活跃的文化生活。在上层，每朝每代的皇室及王公贵胄都有自己的御用文人、艺术家、建筑师、医生、戏曲表演者、天象观察家等等一系列为他们服务的专家组成的机构，也就是说，每个皇帝和王公贵胄都有我们今天所称的"文化圈"，而且人才济济，成龙配套。在教育方面，从三千多年前的西周开始，中国就有了国立大学，天子设的叫"辟雍"，诸侯设的叫"泮宫"，到隋炀帝时改名为"国子监"，延续了一千多年到清末，国子监变为今天北京大学的前身——"京师大学堂"。而在底层，凡有居民点的地方就有自己的文化和教育。官方并不给老百姓提供什么文化养料，"罢黜百家独尊儒术"不过是官方意识形态的文化导向，其实官方并没有把六经发给人们指定为必读书，也没有兴办过什么群众性的文化事业,除了各地供选拔人才用的贡院,再不给老百姓提供任何文化活动场所和设施。但是,只要有一段相对太平时期,民间便会展开极富创造性的、生龙活虎的文化活动。中国地域辽阔,分成各个不同的地理板块,又是由多民族组成的共同体,在信息很不流通以及"山高皇帝远"、官方的主流意识并不起作用的情况下,中国的文化创造、创新在每朝每代都会呈现出式样各异、特色鲜明、缤纷多彩的壮观景象。同时,在官办的大学之外,两千多年前孔子就开设了私立学校。"辟雍"和"国子监"都是免费的,学生不仅不缴学杂费,还领取津贴,孔子的学校可是要收费的,只要交"束修",孔子就收为门徒。子曰"有教无类",缴了十条肉干的人,不分良莠贫富,孔子一律来者不拒,插班生也好,外地生也好,择校生也好,都平等对待,从不乱收费。中国的文化产业是从教育开始的。孔子是中国教育产业化的始祖,也是教育产业化的典范。他有门徒三千,算来每年有三万条肉干的收入,在今天也有上"财富榜"的资格了。

113

官方的主流文化反映的是朝廷的意志,供少数人享受,而在官方文化之外,更大量的是民间创造的文化。什么叫"文化",那不过是一个时代的生产方式及生活方式的表现。这当然只有最贴近生活、从事生产实践的人民群众以及那个时代的知识精英、代表人物最具有创造力。在相对太平时期,人们对精神生活上的需求和对物质生活上的需求同样迫切,饱暖之后就需要精神享受,要娱乐、要玩耍、要观赏和阅读。王公贵胄有王公贵胄的玩法,知识分子有知识分子的玩法,老百姓有老百姓的玩法,因而,各种不同形式、不同品种、不同类型、不同层次、"阳春白雪"、"下里巴人"一齐上的多样化的文化创造与创新,在中国这块国土上,从来也没有停止过。数千年积累下来,我们的祖先给我们留下了取之不尽、用之不竭的文化财富,世界上再没有哪个国家有这么多文化遗产,今天成为我们可以在世界上自豪的资本。

宫廷和王公贵胄的文化生活是靠纳税人的钱养了一班人专门为

他们服务的,那可说是封建国家的"文化事业",但老百姓与知识分子想过文化生活就得花钱,一般官员过文化生活也得自己掏腰包。即使"公款消费"也是一种消费。上有所好,下必随之,上层喜欢"声色犬马",老百姓当然也喜欢"声色犬马",不过档次有高低差别罢了。于是,不止是各类戏曲杂技,印刷出版、舞榭歌台、园林布局、玩物摆设、首饰佩戴、琴棋书画、文房四宝的制作等等自然而然地逐渐产生。有想满足精神生活欲求的消费者,必然会出现满足这种欲求的生产者、供货商,这样,文化产业便应运而生。中国首先发明造纸与活字印刷术不是偶然的,那是中国社会在很早以前就对文化成果的载体——书籍有大量需求的必然结果。历朝历代实施的"开科取士"的人才选拔制度,促使私人学校长盛不衰,莘莘学子对书籍等文化用品的需求量很大。从《清明上河图》这幅名画中可看出,当时拥有一百万人口的开封街市上,属于文化生活这类的买卖就很兴旺。证明早在宋代,中国的文化产业已具有相当的规模。

对书籍的需求还只限在读书人范围,可是那时的中国人大多数是文盲,所以,最受老百姓欢迎的还是说书人和各类地方戏曲的草台班子。在元代,剧作家关汉卿和马致远的知名度不下于莎士比亚在英国的知名度,可见,中国戏曲的兴盛要早于英国三百年;说书人的演出方式更为简单,只要怀揣一块惊堂木,便能四处卖艺,所以他们不止活跃在茶肆酒楼,凡有村庄院落的地方都会有说书人演唱。著名的说书人和各类地方戏的草台班子里的主角,是当时的娱乐明星。很多资料表明,每一个时代都有每一个时代的明星大腕,并且各自拥有各自的"粉丝"。现在被我们尊为"四大古典文学名著"中的三部——《三国演义》、《西游记》、《水浒传》,都是根据说书人的话本加工创作的,可见这些文化产业工作者对中国文化的影响及贡献。明末的说书人柳敬亭积累了一定的财富后还成了一名社会活动家,看来,当时文化产业的从业人员收入并不菲薄。柳敬亭先是和反清的政治人物来往,是反清名将左良玉的座上客,明朝灭亡后却随着清朝的漕运大臣到北京去演出,一时轰动京师,又可见封建王朝对这些文化产业从业人员还是相当宽容的,即使在"文字狱"肆虐的时期,封建王朝对在民间流动的文化产业工作者也"鞭长莫及",无法干预,他们还享有一定的自由。

几千年来,中国处在自然经济的农业社会,绝大多数人口生活在农村,男耕女织,自给自足,物质生活简单,包括县城的富裕阶层在内,很多人家的生活必需品是不需花钱买的。要花钱的就是文化生活的消费了。所以,我们可以断言,那时中国文化产业的产值要占国民生产总值中很大一部分。据今天的历史学家研究,在西方工业革命以前,就是在十六世纪前,中国的 GDP 占整个世界 GDP 的三分之一,是名符其实的经济大国,那么,我们也可以肯定,当时的中国也毫无疑问的是一个文化大国。"中国"的英文名曰"瓷器",从现在西方收藏的藏品和打捞沉船出水的瓷器看,很多瓷器并非单纯是当作手工业产品出口的。西方人注重的并不完全是它们的使用功能,难道他们真正拿瓷碗吃饭,用瓷坛子腌酸菜?不是的。其实,西方人多半注重的是它们的观赏价值,它们的审美性。中国的瓷器和丝绸在那时的西方是奢侈品,是为了满足西方富人的精神享受才大量进口的。所以,说到底,瓷器也好,丝绸也好,它们实际上是作为中国文化的一种载体征服了世界的。中国在西方人眼里,竟然是用一种文化产品来命名的,可见得文化产品对一个国家在国际上的形象有多么重要。

115

二、现行的文化体制造成中国
文化落后的局面

自 1949 年中华人民共和国成立,我国大陆实行计划经济以后,所有的文化产业、文化活动都纳入了国家的行政体系和事业体系。不止是广播、电影、电视,历史上一直笙歌不绝的戏曲歌舞都成了国家文化事业的组成部分。从高层到底层的一切文化活动,全部成了由中央和地方政府领导的活动,全国所有的文化活动都成了政府行为。文化产业的存在和发展必需依赖的母体是文学艺术,而文学艺术乃至整个社会科学都成了独特的宣传手段和战斗武器,被赋予重要的政治任务。这样,文化产业、文化事业以至整个民族文化赖以生存和发展的土壤就贫瘠化了。当然,从此之后,国家再没有什么文化产业了,只有由国家统一领导、统一管理、统一调拨经费的文化事业了。作曲家、剧作家、演职人员,不管是明星大腕或是跑龙套的,统统获得公职,成了国家干部。梅兰芳、马连良和敲锣打鼓的一样,一律称为"文艺工作者"。连一向活跃在民间的说相声的、耍杂技的、变戏法的、说评书的以及更多的地方戏草台班子中的各类大小角色,也是"文艺工作者"。行政上归属各地方的文化厅、文化局及群众艺术馆管理,人员纳入编制,按月发放工资;业务上由各地的"文学艺术界联合会"及下属各"协会"指导,思想上由宣传部门掌握。初看起来,这大大提高了原先被称为"优伶"、"戏子"的艺人的社会地位,所以当他们开始被收编时无不欢欣鼓舞,高呼"万岁",但不久他们就发现,所谓的"文艺工作者"再没有一点自由发挥、自行发展的余地。他们除了国家之外也再没有另一个买方,政府就是他们最大的也是唯一的买主,"顾客就是上帝",他们的上帝就是政府,他们必须完全听从自己所在单位的领导人。在文化创造与创新中排斥个体性,强调并突出的是集体性。在这种体制下,再不可能出现文化艺术中的杰出人物和天才了。更奇怪的是,凡冒尖的艺术人才必定倒霉,非被戴上各种政治帽子打下去不可。

这里顺便提一下,这种文化事业的管理方式造成的人才资源和艺术资源的浪费是惊人的,由国家统一管理、统一配置资源的文化事业,既然是吹拉弹唱琴棋书画无一不包的"大而全",势必使各个地方、各个部门都奋起追求"小而全"。全国每个省、区、直辖市都有自己的电影制片厂,我所在的宁夏回族自治区在 1959 年成立时还不到二百万人,不但成立了电影制片厂,还从浙江调来许多优秀的越剧演员成立起"宁夏越剧团"。试想,宁夏有几个人欣赏越剧?压根儿没有观众。演员们长期闲置,几年下来就把宝贵的艺术青春丧失了,最后变成一群领退休工资过日子的老太太;宁夏电影制片厂在四十多年中只拍摄了五部电影。

且不说十年"文化大革命"对中国文化的冲击和毁灭性的破坏,这种不合理、不符合文艺发展规律的体制,就不但扼杀了文化产业的生存空间,更紧紧地束缚了文化事业的发展。改革开放前,我国经济濒临全面崩溃,可是自改革开放以来,仅仅通过短短二十多年的努力,我国在经济上就取得举世瞩目的辉煌成就,很快成为世界上的第四大经济体。然而,由于文化体制改革的滞后,在文化方面至今我们还没有摆脱落后面貌。"破"了旧文化,"新"文化又没"立"起来。中华文化在世界上沦为边缘文化,我国早已失去了文化出口大国的风光,沦落为一个文化进口大国,只能用工农业产品的出口顺差,来弥补文化产品的进口逆差。自开放后的二十多年来,我们大陆的文化生态先是被"港台风"冲击,继之被"日流"冲击,现在又被"韩流"冲击。我们的文化生态比自然生态还要脆弱,经不起风吹雨打,我们的主体文化、本土文化有逐渐消失的危险。所有的文化事业单位都成了国家的包袱,浪费了大量资源又没有创新能力,这才迫使我们启动了文化体制改革。现在我们在文化体制改革上的思路:用市场经济手段促进我国的文化事业和文化产业的发展繁荣,我认为是完全正确的,但改革的步子迈得却并不大,远远落在经济改革、国企改革的后面。今天,西方国家文化产品的出口额已大大超过其传统工农业产品的出口额,2004 年韩国仅电视剧一个品种的出口额即达到七千四百多万美元,几乎与他们的汽车出口额相等。文化产业蕴含的巨大生产力在发达国家充分显现出来。而我国呢?据统计,我们现在的文化产业或者叫做文化事业所创造的产值,仅仅在国民生产总值中占 3%,至于文化产品的出口更微乎其微,与工农业产品的出口额简直不成比例。2004 年我们生产了几万集电视剧,能够播出的只占

117

三分之一；2004 年生产的电影是二百十二部，但上映的不足五十部，把赚钱的、保本的，甚至将能给观众留下一点印象的一齐加起来，大约不到十部。这样，从总体上平均计算，我们生产电影电视剧的"单位耗能比"，要大大高于美国的好莱坞和印度的宝莱坞。

为什么我不知道叫它什么好呢？因为什么算是文化事业，什么算是文化产业，现在我们还没有一个明确的界定。好像是谋利的文化活动算文化产业，不谋利的文化活动就算是文化事业；文化事业和文化产业之分就在于它赚钱不赚钱。民间去做赚钱的文化产业，不赚钱的文化事业仍由国家包下来。可是国家并不生产钞票，花的还是纳税人的钱，文化事业上存在的巨大资源浪费怎么都消除不了，不但国家的文化事业上不去，而且政府和民间在文化活动上的关系也搞得复杂化了。再进一步追问，文化事业为什么就不能赚钱，非得赔本不可呢？文化事业不能赚钱这种观念已经深入我们的脑海。可是，你搞的文化活动没人愿意花钱去观赏，怎能感动受众，深入人心，让人认同？只有免费或是运用行政手段动员才能把人召来观赏或是参与的文化活动，只能算是宣传活动。它的社会效益就是政治宣传，让人人都了解大政方针，照领导的意图去理解某个问题，按道理这是不能占用文化经费的，只能由政府的行政经费中划拨。不过这是题外话了。

不过，我认为目前这种文化产业、文化事业之间模糊不清的状况却是很自然的，是我国在计划经济、统包文化事业向市场经济转型并开始发展文化产业的过程中不可逾越的一个阶段。也与国企改革一样，在这个阶段中充满痛苦、充满矛盾，有着极为复杂的利益纠葛。在权力部门化、部门利益化的情况下，文化产业与文化事业之间的纠缠不清，反映了民间与官方文化部门在利益上的博弈，反映了文化行政管理者和老一代文艺工作者在转型中对自身既得利益受损的顾虑和惶恐。可是，运用市场经济手段促进我国的文化事业和文化产业的发展繁荣，是一条必由之路。市场经济挽救了中国经济，发展了中国经济，必定也会挽救中国文化，发展中国文化，使濒临消失的中国主体文化、本土文化重现生机。

三、文化产业的特点和目前文化
产业化中存在的问题

市场经济突出的是个体性，文化产业尤其如此。下面，我想简要地谈谈文化产业有别于其他产业的特点。

一、文化产业其实是种个人心智的产业。在"知识经济"的范畴内，文化创造与科学技术有所不同。文化创造在很大程度上不像科学技术那样要依赖集体的力量和较完善、较现代化的设备；它的生产过程是一个个人的创作过程，文化产品同时是创作者、策划者的作品。优秀的文化产品几乎全靠个人的天赋、才智以至灵感的发挥，我们可以看到许多文化产品（作品）带有先验性和超前性，它并不需要具备现代化的物质条件，可以完全不受时代的限制，只要有较为良好的政策环境，就有可能比其他产业更快地取得飞跃性的发展；

二、很多文化产品是非物质性的，它并不是为了满足人们使用上的需要，而是为了满足人们心理和精神上的需要；很多文化产品具有不能批量生产的唯一性和独特性，因此有其不可替代性，不像科技产品那样必须经常更新换代。尽管"江山代有才人出，各领风骚三五年"，不论后来同类的文化产品如何丰富多样甚至优越，早先的"这一个"永远是"这一个"，是后代人永远不可超越的。所以，很多文化产品的价值不仅有超越时空的广泛认同和保值性，而且随着时间的推移会越来越增值。

所以，我多次在不同场合宣传这种观点：邓小平说"科学技术是第一生产力"，那么我们就应该想想什么是"第二生产力"，通过我参与文化产业创办经营西部影城的实践经验，我深刻地体会到：文化是第二生产力！

119

三、文化产品之所以冠以"文化",就是因为它能集中反映那个国家、那个社会历史发展阶段的生产方式、生活方式、时代要求、集体意识和科技发展水平,这些构成一种人的生存状态。这种生存状态又只能通过有创新能力的人的心灵将其表现出来,所以优秀的文化产品都具有独创性。除了某些特殊的文化产品,一般的文化产品是排斥集体性的。

四、文化产品有着非常深刻的个人印记,几乎每一件文化产品都与创作或策划它的人有密不可分的关系。创作或策划它的人的个人素养、气质、风格、格调、属于他个人的创作方式等等,会形成一种创作者、策划者的个人魅力,最后成为他被社会所承认的个人品牌,仅仅他的名字和形象就会产生价值,其价值进入市场就会形成高低不等的价格,这就特别突出了知识产权和知识产权保护的重要。文化产业中最主要的生产要素是生产者、策划者个人。这是一种完全个人化、人性化的产业,是一种"资金投入少,脑筋投入多"的产业,所以,文化产品的知识产权又不同于科技专利类的知识产权那样可以在产前被量化。文化产业中的知识产权的评估更为复杂。

总之,文化产业的产品在本质上属于个人创作或创意。产品的生产过程就是创作者、策划者的心智活动过程;文化产品是一种个人产品。因此,发展文化产业不仅仅要以民间经营为主,在民间经营中还应强调创作者、策划者的个人所有权。具体说,在各种生产要素构成的文化产业的经济实体中,如果是以股份制形式设立的,那么,创作者、策划者就应该占有能让他们拥有主导地位的股权。只有这样,才能完全发挥个人的创造性和创新能力,解放文化产业的生产力。

可以设想,这种产业如果由政府经营,不但又会产生其他部类的国营企业的通病,并且难以发挥产业主体——创作者、策划者个人的智慧及创新能力。

中共十六大以后,原来由政府管理的文化部门及文化事业单位进行了股份制改造,以"公司"或"集团"的名义走向市场。同时,在影

120

视娱乐、图书发行、新闻出版、网络传媒、软件开发、文物旅游等等行业中已有许多民营经济进入，我国的文化产业开始焕发了生机。在发展过程中的问题和矛盾也随之逐渐暴露出来，这是很自然的，是社会进步的表现。这些问题和矛盾已有媒体陆续报道，如文化市场的准入、知识产权的保护、社会资源的配置、政策法规的缺失等等。

这里，我只想就个人的经验和观察提出一些不成熟的看法：

一、原来由政府管理的文化事业单位在体制改革后重组为公司或集团，在文化市场上并没有表现出更大的活力、竞争力和创新能力。这固然还需要有一段时间，一个过程，可是不容忽视这种改制在某种程度上是"换汤不换药"的，并没有从根本上解决国有体制的弊端，反而有些地方出现了"一大二公"性质的"一平二调"现象，使知名度较高、经营较好的文化单位背负着知名度较低、经营较差的文化单位，像玩三十人三十一条腿的游戏，大家捆绑在一起跑，增加内耗，费力不讨好。诚然，西方发达国家的文化产业多数是由大公司和大集团来组织产品开发、生产和销售的，在"全球100强"中就有十几家文化企业，但他们都是通过市场经济法则在竞争中兼并、收购、重组的，也就是说，这种大型文化企业是顺应市场形势和市场要求自然而然地成长并成熟起来的，因而他们的结合充满着张力：不是$1+1=2$，而是$1+1=3$或更大，不然他们就不会合并。而我们的文化事业单位由行政力量进行重组，往往是强扭的瓜不甜，组成的大型文化企业表现出的不是$1+1=2$，而是$1+1=1.5$，或是仍然等于1。其实，大有大的难处，小有小的好处，未必组建为大型文化企业就能增强文化产品的生产力。

我们现在还不太熟悉文化产业，所以，在文化体制改革中应该特别注意遵循市场经济法则，充分调动最具活力的民间资本，通过市场机制来重组我们手头的资源。

二、我们长期以来没有认真研究文化艺术生产的规律。作为一名作家，担任过十八年之久的省级文联主席兼作家协会主席，又有十二年创办经营文化企业的经验，我对这个问题有自己的思考。我认为文化艺术生产的规律和其他产业的生产规律有很大的不同。其他产业的生产规律是资金投入越多，产出的量就越大，质就更优，而文化艺术产品的质和量却与资金投入不成比例，不见得资金投入多产出就多、就好。虽然欧阳修说文学艺术家"文穷而后工"并非真理，我们不能说文化艺术的生产规律是资金投入越少产出越多、越好，但优秀的文化产品确实不只是靠金钱就能打造出来的。"穷"，即资金投入量少，未必不会出好产品。举目前最热门的文化产品——好莱坞的电影为例，从美国人自己挑选出来的二十世纪一百部经典影片，其中属于"大制作"的还是少数。近十几年来，好莱坞"大制作"的影片越来越多，可是多数"大制作"影片虽然运用高科技手段制作的大场面有很强的观赏性，有很高的票房收入，而影片中的文化含量、艺术价值却并没有随之增加，有的反而还很稀薄。许多"大制作"影片热闹一阵就过去了，并未给人们留下深刻印象。相反，倒是一些独立制片人的"小制作"影片以其高超的艺术性和普遍的哲理与人性，会给观众留下永久的记忆。从这点看，经济实力较弱的民间经济经营文化产业大有可为，国营的文化大企业即使有政府的财政支持，后面有很强的行政资源，可是在文化市场上恐怕也竞争不过民间经营的文化产业。譬如官方投入大量资金树立的"五个一工程"，如果作为商品看，它们中的多数是亏损的。

三、既然有文化产业和文化商品，当然应该有这种产业及商品的主管部门。这与食品、药品、汽车、家用电器等等商品的质量必须有社会监督一样，是无可厚非的。过去，社会文化事业及产业都由宣传部门与文化部门统一管辖，文化产品的组织者、策划者同时就是产品的监督者和审查者，他们与具体创作者虽也经常有矛盾，但并不突出，即使产品报废也从来不算经济账，因为那种文化产品并非商品而是宣传品。民营经济进入文化产业后，首先碰到的一个敏感问题就是文化产品作为商品，怎样通过主管部门的审查拿到市场准入证。

上级主管部门代表着主流意识形态,很多文化产品能否进入市场,则常常要看主管部门的审查者对主流意识的理解以及当时的社会形势而定。文化产品一旦通不过审查,不能进入市场成为商品,其经济损失则完全由民间经营者承担。这在影视娱乐、报刊传媒、图书出版业上已经显现了出来,所以民间对影视、新闻、演出及图书出版业方面要求立法的呼吁越来越强烈。有了法,民营文化产业的生产就有章可循,上级主管部门也可依法管理。但文化产业的立法难就难在许多文化产品不像食品、药品、汽车、家用电器等等的质量那样有刚性的监控程序和量化的测试标准。这样,民间和官方都常常处在两难境地。民间文化产业的从业者无所适从,官方审查者仿佛拿着一条松紧带来度量文化产品,可松可紧,时松时紧,因此文化产业的从业人员与官方常常发生摩擦。我以为,这一方面需要官方对民间文化产业应有足够的宽容、宽松、信任和制订出分类、分级管理的办法,另一方面,民间文化产业也应有足够的自觉、自律和社会责任感。众所周知,美国官方并不管好莱坞生产的电影,但他们的影片无一不在宣传西方的主流意识,纯商业片都贯穿着西方的价值观,即使某些文化产品批判其现存体制,不论多么激烈(如《华氏911》),也都起着维护和完善其现存体制的作用。因为他们已有他们一套民间的制约和约束方式。而这种方式只有在"小政府,大社会"的社会环境中才能形成。这正是我们"政治文明"建设的内容之一,所以,对文化产业的规范,恐怕还需要磨合一段相当长的时间才能确定下来。

123

四、制约我们文化创造和
创新的根本原因

实际上,自中共十六大以来,我国启动了文化体制的改革,在一些原来很敏感的文化领域允许民间经济进入以后,已经见了成效。前面说的赚钱的、并有国际影响的电影都是由民间投资拍摄的,一些有个人魅力的电影导演、演员开始在国际影坛上崭露头角。在出版业方面，各类图书的出版发行在数量和品种上已大大超过前几十年的水平，虽然这些图书在中国文化发展史上起的作用还有待商榷，它们的质量如何还不可确定，但毕竟让读者有了多样化的选择，开创了可喜的文化多元化的局面。但是，从总的文化发展态势来看，我们基本上还是跟在西方后面跑。由于大环境较以前已有不可比拟的宽松，确实调动了文化产业从业人员的干劲，但干劲有余而创新不足。试想，缺乏自己的主体精神，跟西方和韩国、日本在同一条跑道上赛跑，我们这个后起跑者怎能追得上人家？我们文化产业的硬件不比韩国差，有些条件恐怕还超过韩国人，可是为什么不是具有悠久文化传统和丰富的文化资源的中国文化产品席卷世界，而是我们往日的学生韩国文化产品席卷了世界？"韩流"应该引起我们思考：我们这个东方文化的源头怎么就不能在世界上掀起一场"华流"或者"中流"？

过去，我们可以说是我们的主流意识制约了我们的文化创造及发展，我们的条条框框太多。然而，即使在我们现行的条条框框内，美国商业大片和"韩剧"不是照样登堂入室吗？说明我们现行的条条框框还是能容纳这类文化产品的。那么，我们又为什么连《大长今》这样投资小、情节简单、人物也不多的电视剧都拍不出来呢？

实际上，自提出"三个代表"以后，我们已经可以享受很大的创作空间，我们在文化创造上的自由度已扩大到过去不敢想象的地步。过去，我们一提起文化，必定先要搞清楚是"社会主义文化"、"资产阶级文化"还是"封建主义文化"，通过一次次政治运动清理队伍，改造思想，最后来了一场以"文化"冠名的史无前例的浩劫。"文化"与意识形态紧紧地连在一起，弄得文艺工作者人人心惊胆战，不敢越雷池一步，一谈"文化"脸色就变。因为没人能分得清什么算是"社会主义文化"，什么算是"资产阶级文化"或"封建主义文化"。文化分类没有一个测定标准，只有最高领导人说了算。同样是古典小说，最高领导人说《红楼梦》好,《水浒传》不好,那就一锤定音。可是好在哪里、不好在哪里,好坏的标准在哪里,仍然让人摸不着头脑。然而,"三个代表"中"先进文化"的提法给了人们一个在文化范畴内可以测定的标准。因为将"三个代表"的内涵联系起来,结合"以人为本"的理念来理解,那我们可以说凡是能促进生产力发展、凡是符合广大人民群众利益的文化都是"先进文化"。这大大敞开了我们在文化领域进进出出的大门,才得以形成目前文化多元化、多样化的良好势态。不要说"文革"时期,即使十几年前我们都不敢想象的各类商品广告、时尚潮流、休闲书刊、模特大赛、选美大赛、明星偶像、好莱坞大片、"超级女声"等等文化现象才得以破门而入,破土而出。它们不仅调剂了社会生活,活跃了社会气氛,并且在很大程度上促进了消费,而"消费就等于生产",可以说这些文化活动大大提高了社会需求,促进了生产力的发展。

125

既然主流意识已不存在约束文化创造和创新的问题,那么问题出在哪里呢? 为什么我们这个在文化上一贯善于创造、善于创新,并且有得天独厚的文化传统的民族,在当今世界一下子成了最大的文化消费者? 正如学者所说:现在我们的传统文化被别人使用,我们这个发明者反而要向使用者缴纳版税,简直不可思议! 难道是中国人傻了,大脑退化了? 那么,我们傻在什么地方? 又是在什么时候退化的?

众所周知,文化创造与创新最需要的不是物质条件,而是人的想象力和知识素养。什么是想象力呢? 其实,世界上没有什么东西是人能凭空想象出来的。想象力,不过是记忆力高度爆发的结晶而已;在个体人身上,创作的灵感以大脑深处从各种渠道获得的知识及个人的经验为资源,或是浅度记忆,或是深度记忆也即潜意识。对一个民族来说,记忆又是什么呢? 记忆就是这个民族的历史。然而,我们在近半个世纪即两代人这样长时间所受的教育,是阻断民族记忆的教育。所有的历史事件和历史人物,都由政治需要进行解释和选择。

在遍及城乡的一次次"破旧立新,移风易俗"的改造中,传统文化的各种载体和传统的民风民俗被清扫殆尽。我这样年近古稀的人也成了"一代新人",何况现在的中青年。我们对我们祖先,对我们祖先创造的文化没有多少认识。再加上我们这个民族的集体记忆是带有选择性的:让我们高兴的事就记得住,让我们不高兴的事就忘掉算了。我们喜欢炫耀"过五关斩六将",而不喜欢提"走麦城"。请看,现在热播的电视剧都取材于中国历史上最辉煌的时期,不是汉唐盛世就是康乾盛世;即使官方文件谈到改革开放后才实行的符合潮流、符合人心世道的政策时,也是这样表述的:"自建国以来,我们一贯重视民主法制建设"、"'百花齐放,百家争鸣'是我们一贯的方针政策"等等,一下子就把肆虐了二十多年的"极'左'路线"统治时期轻轻抹去了,"反右"和"文革"似乎没有发生过,致使今天的年轻人以为我们从来就是这样享有一定自由度并且市场上什么东西都不缺的,以致怀疑起何必搞什么改革开放? 改革开放后道德败坏,贪污腐化,问题成堆,远远没有上世纪五六十年代那样政治清明,人人都是雷锋;对待我们过去曾和某一个邻国进行的长期悲壮的战争,也是随着形势有时淡化宣传,有时强化宣传。弄得我们这个历史最悠久的民族对自己的历史最糊涂,最没有历史感。

而且,我们多年来生活在计划经济体制下,接受的是单一的"社会主义教育"和"唯物主义教育",以领导人的思想为思想,独立思考几乎是一种引火烧身的犯罪行为。这种文化生态养成了我们的思想方法是线性的:非此即彼,非白即黑,非好即坏……线性思维只会从这一端到那一端,只会顺着一条线往前想,逆向思维的能力很差;我们的思维模式呢? 又是方形的! 像一个盒子似的是有边界的,过去强加给我们的条条框框松动以后,我们自己大脑里的条条框框还一时不能破除。现在是上层领导人不断号召我们"解放思想",而我们自己反倒常常举步不前,并不因为我们害怕什么,而是线性的思想方法和方形的思维模式早就成了我们的思想习惯。我们脑子里的政治细胞挤压了艺术细胞,政治敏感性太强而艺术直觉太弱。中老年人是这样,改革开放后才受教育的新一代人又如何呢?也好不到哪里去。因为他们虽不像中老年人那样被强制接受单一的思想教育,却是在应试教育中成长起来的。尽管开放以后大量西方的和古代的文化精品涌入人们的视野,但应试教育下的大、中、小学生被考试压得喘不过气来,他们只喜欢让人轻松快乐的"快餐文化"。"任其弱水三千,吾只取一瓢饮尔!"不管你有多少富含营养的好汤,他们只爱喝甜水。搞的教育部门没办法,为了吸引学生读课本,一个拥有巨大文化财富的国家竟然把流行歌星浅薄的唱词编入教科书,真是天大的荒唐!在这样的应试教育下,很多青年人除了考试,别的什么都不会,"高分低能"是普遍现象。所以,现在受过教育的老、中、青三代人包括文化产业的从业人员,有些人或许在专业上很精通,但知识面普遍狭窄。

缺乏历史感,缺乏历史知识,人文素质较差,个性得不到张扬的人,怎能有广阔的联想和丰富的想象力?因为他脑海中就没有多少精神资源。为什么一年生产的几万集的电视剧多半取材于古今小说或者是传奇?就因为那东西不需要投入多少想象。故事是现成的,人物是现成的,再东一把,西一把,杂七杂八抓些小作料,让演员穿上古人衣服搔首弄姿一番就大功告成。反正现在观众的水平也不高,只要他们看着热闹就行。你让创作者去写一部像《大长今》那样古代厨娘成为"成功人士"的故事,他必须从头开始搜集大量历史素材,对古代人物从头开始熟悉。因为他脑海中除了古代四大美女之外,就没有古代一般妇女生活的影子。很少人会去做那种吃力不讨好的事。

目前,我们的文化产业中盛行"炒作风",有人很反感,我却认为很自然。我们有十三亿人口,肯定有天赋异禀的男人和天生丽质的女人,其绝对数量超过世界上任何一个国家。所以,即使人们的历史感弱,文化素养差,知识不够全面都没有关系,总会有佼佼者不断涌现出来,投入附加值最高的、最赚钱的行当——文化产业。但是,正因为他们靠的是天赋异禀和天生丽质，所谓"天生丽质自难弃"，可是没有深厚的文化底蕴，因而所有的"星"自身都缺乏创作能力，更缺乏原创性。不论是一个人还是一部影视作品、文学作品，都必须"炒作"，必须"包装"，他们不敢、也不能"素面朝天"，只能以绚丽夺目的外表来弥补内在的苍白。让人们眼花缭乱才能将自己卖出去，目前的文化产业充分体现出是一种"眼球经济"。他们没有在思想话语上、在生活哲理上、在情感追求上引领社会潮流的能力，只能在外表上引领时尚潮流。目前的文化产业圈子缺什么都行，就是不能缺热闹；我们现在还不能制作出有深厚文化底蕴、代表中国特色、独具个人魅力的文化商品，以内在文化含量去打动观众，就必须策划出一个什么东西来掀起"集体性狂欢"。正好，缺乏历史感、知识素养也不高的群众也不愿意作什么深度思考，需要的就是你逗我乐，叫我高兴。这也表现在我们目前向国外引进的演出业中，组织演出也是一门文化产业。请到维也纳和柏林这些音乐之乡去看看，那里经常打出这样的广告："你想到中国去免费旅游吗？只要你会一种乐器，请来报名吧！"经过简单挑选就组成一个乐团，到了中国却成了知名大乐团，一张门票上千元，并且保证卖得出去。所以我说中国目前的文化产业正好适合中国目前的受众，可以说目前中国的文化产业正处在"泡沫繁荣"之中。

然而，我还是很乐观的。近年来已经有些不少具有天赋的男女艺人开始用我们通常说的政治用语那样"向深度和广度进军"了。先以天赋的特质打动人，通过商业炒作进入并占领市场后，最终不满足现有的一闪而逝的光辉，想尽力延长自己的艺术生命，开始使自身更加完善，这个过程在目前已经显现出来，并且已取得可喜的成绩。我们完全可以相信：只要在文化产业中大力吸引民间经济进入，文化市场进一步规范，文化产业取得更多的准入领域，文化产业的从业人员肯定会努力提高个人的文化水准，深入研究我们民族的历史，扩大自己的知识面，从历史和整个人类文明成果中去吸取精神养料，创造出更新更好的文化产品来。因为文化市场的发展必然带来文化产品的激烈竞争,经济的驱动力比任何力量都要强大。父母的严厉苛责,老师吓人的教鞭,领导的指示,政府的命令,统统不如市场竞争来得残酷。市场竞争会迫使文化产业的从业人员不得不奋起直追。不然,你的东西就卖不出去,在竞争中你就会败下阵来,变成一名失败者。不久的将来,等表面的花样都玩够了,人民群众也逐渐成熟,素质有了进一步提高,不再满足于目前这些浅薄的东西的时候,那只有具有一定的文化内涵,有一定思想深度的艺术品才能占领市场,成为商品。那时,你就得拿出真玩意来。

结　语

我国有悠久的历史和灿烂的文化,我国的文化产业拥有比世界上任何国家都丰富的历史文化资源。目前正在进行的"全球化"实际上是一场在全球范围内的西方化运动。西方发达国家不仅在科技、经济、军事等等方面领先,更通过他们的文化产品向发展中国家包括我们中国推行他们的世界观和价值观。西方国家的文化不是以其历史文化的悠久、丰富优于中国,而是以其高度发达的文化产业在全世界成为一种强势文化。在其他产业方面,也许我们还需一段较长的时间才能赶上,独有文化这一领域我们有先天的优势。在出口商品上,本土文化产品应该是我们最大的卖点。我们并非要用本土性的文化对抗全球化,而是用本土性文化参与到全球化中,使全人类文化更为丰富多彩。只要我们充分认识到除第一生产力的科学技术之外,文化就是第二生产力,是生产高附加值的最重要的手段,坚定不移地依靠民间力量大力发展文化产业,给民间文化产业以政策支持,全面放开文化市场,充分调动每一个文化工作者从事文化产业的积极性,发挥出每一个文化工作者的聪明才智,中国的文化产业一定能比其他产业发展得更为迅速,在更短时间内取得举世瞩目的成就,从而在我国成为经济强国的同时,成为一个有全世界影响的文化大国。

我对中国的未来很乐观

——与日本《产经新闻》记者的谈话

　　日本《产经新闻》筹划了个栏目：在世界每个重要国家各请一位人士谈"我所选择的二十世纪十大新闻"，从中可以看出各国文化的差异。为此，日本记者山本秀也2000年6月专程来宁夏采访我。我以自己的视点给了他一份个人答卷。随后，他顺理成章地请我谈对中国未来的看法。我说，我对中国的未来一向是乐观的，自江泽民发表了"三个代表"的重要讲话后就更为乐观了。日本记者当然一时不能理解中国的领导思想对中国现实的支配作用。我只得试图给他解释，说了下面这番话。

　　首先，江泽民"三个代表"的重要讲话是站在二十一世纪的时代高度，既总结了中共的成功经验，又接受了包括"文革"的灾难与苏联东欧解体的历史教训，在新世纪的门槛上放眼正在急剧变化的新世界，给中共制订的新的立党之本。当今世界，科学的新发现及高新技术的发展剧烈地改变着人类的生产方式、生活方式、生产关系与社会结构，从而在很多方面根本性地改变了传统的观念意识与思维方式。

这可以说是个"一天等于二十年"的时代,一切事物都在瞬息万变之中。全球经济一体化、文化多元化、政治多极化的局面逐步形成。中国正积极融入国际社会,力图成为国际社会中负重要责任的一员。"三个代表"的讲话在风起云涌的新旧世纪之交发表是非常明智非常及时的,是以江泽民为核心的中共第三代领导集体通过改革开放的实践已形成完整的指导体系的表现,证明了中共的生命力和领导能力得到强大的更新。

过去,由于曲解了马克思的历史唯物主义,过分强调生产关系的作用,将生产关系即所有制的变革作为革命的首要任务,这种错误到"文革"恶性膨胀成"宁要社会主义的草,不要资本主义的苗",全面扼杀了社会生产力,致使国民经济濒临崩溃。如今,中共致力于做"先进生产力发展要求的代表",完全从生产力的发展要求出发来调整生产关系,允许多种所有制并存,才真正回到马克思主义的轨道,体现了邓小平"发展才是硬道理"的思想。在当今世界,"科学技术是第一生产力"。"先进生产力"可以在国有制经济中产生,更可以在股份制、股份合作制及私有制经济中产生。在知识经济时代,智慧、知识、信息、发明、发现、观念、理念、创意、策划乃至品牌、名誉都会作为重要的生产要素量化为资本,社会经济活动中越来越突显出个人创造性的重要,这种新的生产力肯定会形成个人化的生产关系,即使在国有制经济中也不例外。江泽民适应时代本身的要求提出的这第一个"代表",将大大加速中国经济的发展。

"三个代表"是有密切的内在联系的。第二个"代表""先进文化的发展方向"中的"先进文化"以什么来界定呢?我认为凡是适应"生产力发展"的文化都是"先进"的:对文化的最根本鉴别在于它对社会生产力的作用。这里所说的"文化"是广义的文化,包括观念意识、思维方式、制度、体制、机制、组织等等包围着人们的人文生态大环境,即我们通常指的"上层建筑"。过去,我们一提到文化必冠以"无产阶级"、"资产阶级"、"社会主义"、"资本主义"等等。这在一定范围

131

内有其合理性,但是主观的文化区分极易陷入意识的混乱,患上偏执狂,终于非理性地闹出一场以"无产阶级文化"冠名的全民大劫难。实际上,列宁早就说过共产主义必须吸收全人类的一切文明成果。今天,江泽民不止是重申了列宁的教导,而且对文化的先进与否给予了现实的验证标准。我们都知道生产力的主要要素是人,小而言之,凡是能激发人的创造性、激励人的勇气与改革精神、提高人的知识、志趣和人生境界,以及丰富业余生活的休闲娱乐的文化都是"先进文化"。主流文化从此赋予了空前广阔的包容性。大而言之,就是要不断完善使社会生产力能可持续性发展的人文生态大环境,使"上层建筑"各个领域适应并促进经济基础——社会生产力不断发展的要求。而"先进文化"是不分意识形态,不分民族种族,不分中国外国,不分古代现代的。这是中国国家意识形态的首次大开放,给我们吸收全世界一切优秀文化成果敞开了大门。我相信,江泽民提出的"三个代表",将大大加快中国成为文化大国的进程。

132

　　共产党一直是作为无产阶级利益的代表、工农劳动群众利益的代表、工人阶级的先锋队活动在政治舞台上的。但依据马克思主义原理,无产阶级必须解放全人类自身才能得到彻底解放,何况无产阶级革命的目的决非要永远保持自己"无产"的境地。在发达国家,古典式的无产阶级已逐渐萎缩,持有各种股权票证的工人群众越来越多,中产阶级已是社会的主要阶级;不断进步的高新技术使产品——商品价值中的体力劳动含量微小到几乎可以不计,第三产业的兴起产生出众多的个体劳动者和小业主;知识经济在迅猛改变传统的社会结构的同时,更使工人阶级发生从未有过的转化和分化。这也在我国初见端倪,况且我国国有企业改造的一个重要手段也是要让工人成为持股人。"各种经济成分并存"和"各种生产要素都参与分配",让社会各阶级、阶层获得了平等的经济地位,中国开始向开放性流动性的社会迈进。所以,不论从基础理论和社会现实上讲,中共都必须是"最广大人民群众根本利益的代表",不再只代表某个阶级的利益,而是要宏观协调广大人民群众的利益关系,使国家成为全民利益的共同体,才能稳固地保持领导地位。中共在二十世纪末顺应世界潮流扩展了自己的代表性,同时也意味着扩展了自身的组成成份和服务对象,党的属性与"为人民服务"的宗旨才真正对接,从此,中共的历史翻到了新的篇章。我回答日本记者说,在我所能见的未来,中国不会像西方国家一样不断改变执政党,而是执政党不断地改变!

2000 年 8 月 9 日的日本《产经新闻》用较大篇幅报道了我以上的谈话。

我为什么不买日本货

二十世纪初，鲁迅先生在日本专攻医学，偶然看到一部报道日俄战争的记录影片里有日本兵杀中国人的镜头，围观者皆中国人，麻木之状可掬，自此弃医从文。在他当时的心目中，似乎文学才是富国强民之道。这则轶事文化界尽人皆知，不必饶舌。

最近因纪念反法西斯胜利五十周年，电影电视里又看到许多日本兵杀中国人的镜头，且都是当时的真实记录，有的是外国传教士和医生偷拍的，有的是中国人冒着生命危险偷藏的，还有的更是"大日本皇军"自己留下的"赫赫战果"。不知鲁迅先生那时在银幕上看到的是怎样情景，但可以断定，日俄战争中日本兵杀中国人的头与鲁迅先生逝世后日本兵的作为相比，绝对是小巫见大巫。到二十世纪三十年代，日本已经进入机械化时代，日本兵不再是一个个地杀中国人，而是成批成批地杀，成千上万地杀；杀中国人的方式已大大进步，机枪加大炮再加毒气弹，用著名的日本军刀把中国人的头手工处理掉，已经成为一种娱乐，就像放着整套的电气煮具不用，非要用符合

"茶道"的规则来浅斟慢饮相似。亲自用手操作有用手操作的乐趣；机械作业其实是最沉闷最无趣的，手工作业才能显出个人风格，也只有用这种方法才可展开竞赛，机械化批量生产中国人头，不能算人的本事。

日本兵比赛杀中国人取乐还嫌不足，对中国妇女好像是先奸后杀更为开心，于是我们今天才能看到许多中国女性的解剖照。这类珍贵的照片和记录片，鲁迅先生都无缘见识，不知倘若他老人家见了会有怎样的感想，是不是又会放弃文学而改行干别的什么去？而我们这一代人看了后是怎样的心情，我没调查也就不便发言。仅就我个人说，真是"剪不断理还乱"，看了后心里就像打翻五味瓶一般。

135

当然我还不至于愚昧到看了这些照片就憎恨起日本人，从此心怀报复，发誓要跑到日本去杀他些日本人的程度。一，这都是五十多年前日本军国主义者干的事情，与现在日本老百姓毫不相干；二，纪念反法西斯战争胜利五十周年的今天，重新发表这些历史材料，正是为了让全世界、让整个人类都牢记血的教训，防止历史在今后重演，决不是要挑起仇恨，也不会挑起仇恨。以上两点已是人所共知的一般性常识，区区者如在下，也还是明白的，况且战犯已在东京法庭受到惩罚，时过境迁，今天的中日关系也正常化了。

但现在，中国人倒是宽容大度地原谅了日本军队曾在中国干的兽行，而很多日本人尤其是很多当权者（其中不乏日本军人的后代）却不承认他们前辈做的事情；我们无心让后代人还前代人的欠债，而后代人却不领情，压根儿要赖这笔账，这就很难叫我心平气和了。

据报载，受现代日本教育成长的一代日本人，大多数对五十年前的中日战争的认识是："一，中国和日本之间曾经有过一次战争；二，

我们打败了;三,我们赔偿了。"不能怨这一代日本人无知,因为他们
受的就是这种教育。如果我们的教师按这样的教科书教育我们说:
"日本人侵略过中国不止一次,日本能够成为现代化国家全靠'马关
条约'的战争赔款,他们在我们身上发了财又来打我们,所以日本过
去是我们的敌人,现在是我们的敌人,将来也是我们的敌人。"全体中
国人不摩拳擦掌才怪,中日友好便无从谈起,两个大国之间会一直敌
对下去,世界也就永无宁日了。也是据报载,日本战败五十年后,终
于有一位政府首长出来代表日本政府公开承认,过去日本"进出"亚
洲,发动太平洋战争是对亚洲的"殖民统治",是对亚洲赤裸裸的"侵
略",而已誓言"日本将不会重犯这些错误"。然而就在首相"反省与
道歉"的同一天,首相领导下的内阁倒有半数成员,即十名内阁部长,
跑到放置被国际法庭绞死的战犯东条英机灵位的"靖国神社",拜祭
所谓"为国捐躯"的"英灵",其数量和规模大大超过往年。日本政府
大概忘了日本人与中国人同属东方人,有大致相同的心理和文化背
景,这葫芦里的药只能骗骗"老外",骗中国人真可谓班门弄斧了。

　　我在 1936 年 12 月生于南京,可以说我一出生就领教了日本人
的招数。祖父是国民党政府的外交官,住宅很大,就在那时的"国民
政府外交部"后面——湖北路狮子桥,祖父给它取名"梅溪山庄",是
当地小有名气的一座园林。我呱呱落地的第四天发生了"西安
事变"。

　　国共开始合作抗日,日本军队也就加紧了侵略步伐,1937 年 11
月"大日本皇军"兵临南京城下,我们举家成为"难民",逃往四川。今
日想来,其惨状肯定比"波黑战争"中的难民有过之而无不及("波黑
战争"的难民还有国际救济)。我母亲后来回忆说,在从南京逃往祖
籍安徽途中一个下大雪的夜晚,我在她老人家背上哭闹个不停,待逃
到安全地方歇下来,才发现我脚上的鞋袜都掉了,裸露的小脚在严寒

中冻了一路。自此以后,我有个与别人不同的习惯,就是总穿着袜子睡觉,夏天也必须如此,因为我的脚非要严密包裹起来才能焐暖。我不能说这个毛病绝对是日本人给我造成的,也许有其他原因,但谁叫日本人曾逼着我非逃难不可呢? 如不逃难,今天很可能我就是那三十万烈士中的一个而享受祭奠了。在找不到其他原因的情况下,每晚脚冷得睡不着时,我不想日本人想谁?

抗日战争胜利后,我随家人回到南京老宅,已经从婴儿长成为少年。在这个过程中,我当然不可能去前线,而即使身在重庆,也可说是日本人的炸弹、燃烧弹伴随着我成长的:几乎每天都要"跑警报",也亲眼见识过"大隧道惨案"。我想这点也应感谢日本军国主义,它不知使多少中国人培养成坚强无畏的性格。对老宅我毫无印象,但据长辈说庭园已面目全非。小时喜欢玩耍,老宅的庭园比鲁迅先生笔下的"百草园"大得多,足够我自由驰骋,而我所见的已是满目荒凉,破落不堪。名曰"梅溪山庄",其实既无梅也无溪了,假山倾圮,杂草丛生,宅院里所有的房门全改成日本式的纸糊拉门,地板上铺着"榻榻米"。邻居告诉长辈说,我家曾被日本军队当过"宪兵司令部",此说确实与否存疑。不过有一次我曾玩到一个地下室,确实看见过墙上有血迹,阴森的地下室里摆着几张莫明其妙的长板凳,屋顶上吊着铁链,少不更事的我感觉到有点恐怖兮兮的,后来我再没去那里玩耍。大了才知道,这就是所谓的"老虎凳"吧,这也应该感谢日本人给我的知识。老宅院落里还有一间大房子,说是日本人原先的仓库。我去玩的时候,里面还存放着成堆成堆的白糖,一袋袋横七竖八地摞着,已经变质,硬的跟岩石一样。留在南京的邻居告诉我,日本人爱吃甜食,煮鸡也要放糖(?),他们到处搜刮糖,所以仓库里直到现在还有这么多糖带不走。大了,知道吃甜食并不是日本人特有的习惯,邻居逗我玩罢了。可是,虽然我小时没见过一个日本人,却对日本人产生这样的印象:一,和血与恐怖有关;二,爱吃甜的。不知怎么,这种

137

印象在我脑海里可说根深蒂固。如今我当然不能说我对日本人的印象仅此而已。可是细细琢磨起来，这种印象好似真有点象征意味哩：鲜血与白糖！

再后来，众所周知，在中国，好像是"阶级矛盾"上升了，不但尖锐而且激烈，所以要年年讲、月月讲、天天讲；更要时刻准备着去解放世界上还在受苦受难的三分之二的劳动人民。我以为这一历史阶段虽然荒谬，却也使中国普通老百姓受了一次广泛而深刻的世界人民一体化的教育，中国人再也不像过去那样狭隘，把"非我族类"视为非人异类，即使是带有极"左"色彩的国际主义，也大大消除了中国老百姓一贯怀有的盲目排外情绪；如果历史地看问题，我们应该承认这种观念的变化奠定了今日开放和与世界各国正常交流的基础。我当然不再简单地把日本人和血与糖联系在一起了，更没有一点点敌对情绪。平反后，随着我的小说被译成日文，也结交了一些日本朋友。十几年来跑过很多国家，虽无大的长进，至少这点常识还是有的：任何国家任何民族内部，都有好人坏人之分，而好人总是占大多数。如今，不管是对西洋人、东洋人或是中国人，作为个人，我都以一个人的平常心去对待。"平常心"是个佛家语，也是全世界人一体化观念的最好表述。

第一位翻译我作品的是北海道大学的年轻学者野泽俊敬。他千里迢迢一人跑到偏僻的宁夏，就为了与我面谈，弄懂《绿化树》中的几个问题，其实这些问题通信中也能解决。他的敬业精神感动了我，当他提出出版这本日文本的出版社是个小企业，付不出较多的版税时，我马上表示主动放弃版税，帮助他顺利地出版第一本译作。译本不久就出来了，虽没给我支付版税，但邮寄来两大箱装帧得很好的样书，并附了一封诚恳的感谢信。

我自然是和中国人打交道的时候多，所谓人生经历就是个不断和人交往的过程。碰见的中国人有可气可笑的，碰见的外国人中免不了也有。接下来的故事，就不那么令人愉快了。东京有家大出版商名曰"二见书房"，连续翻译出版了我两部书——《男人的一半是女人》和《早安朋友》（日文译本为《早熟》），不但没给我打招呼，样书也不给，更不用说版税了。中国人向来有"不蒸馍馍争口气"的说法，于是趁日本共同社上海支局长高田智之采访我，就让他评理，他听了极为我不平，写了篇报导登在日本报纸上。"二见书房"招架不住，终于通过高田先生给我来了封信，大意说，当时考虑到张先生不便（指《男人的一半是女人》受到批判），所以我们自行翻译出版了，现在我们表示深深的"谢罪"。整封信里找不出"版税"二字，真有点幽默感。我回信道，你们的信使我想到一则寓言：一个姓张的小贩在集市上卖酒，人告他卖的是假酒，把他拖到派出所，而另一个小贩趁机将酒拉到别的市场上去卖了。等张姓小贩弄清是非出来，找这小贩要酒钱，这小贩却说，您老人家那时在派出所，没法跟您联系，现在我表示深深地"谢罪"，酒钱嘛，没有的！最后，我不客气地告诉他们："收回你的谢罪，付出你的现款！"

139

这事也就不了了之。世界上到处都有痞子，"全球同此凉热"，有什么办法呢？直到1993年宁夏书法家代表团访问东京。柴建方还看到超级市场里摆着我的作品。他买了一本回来，定价一千三百日元。据说此书发行的时候日本各大报登出大幅广告，说是"现代中国的《金瓶梅》"（那时《废都》还未出版）。把我抬举了一番，我还不领情。

痞子过了又遇见君子，因而不用"平常心"来对待所有的人怎么能行？日本有一家文学协会，翻译出版了我的《土牢情话》，译者大望浩秋。有"二见"的经验，我压根没想到要钱，而他们却托人把版税带到北京,尽管不多,我竟有喜出望外的感觉。中国人似乎向来有个"人心换人心"的传统心理,钱可以不要,人心非要不可。如今你给了人家一张热脸,而人家却给你一个冷屁股,怎么也叫我想不通。

　　其实我对日本人和对美国人、英国人、法国人、东南亚人、俄罗斯人、犹太人等等人一样都很喜欢。在各国旅游时,常见日本人不管男女老少都排着整齐的队形,在一面小旗子和哨音的指挥下统一参观的情景。尽管在香榭里榭大街上或卢浮宫里这样拘谨地游行未免有点可笑,可是你不能不佩服日本人的团队精神。我曾暗暗想过,这样的民族是很难战胜的,在某些方面可作为其他民族学习的好榜样。然而和德国人一比,立刻会对日本人失望,虽然他们队列很整齐,旅游的队列也几乎走遍全世界,但他们在世界各地却没有学到什么,看到什么,依然心胸狭窄。

　　我有幸到过以色列,参观了"大屠杀纪念馆"。暂且不说第二次世界大战中德国法西斯杀害了六百万犹太人给我的震撼,这只是一方面,另一方面,我却不由得对德国人产生了好感,当然是除法西斯之外的德国人。陪同我们的以色列外交部官员介绍,建造"纪念馆"时,德国人出的钱最多,而现在来旅游参观的也是德国人最多。我亲眼看见不少德国游客在纪念碑前脱帽志哀,我也立在碑前,我觉得我是既向死难的犹太人志哀,也是在向德国人致敬。那位以色列外交官已六十高龄,是第二次世界大战的幸存者,今天他对德国人已毫无芥蒂,跟德国游客谈笑风生,常常把我们撂在一边。如果说日本人是很难战胜的,那么德国人不"战",就"胜"了!

　　柏林、德累斯顿在二战中挨的炸弹、炮弹、燃烧弹所造成的损失、死亡的人数不比长崎广岛少多少,不过长崎广岛人的死亡方式毕竟有所不同,今天纪念他们有另一层政治意义,然而假如德国人要纪念柏林和德累斯顿挨炸,凭他们的聪明劲儿,也不是想不出冠冕堂皇的理由的。我们应该理解和同情日本人对核武器的特殊憎恨,但过分喊冤叫屈也令人反感。核武器是全世界人都厌弃的,现在好像成了日本人特有的"情结"。日本著名女作家、《华丽家族》的作者山崎丰子八十年代中期特地到宁夏来访问我,山崎女士学识渊博,修养很深,谈吐高雅,特别是对人谦恭有礼,弄得不拘小节的我常常手足无所措。但一谈到原子弹,我就按捺不住地要反驳她几句。说到中国的"文革",山崎女士也极痛心,她说,中国的"文革"就像日本挨的原子弹,对人民都是一场大灾难。我说,中国的"文革"可和日本挨原子弹不太一样,"文革"是中国人自己整自己,其实中国人既没有反党也没有反任何别的国家,老百姓完全是无辜的,"文革"对中国人是一场无妄之灾,而日本人挨了原子弹,却要思考思考自己在别国的领土上先干了些什么,人家为什么要在你头上扔原子弹。这个问题搞不清楚,日本人永远不会进步!

我本不愿接触核武器这样敏感的话题。然而也是据报载,就在日本执政的首相对二战中日本的所作所为"反省和道歉"的同时,就在全世界人民都纪念反法西斯战争胜利五十周年的同时,日本执政党会议却借口中国进行核试验要冻结对华援助。但一个赢弱的人面对周围一群强者,在局势还不太明朗的时刻(比如面前就站着个死不认错的人),手里拿根棍子总比赤手空拳有点儿安全感吧。我一向不愿妄谈政治,只会写小说来过瘾。可是今天我忍不住要议论议论:本来,决定援助谁不援助谁,完全是援助国的权力,谁也不能强逼他来援助谁,今天援助了明天停止援助,也是援助国的自由,别人也奈何不得,但日本决定对华援助时,已知道中国是个核国家,中国已经进行过多次核试验,如果真正是针对核试验而来,你老先生早干什么去了?今天在全世界人民包括中国人民兴高采烈地庆祝抗日战争胜利五十周年之际，你不早不晚偏偏赶在这个时候来这么一下，难怪中国人会认为日本人"醉翁之意不在核试验"了。

我真诚地希望日本人能像德国人一样令我尊敬。我爱日本，也爱日本人。我的小说文章里不乏引用日本作家的警句，日本文学艺术的精致细腻常让我神往。我人微言轻，无法帮助我所爱的日本人觉醒，堂堂正正地跟德国人并驾齐驱。想来想去，我只好开始做我力所能及的事，所以我已决定：在日本政府没有用实际行动表示真正的"反省和道歉"之前，一，我个人和家庭决不购买日本商品，如果怕国货有"假冒伪劣"，情愿去买西洋货，幸好在中国与世界经济接轨的时代，没有非买日本商品不行的情况；二，对我还能管得着的宁夏文联、宁夏作协及下属十个文艺团体，我已告知办公室，凡购买日本商品的一律不得报销；三，我所经营的宁夏商业快讯社的电子广告屏幕，拒绝接受日本商品的广告客户；四，我所经营的华夏西部影视城公司镇北堡电影拍摄基地每年参观游客达三十万人次，是到宁夏的中外人士必游之处，对日本游客，每位免费发放一份这篇文章的复印件。

我已咨询了法律顾问，我这样做无可指责，因按"消费者权益法"，任何消费者都有选择商品的自由。

《我为什么不买日本货》作者后记

这是我在十一年前为纪念反法西斯战争胜利五十周年写的一篇文章。在反法西斯战争胜利五十周年时我们好像没有大张旗鼓地搞什么纪念活动，当时的中日关系很"友好"，官方和民间都很平静，文坛上也一片沉寂，似乎中日之间什么事情也没发生过。但其他各国的动静不小，西方人没有"甲子"的概念，"五十"这个数字在他们看来是个整数,不等到"甲子",他们就大大地纪念了一番,唯独受二战伤害最深的中国仿佛游离在世界之外,以超然的姿态处理自己的伤痛,以至我们中国在二战中所起的伟大作用,我们中国人遭受的巨大损失,都很少为世人所知,所以我一时气愤匆匆命笔。给了《中国青年报》就去了英国。想不到在报上发表后,比我同期发表的小说《无法苏醒》的影响还大。只要中日关系有点问题,就要把这篇文章拿出来转载。到了网络时代,这篇文章"炒"得更"热"了,尤其在中日之间闹点磨擦的时候。这印证了我在《中国文化产品概谈》中说的:"我们在近半个世纪即两代人这样长时间所受的教育,是阻断民族记忆的教育。所有的历史事件和历史人物,都由政治需要进行解释和选择……对待我们过去曾和某一个邻国进行的长期悲壮的战争,也是随着形势有时淡化宣传,有时强化宣传。弄得我们这个历史最悠久的民族对自己的历史最糊涂,最没有历史感。"

历史有太多的话要说!

今天,中国已经加入了 WTO,急急忙忙地要进入经济全球化了,再反过头来看这篇文章,可说充满了"狭隘的民族主义精神"。事实上也做不到"不买日本货",很大部分在中国市场上的日本货其实是中国工人的产品。大家都不买日本货,中国就更多了一批下岗工人,何况我们也向日本出口大量商品。就因为你我之间认识不同、文化背景不同、意识形态不同、社会制度不同而互不往来,你不买我的商品,我不买你的商品,这世界就更乱套了,只会加重不同文明的冲突。频繁的商业贸易是化解各国、各民族、各种不同文明的冲突的有效途径。

因为形势有了变化,在新形势下自己也觉得这篇文章有"狭隘"之嫌,所以从未收进我的集子里。这次,因为这篇文章曾有一

143

定的影响，天知道它以后还会有什么出乎我意料的影响，所以我特别把它从网络上下载（我手头连原稿都没有），作为一件历史资料呈给读者。

因为当时影响不小，还写了篇《后记》，可是在网上没查到，我只想在这里重复我在《后记》里的一则犹太寓言：

"斧子发明以后，树木害怕得发抖。神对树木说：'不要怕，只要你们不给它提供柄，它便伤害不了你。'"

是"挑战",也是"机遇"

——关于文化产业答《深圳文化参考报》记者问

问:我们都知道,文化产业不同于其他产业,那您觉得文化产业的特殊性主要表现在哪些方面?

答:人类文化创造活动古已有之,但要形成为"文化产业"必须具备以下三个社会条件:一、市场经济发展到一定水平;二、恩格尔系数降低到一定水平以下,人们用来支付食物的开支比例很小;三、主流意识形态垄断地位较弱,较少宗教或政治上的控制,也就是说文化环境较为自由宽松。过去很长一段时间还不具备这三个条件,所以人类的生产活动基本上分为三个部类,即,第一部类农业,第二部类工业,第三部类商业——服务业,那时的文化产业是附属在第三产业当中的。从十九世纪末开始,这三个条件逐渐形成,文化产业才得以发展,迄今,它居然从产业活动中独立出来,单独成了一个生产部类。这本身就说明了文化产业的特殊性:一、文化产业是个人心智的产业,而又与科学技术不同,它在很大程度上不像科学技术那样要依赖集体的力量和较完善、较现代化的设备；它的生产过程是个人的创作过程，也不像科技研发那样必须遵循一条循序渐进的科学规律。优秀的文化产品几乎全靠个人天赋、才智以至灵感的发挥，所以我们可以看到许多文化产品（作品）带有先验性和超前性。二、文化产品基本上是非物质性的，它并不是为了满足人们使用上的需要，而是为了满足人们心理和精神上的需要。三、很多文化产品具有不能批量生产的唯一性和独特性。四、很多文化产品有其不可替代性，不像科技产品那样必须经常更新换代，不论后来同类的文化产品如何丰富、多样甚至优越，早先的"这一个"永远是"这一个"。五、很多文化产品的价值不仅有超越时空的广泛认同和保值性，而且随着时间的推移会越来越增值。六、文化产品之所以冠以"文化"，就是因为它能集中反映那个国家、那个社会历史发展阶段的生产方式、生活方式、时代要求、集体意识和科技发展水平，这些构成一种人的生存状态。这种生存状态又只能通过有创新能力的人将其表现出来，所以优秀的文化产品都具有独创性。七、文化产品就有着非常深刻的个人印记，几乎每一件文化产品都与创作或策划它的人有密不可分的关系。创作或策划它的人的个人素养、气质、风格、格调，属于他个人的创作方式等等，会形成一种创作者、策划者的个人魅力，最后成为他被社会所承认的品牌。仅仅他的名字就产生价值，其价值进入市场就会形成高低不等的价格，所以，文化产业中最主要的生产要素是生产者、策划者个人。这是一种完全个人化、人性化的产业，是一种"资金投入少，脑筋投入多"的产业。

问：资料显示，1998年我国文化产业的增加值仅占国内生产总值的0.75%，占第三产业增加值的2.33%，文化产业从业人员只占就业人数的0.4%。而在许多发达国家，文化产业已经成为经济增长和吸纳劳动力的支柱产业之一。文化产业的从业人员澳大利亚高达10%，加拿大占6%，芬兰占5%。近两年文化产业迅猛发展，但与我国巨大的文化消费需求相比，文化产业发展还比较缓慢，与人民

146

群众日益增长的文化精神需求差距还相当大，要加快文化产业发展，就要准确确定文化产业的市场定位。那么您认为我国发展文化产业的市场定位是什么？

答：您引用的还是老资料，只要告诉您2002年英国最大的出口产品是"辣妹"而不是钢铁制品，好莱坞的影视出口额早超过了波音飞机加汽车，就可想今天西方国家文化产业更进一步的发展程度。我国需要的是文化市场的宽松和有序化，且不忙于去给我们的文化产业"定位"。只要有宽松而有序的市场环境，从业者自然会给自己寻找恰当的"定位"。中国文化资源的丰富及多样，中国人民群众的多层次、多需求，中国人的聪明才智，决定了每一个文化产业的从业人员都能在文化市场上找到自己的"生意"，其"位"上万，比人民大会堂的座位还多。先"定位"再行动，实际上还是"计划经济"的思维模式。目前，中国最大、最有影响的文化出口产品是姚明，请问是谁给他"定位"的？

147

问：中国加入 WTO 以后，经济会受到很大的影响，文化和文化产业同样也会受到影响，那您觉得入世后，我国的文化产业面临着什么样的挑战呢？我们应该采取什么样的文化策略呢？

答：还是那句老话：既是"挑战"也是"机遇"。不过也许我国文化产业碰到的"挑战"会更大一些，因为我们的文化产业起步较晚，比起其他产业基础较为薄弱。为何起步晚而薄弱呢？一、我国的"文化专业团体"（包括影视、广播、出版等等）的体制改革比其他行业的国企改革滞后，长期以来它们担负着宣传的职能，属于党政宣传部门管理，一般是不计经济效益，不计投入产出比的。二、前面说过"文化产业其实是个人心智的产业"，而恰恰在个人"心智"活动方面，我们一直缺乏一个较为宽松、适于探索和创新的良好文化环境；我们一直在一个怪圈中打转：一边是"黄赌毒贪"屡禁不止，此伏彼起，这方面好像"宽松"得很，而另一边留给个人心智活动的空间却又嫌不足。我设想不出什么对策，"文化策略"的制订非我所能。但从近期对待一些畅销书作家与张艺谋的《英雄》和《十面埋伏》来看,我们开始向一个较对的路子走。畅销书作家的写作已享有充分自由,张艺谋的两部影片虽然评论界和媒体大加挞伐,而政府仍然力荐将其推向世界。政府开始表现出较宽容和爱护并支持文化艺术人才的态度。我相信,我们要大力发展我国的文化产业(因为这是关乎到一个民族精神存亡的大事),最终在"文化策略"上还是会与"国际接轨"。

问:我们都知道,您是文化产业中的领军人物,您经营的"西部影视城"现在不仅是一个影视拍摄基地,而且还是一个著名的旅游景点,那么您觉得您能成功最主要的原因是什么?

答:首先申明我决非什么"文化产业上的领军人物"。上世纪八十年代我在文学创作方面不断突破"禁区",也许曾"领"过"军",在文化产业上,我作为一名作家只是比其他"下海"的作家成就大些而已。我个人认为,我之所以取得成功是因为:一、我比其他"下海"的作家有经济理论上的准备,这点可以从我出版于 1997 年的长篇文学性政论随笔《小说中国》中看出来,从 1997 年到今天的中国社会发展基本上没有脱离我的预见。二、我劳改了二十二年,锻炼出有较强的承受力、较强的挑战性和不怕风险的冒险性。三、其实"西部影视城"不过是我另一类的文学作品,它本身是一个文化产业。如果当初我像其他作家一样去开餐馆、炒股票、搞房地产等等跨出文化行当的产业,恐怕也不会成功。

问:有人说您在"出卖荒凉",对此,您怎样看?

答:中国国土面积有 80% 是荒凉的,那些荒凉怎么卖不出去?"出卖荒凉"是当初日本记者在日本报刊上发表报道的标题,当时确实是荒凉。然而要使荒凉"可持续性"地卖出去,仅凭荒凉显然是不行的。游客观赏的是荒凉中的文化和艺术,决非荒凉本身。我为我的"西部影视城"题写的楹联是:"两座废墟有艺术加工变瑰宝,一片荒凉经文化妆点成奇观。"我就是按这个思路去做的,所以它不仅可以"持续性"地卖出去,而且能"可持续性"地发展。

问:文化产业发展不仅具有不平衡性,还有不规则特点。即在通常意义上企业乃至产业发展条件并不充分的情况下,却出现了卓尔不群的企业,甚至带动整个产业出现旺盛的生机。美国的拉斯维加斯在加利福尼亚荒漠就是一个广泛引用的例证。在我国也同样如此,《读者》不是创办于经济发达、文化条件和读者条件最为充分的北京、上海等中心城市,而是出现在较为偏僻的西部兰州,而且您也是在西部发展文化产业。那您认为西部发展文化产业的空间有多大?

答:您这个问题和举的例证很好。但不妨将眼光再放大一些。说实话,我不太关心什么"西部发展的空间",我关心的是整个中国的文化产业在世界范围的发展。前面说了,因为我认为这是关乎中华民族精神及文化传统的兴旺与延续的大事。您说得对:"文化产业发展不仅具有不平衡性,还有不规则特点。"那么,经济相对落后,读者(观众听众)条件也不充分具备的中国,为何不能在世界上有"卓尔不群"的文化产业呢?在机械、电子、航空、汽车等等制造业方面,中国要想赶上西方发达国家,还需要一个相当长的时间(我们虽会制造但无核心技术,造一台 DVD,我们要给外国人付十几美元的知识产权费),但恰恰在文化资源上,我国有其他任何国家都少有的优势。中华民族的"核心文化"只掌握在我们手中。举例来说,没有哪一届政府扶植,中国的"食文化"已风行天下;中国民俗的春节,也没有哪一届政府去推动,却在世界各地盛行,每年,纽约、巴黎、伦敦的市长都要到华人聚居区"拜年"(而我们这里却过起了圣诞节)。可见,只要我们稍稍扶植一下,放宽一点,容忍一点,调整一下思路,开阔一点视野,我国的文化资源就会很快转化为文化产品,成为世界文化产品出口份额中一枝独秀的产品。别忘了,中国人在世界上是仅次于犹太人的生意人。说句玩笑话,我把荒凉妆点加工一下都能卖好价钱,还有什么东西卖不出去呢?

149

关于"怀疑的文化"
——答意大利记者问

问：张贤亮先生，您由于您所想的和所写的而被当时的中共视为罪犯。您认为自己犯罪了吗？

答：当时自己也认为是犯罪了，至少是"犯了错误"。当时，在开展任何一场针对所谓的"阶级敌人"的政治运动之前，首先会掀起声势浩大的舆论宣传，并且广泛地发动群众。整个国家没有不同的声音，舆论完全是统一的，党说你是"敌人"，你在思想上犯了罪，你身边的人也没有一个人同情你，都认为你是一个"罪人"，在这种文化环境中，只有极个别的知识分子可能还保持一点清醒，绝大多数人都会认为自己的思想至少是"犯了错误"，只有"低头认罪"才能获得群众的谅解。请您设想一下，您在这种状态下会怎样？而我那时只是一个二十岁的年轻人。

问：您是因为写诗而获罪吗？

答：是。仅仅因为一首诗，再没有其他"罪行"。

问：在劳改农场里您受到的最大伤害是什么？

答：现在来看，我被劳改了二十二年反而是我人生中一段宝贵的经历,有这二十二年的劳改经历,我才能成为一名作家,我的作品才能获得广泛的认同,被很多读者所喜爱。我是一个幸存者。问题不是我个人怎样,而是那些年对我们整个民族是一场大灾难。可以说,在那些年中比我所受到的伤害更大、更重的中国人大有人在。正是因为这样,我才要将那段历史写出来,尽我所能地制止中国再重演那样的悲剧。

问:在劳改农场里,您和其他人的关系如何? 他们如何看待您,您又如何看待他们?

答:在劳改农场,犯人与犯人之间是不可能建立友谊的,犯人都有检举揭发别的犯人的义务,也就是说,人人都可能是告密者。与看管犯人的劳改农场官员,更不可能建立什么关系了,那只是管与被管的关系,强制与被强制的关系。至于如何看待别人和别人如何看待你这个问题,请您设想一下:每天要劳动十四小时以上,又吃不饱穿不暖,谁还有心思操心别人如何看待你,你也不会去关心别人,这一天你没有死已经是最大的幸运。你只是一个幽灵,一个影子,内心是极其孤独的,除了你,旁边再没有其他人。

问:在《烦恼就是智慧》一书里您曾写到"在劳改农场里我用笔生存"。我们应该如何领会字里行间的深意呢?

答:当时所谓的"劳动改造",就是要逐渐地将人退化成动物,把人逐渐变成听话的家畜。要想有一点独立意志,证明自己还是一个人,并不仅仅是一个听话的家畜,只有"用笔生存"了。

问:由于《烦恼就是智慧》,意大利的文艺评论家将您视为中国的 Primo Levi,您了解 Primo Levi 吗? 您认为这位作家能否和您相比较呢?

答:我不了解这位作家。英、美的文艺评论家将我视为中国的 Milan Kundera,我也并不认为确切。中国的情况太特殊,在原东欧国家,关进集中营的都是"持不同政见者",而在那个时代的中国,非常奇怪的是把大批与中共并没有不同政见的人,包括很多忠诚的共产党员也关进监狱,送去劳改农场。《烦恼就是智慧》书名是东方佛学的术语,正是因为有了被劳改的"烦恼",才能产生出"不是我错了而是毛泽东错了"的"智慧"。

问：您觉得我们能不能这样说,您是因为发现您还有一支笔,所以才决定写日记?

答：是的,可以这样说。

问：经受过"怀疑的文化"冲击的您,是如何生活在"资本主义在红旗下复活"的中国的呢?

答：中国没有"怀疑的文化"这一概念,您大约指的是我们所说的"信仰危机"。从二十世纪初期共产主义传入中国,到 1949 年中国共产党取得中国大陆的政权,直到二十世纪五十年代、六十年代、七十年代,毛泽东所诠释的共产主义一直是中国的主流意识形态,是中国人民的信仰。在这个历史阶段,人们普遍认为生活会越来越好,对未来充满美好的憧憬。但从二十世纪七十年代初开始,特别是发生了"林彪事件"后,人们发觉生活相反地越来越坏,中国越来越落后,局面越来越乱,现实与共产主义理想背离得太远太远,从而对共产主义信仰产生了怀疑,共产主义信仰出现了危机。邓小平在 1978 年上台执政,正是在"信仰危机"中、在人们普遍怀疑中共的政策时,开始推动改革开放政策。如果没有"信仰危机",改革开放政策是不会得到人民的拥护的,也无法推行。现在中国实行的改革开放政策,用您的话来说,就是"资本主义在红旗下复活"。我认为不是这样简单,但这是中国历史发展的必然,过去走错了路,现在纠正过来,走上了一条正确的发展道路,所以,不仅是我个人,中国一般群众也开始过上了比较富裕的生活(当然穷人还不少)。因而在这样的社会转变中,人们并不会感到任何困惑,只有极少数人会留恋过去的日子。许多共产党员可以从事资本家的职业,许多成功的资本家也可以成为中共党员。"信仰危机",即您说的"怀疑的文化"也不存在了。现在当务之急是把中国的经济发展上去,提高人民群众的生活水平,未来的事就交给上帝吧。

问：在您看来"怀疑的文化"消灭了什么？

答：在我看来，您所说的"怀疑的文化"即我们说的"信仰危机"，消灭的是领导人允诺人民群众的空想，是中国过去的一段惨痛的历史。

问：您为什么用阳痿来比喻中国自由的缺乏？

答："生殖崇拜"和"生殖器崇拜"一直是原始人类的图腾，很多原始部落的图腾柱就是一个大的男性生殖器。坚挺的男性生殖器表现了这个部落群体力量的强大、自信、自豪、雄壮和具有生命力。阳痿是一个严重困扰男性的问题，阳痿会使男人失去自信，没有自信便没有自由。而在过去的中国，就是要打掉人们的自信，将人们变成驯服的工具，这很像要把男人的生殖器阉割掉一样残酷。当然，这里所指的不仅有男人，还有女人，也就是说指的是要阉割全体中国人的自信。我认为，我在书中将当时的中国缺乏自由比喻要将正常男人的生殖器阉割掉，是很确切的。

问：色情是中国社会解放的象征还是迈向解放的第一步？

答：在中国，"色情"和"性解放"是两个不同的概念。"色情"指的是西方国家城市中"红灯区"里经营的那种商业活动，包括这一类的图书杂志，"性解放"是伴随着人性和个性解放自然而然出现的社会现象。中国从 1978 年以后，人性得到了承认（过去时代是只讲"党性"，不允许讲人性，讲人性是一种严重的"资产阶级思想"，会被送进劳改农场），人们的个性也开始得到尊重，现在到处讲"个性化着装"、"个性化服务"，不"个性"反而不时尚了。于是，在男女之间的性关系方面也开始逐渐自由起来。我认为这应该是社会解放的一个象征。

问：《男人的一半是女人》象征人们希望有更美好的生活。目前在中国这个希望很快开始实现了吗？

答：自 1978 年邓小平推动改革开放政策以后，全世界都可看

153

见,中国的经济有了迅猛的发展,应该承认,绝大多数中国人的生活水平有了很大提高,与此同时,人民群众的言论自由和信仰自由也有了一定的保证。然而,离您说的"美好"还有距离,但中国人有信心认为这个"美好"是可以逐步达到的。

问:"文革"时期您因被打成右派而被送到劳改农场。二十岁的您到底犯了什么可怕的罪行呢?

答:我是在"文革"之前的 1957 年"反右运动"中被打成右派分子送到劳改农场的。前面说了,仅仅因为发表了一首诗(这首诗现在又可以和当时被批判为右派的诗歌一起重新发表了,并且统称为"重放的鲜花")。那时,一个人只要对他所在的单位(从意大利铁路公司直到米兰街头的杂货铺店,在中国都叫做"单位")的中共支部书记提出一点不同看法,就可能被送去劳改,何况我还发表了一首诗呢。到了"文革"时期就更荒谬了,许多"单位"中的人都会被送到农村劳改,人人都必须劳动改造。所以,不是我犯什么可怕的罪行,而是毛泽东犯了可怕的错误。

问:您认为您的作品属于古拉格(GULAG)文学吗?

答:我不认为我的作品属于古拉格文学。古拉格文学侧重于揭露前苏联劳改营的真实情况,是纪实性质的。我的作品主要还是写人,写在那个时期的人的命运和情感。

问:"文革"的结束对您的生活有什么影响?

答:我和全体中国人一样,"文革"结束后完全展开了新的生活。从此再没有被人看管,有了写作的自由,有了选择职业的自由,只要自己不妨碍他人的自由,再不会被送到劳改农场。

问:《男人的一半是女人》的主人公的生活是知识分子状况的比喻。目前中国知识分子的状况仍然那样吗?

答:当然有了根本性的变化。现在中国知识分子成了中国社会的精英,是社会的主导力量。

问:您小说中主人公的对话者不是人类,而是一匹马。为什么?

您要达到什么效果?

答:在那个时代里,在那种情况中,小说中的主人公还能找哪个人对话?在那个时代里,在那种情况中,人类是最不可信任的,我要达到的就是这种效果。

问:《男人的一半是女人》的初衷是表达:极权主义的压抑使中国人在身体上和精神上变为无力。您的书上市后却很畅销,这是为什么?

答:正因为小说的真实,它不仅在艺术上真实,而且真实地反映了那个时代,所以才能拥有众多读者。这部小说被中国的文学评论家评为"二十世纪中国一百部最有影响的小说"之一,我也被评为"二十世纪中国最重要的一百名作家"之一。至今,很多报刊杂志回顾上世纪八十年代中国发生的重要事件时,都将这部小说的上市列在其中。

问:您今天很著名,您如何改善了您的生活?将来还想做什么?

答:我凭自己的能力改善了自己的生活。在中国改革开放政策实施后,中国的大环境给每一个中国人提供了凭个人奋斗创造自己的生活的可能性。我还在写作,将来只要我身体条件允许还是写作。

问:在您的眼中,目前的中国是怎么样了?

答:目前的中国当然比过去在各方面都有了巨大改善。我想,您在意大利也会感觉到中国的影响力,至少,中国商品在罗马市场上占了一定的份额,您也可在意大利各个风景旅游胜地看到一批批的中国游客,他们的购买力都很强,意大利名牌在他们眼里很便宜。可是,非常抱歉,其中许多中国人的素质很差,到处喧哗,不讲秩序,甚至有个别中国人还随地吐痰,扔垃圾,另一个极端就是偷渡的中国人也不少。这就是中国的现状:中国在经济建设上取得了可说是举世瞩目的成就,但人民的文明素质还亟需提高。在过去时代,政府欠人民的债非常多,首先是教育,还有住房、社会福利、卫生防疫系统、各种公共设施等等都很欠缺。现在中国的大学生、中学生对"反右"及"文革"都淡忘了。这使我更认识到自己的使命。知道我的小说在意

155

大利受到好评，我非常高兴。中国的"反右"和"文革"不仅是中国人的教训，也是全人类的教训。最后告诉您的是，目前意大利翻译我的两部作品在中国当局看来是异类的、是不喜欢的，不过现在好在中共已不干涉文学作品的发表了，人民享受的自由比过去有了很大扩展；尽管我说的话也许会招惹某些领导人不高兴，但决不会影响到我个人的人身自由。

开放的中国,开放的文学

——在英国答媒体记者问

1995 年 9 月 12 日至 23 日,我应邀前往英国参加"'95 英国文学和作家"(UK. YEAR OF LITERATURE AND WRITING 1995)。在此期间有两次重要活动,14 日在威尔士举办我作品的朗诵会,先由英国著名记者、《卫报》(GUARDIAN)的社论主笔约翰·吉丁斯(John·Gittings)介绍中国和我的创作情况,在我朗读自己的作品后回答听众的问题。21 日由英中文化中心在伦敦举办我的讲演会,讲演会采取与牛津大学 Wadham College 的刘陶陶博士对话的形式。除此之外,还分别在威尔士和伦敦接受了 BBC 记者、传讯电视记者及《星岛日报》(欧洲版)、《丝语》、《天下华人》等华文报刊的采访。

"'95 英国文学和作家"是由英国政府资助的民间文学艺术活动,每年举办一次,支持者皆为世界著名作家学者,但主办人对我国国内文学情况不很了解,邀请的中国作家都是旅居海外的华人作家、艺术家,如北岛、杨炼、曲磊磊、Maxine Hong Kingston、Evelyn Lau 等等,所以中国大陆有作家到会本身不仅对介绍中国大陆的文学状况有重要意义,而且也是中国海内外作家间交流的一次机会。

英国人对中国当代文学知之甚少,英国著名汉学家、爱丁堡大学教授、苏格兰中国协会会长 John D. Chinnery 和他的夫人陈小滢(陈西滢的女公子),在此之前就曾接到专为"'95英国文学和作家"撰稿的记者电话询问:"中国现在有没有文字书写的文学?是不是仅有口头文学?"由此可见一斑,所以除了刘陶陶博士的问题,其他的问题比较肤浅并不奇怪。下面是我根据会后和采访后记录的较多和较重要的问题和我的回答而综合整理出来的摘要。

问:在中国,现在作家有没有限制?有没有出版审查制度?

答:据我所知政府并没有对出版社和刊物设立审查制度。前一时期在西方广泛报道的《废都》被禁一事,不管禁得合适不合适,至少可以说明在出版之前政府并没有对每本书都参与审查,因为那本书是在正式出版和被盗版了上百万册后政府才下令收回的。至于出版社和杂志社内部,那是每一个机构都要有的审定制度。出版社和杂志出版什么书、发表什么文章,完全由他们自己的编辑决定,所以常常有一本书在这个出版社不能出版而在另一个出版社却能出版的情况。

问:现在中国文学的主流是什么?

答:文学就像水一样。在过去,政府已经挖好了一条渠道,文学从作家的笔下流出,必须顺着这条渠道流淌,那条事先挖好的渠道就是当时文学的"主流"。现在这条渠道被打开了,文学创作形成了一种开放的态势,于是文学就像这杯水倒在桌子上似的四处流淌,所以我也说不清现在中国文学的"主流"究竟是哪一条。

问:现在中国作家主要想说些什么话?

答:现在的中国作家主要想说他们自己想说的话。

问:你认为关于中国"文化大革命"的主题是不是已经写完了?将来还会怎样写"文革"?

答：中国的"文化大革命"是人类历史上的一个极为奇特的现象，和第二次世界大战一样，它远远没有写完。至于将来作家会怎样去写我不知道，也许还会有作家赞美它吧。坦率地说，目前我就有这样的担心。

问：现在中国在搞商品经济，人们主要关心的是挣钱，道德开始沦丧，失去了信仰，文学上也出现了"痞子文学"，像王朔的作品，你对这问题怎样看？

答："痞子"很好，王朔的作品也很好！试想，一个几千年来被封建文化和传统意识形态禁锢的社会，群众又长期受空泛的理想和信仰所煽动而失去理智，进行了疯狂的破坏，直到陷入贫困的深渊后又漠视一切信仰和道德，这种状况用什么才能突破，用什么才能重新调动起人们重建社会的积极性？我认为最好就是用"money"。我给大家讲一个真实的笑话：现在中国的很多商场内部出租柜台给个体小商贩摆摊，有一个很漂亮的小姐，出售的是女式三角裤衩。她一边做生意一边吆喝："快来买啦快来瞧啦！这三角裤衩可不是一般的裤衩啦！这是药物裤衩啦，专治各种妇女病啦！总理还给我们的发明题过词啦！"总理当然不会给女式裤衩题词，而商场内人来人往，还有经济警察巡逻，却没一个人出来阻止她。如果在过去，她早就会被抓进公安局，以"污蔑党和国家领导人"罪名判十年徒刑，而现在，在商品市场经济的冲击下，首先这说明了森严的政治等级观念在人们的脑海里已经开始淡薄，任何人，包括政治领导人头上都再没有神圣的光环。第二，在过去，妇女的内裤是不能在大庭广众中展示的，这种衣物洗了后都必须晾在人见不到的地方。这是中国几千年来的"taboo"（禁忌）。而在商品市场经济中，所有的东西都简单化为"商品"，女人内裤也再不是什么让男人看了会倒霉的秽物。除了"money"，有什么能这样有力地冲破古老的"taboo"呢？第三，过去商店里也出售女人裤衩，但那都是放在妇女专用品柜台，因为没有一个女士愿意在男人面前购买自己的内衣，这会使男人产生丰富的联想。而现在，

159

在商品经济面前,千百年来男女之间的"大防"也开始崩溃,漂亮小姐出售裤衩和妇女们购买裤衩都成了正常的商品交换。如果继续分析下去,还可以有第四、第五、第六等等,我想只分析到这里就足以说明中国今天的变化。所以我是非常乐观的。人们从不着边际的理想和信仰跌落到现实后,失去的理性一定会逐渐恢复过来,经过一段混乱的无序状态,在商品经济发展到一定程度,人们就会有重建社会秩序和道德的强烈要求。那时,"痞子"也会自觉地修养成"绅士"。

问：听说山西有一位作家写了一篇作品,反映地方官员的腐败,可是马上就有官员控告他,这个作家的命运如何?

答：是的。这部作品名《天网》,最近还拍摄成电影,并获得电影大奖。是听说有山西的官员去法院告他诬陷,不知法院受理了没有。

问：现在的情况怎样?

答：告大概还在继续告,但电影也在继续映,书仍然继续有人读。这说明现在官员想抓作家已经不那么容易了,至少要经过一定的法律程序,而在过去,官员想抓就抓,根本不需要这么麻烦。

问：在中国你是首先写"性"的作家,你认为关于性的文学和对性的研究还能有什么深入?

答：我当然认为"性"是很好的,没有"性"便没有人类,不过我还是想说我并不是写"性"的作家。我主要想写的还是政治,我想通过男主人公失去性能力来反映政治对人的迫害能给人造成多大的伤害,也许这个切入的角度比较别致。至于文学作品中写"性",我看永远不会深入到有写完的一天。但文学并不研究性问题。研究性问题是性学家的事,美国一位性学家最近就完成了很有成效的关于性的研究,这位性学家名叫海特(Shali Haite),她的《性报告》在中国已经全文出版了。

问：听说你还从事商业,为什么? 这对你的文学创作有影响吗?

答：中国有个专业作家制度,就是说一个人只要取得了专业作家的资格,不管还写不写,每月都可领取固定的工资。这其实对创作并不是件好事，首先它将作家和社会及群众逐渐分离。其次，作家也会逐渐懒散起来。我同时从事商业活动，不过是想使自己的生活内容更丰富一些，能与社会的关系更为密切。我以为，这对我的创作是有好处的。比如，如果我不从事商业活动，我便不能发现我刚刚说的卖女式裤衩这一现象里有深长的哲学内容。其实那个现象就是我新的长篇小说中的一个细节。

问：你在长达二十二年的劳动改造时期，是什么力量支持你活下来的？

答：没有什么神秘的力量，也不是自己有什么崇高的理想或信仰，实际上不过是人本身具有的生存欲望。人的生命力是非常强大和旺盛的，强大和旺盛得出乎人自己的意料。我想这从第二次世界大战中的犹太人身上也可以看出来。

问：我曾经在中国武汉工作过四个月，在那里看不到一份英国报纸，到北京后才能看到。那时对我来说英国报纸成了我最珍贵的东西，请问你在劳改营中什么对你是最珍贵的？

答：食物！在那时报纸从来没有在我生活中占有任何地位。这就是挨过饿的人和没有挨过饿的人的区别。

问：你们中国有悠久的历史，有丰富的传统文化道德，而今天都遭到破坏，你们现在准备做什么？

答：我们中国是有悠久的历史和深厚的传统道德文化，但那些道德文化中也有很多违反人道的东西、不合理的东西和不利于我们进步的东西，所以才发生了一场革命。但那场革命却把洗澡水和孩子一齐倒掉了。我们现在要做的事就是要把孩子捡回来。

问：BBC 想到中国去制作一部系列电视片，向英国观众介绍你们中国的情况，你对此有什么建议？

答：我想，当今世界，大概只有中国的变化最为巨大。如果只拍摄今天的中国，西方的观众也许还看不出有什么奇特的地方，还会以为仍然比西方落后得多，所以我认为电视片中必须有中国昨天的面貌来进行对比,这样,西方的观众从明显的反差中才能真正认识到中国。

问:我是伦敦监狱的典狱长,我想问你对吴宏达事件怎么看,关于中国的人权问题,你有什么看法。

答:今天是美好的一天,蹲监狱的人和管监狱的人坐到一起来了。首先,我们应该肯定,人类社会的监狱都是黑暗的,监狱就是社会的负面;失去人身自由后便没有什么愉快可言。西方很多电影电视文学作品也对自己国家监狱的黑暗面有所反映,没有一个国家能保证自己国家的监狱是一片光明,我认为这种情况很正常,因为如果监狱和天堂一样,便起不到惩罚的作用。这里最关键的问题是:把什么样的人投进监狱? 在中国,过去曾把许多无辜的人送进监狱或劳改农场。现在,我不能保证说中国监狱里没有一个无辜的人,但能肯定这种人已经极少。在中国法制逐渐健全的情况下,一般来说无辜的人都能通过法律程序进行申辩,而过去没有一个中国人享有申辩的权利。我认为吴宏达先生如果多调查这种变化,也许会更符合中国社会的现实。至于说到人权,作为作家,我主要关心的是人类的前景,我绝不是仅仅关心中国和中国人。现在,我想说的是,大英帝国在二百多年前就曾派过大使到中国去要求建立正常的通商关系,使两国能够友好往来,但中国皇帝却从中国的"王权"观念出发,非要英国大使和中国官员一样对他行叩首礼节,而英国大使从他的"王权"观念出发拒绝这样做,因为英国官员见了女王也不下跪叩首。你能说他们是哪方面错了吗? 哪方面都没有错,因为他们都是根据各自的观念行事的。就为了叩首不叩首的问题,英国大使在海上漂了一年多见不到中国皇帝,最后快快而回,终于引起了一场不愉快的战争。在英国大使来中国的时候,全英国商人欢欣鼓舞,曼彻斯特的纺织商以为全中国四亿人如果都穿英国纺织的布他们便会供不应求,完全不用发愁市场的销路;一个伦敦的餐具工厂的商人计算四亿人都用刀叉吃饭,他肯定要发大财,于是贷了大笔款投资扩大设备,可

是这一切美好的愿望都落了空，餐具商人破了产，中国也遭受了巨大
的损失。为了观念的不同，东西方两个大国失去了一次非常良好的
交往机会。目前，中国不仅早已放弃了叩首礼节，而且在被禁锢了几
十年后又开放了的今天，中国人极力想拥抱全世界。在中国，正在学
习英语的人大大超过整个英国的人口；中国向西方已经学习了很多
东西，甚至包括管理酒店的经验，中国正努力和西方的经济"接轨"。
但在这个时候，西方却重复二百多年前中国皇帝的做法，非要中国适
合他们的"人权"观念，而中国又要按自己的人权观念行事。西方的
人权观念是适合西方的，中国的人权观念是适合中国的。我非常担
心，这次是不是又会为了观念的不同而再次失去交往的良好机会呢？
我以为，东西双方最好是把观念先放在一边，重要的是善意的交往，
相互在平等的基础上通商，其余的事慢慢来说。在经济接轨以后，别
的方面也会有变化的，双方都会逐渐接近，相互获得更大的进步。

（1995 年 9 月参加英国"'95 英国文学与

作家"文学艺术活动时的问答）

西部，你准备好了吗？

　　很荣幸作为一个内地作家兼企业家受到邀请来香港，与各位一起研讨西部大开发中的商机和问题。我在西北偏僻的宁夏生活了四十多年，亲眼看到近二十年来，中国东西部之间在经济上的差距越来越大，但西部在某些方面却一直保持着中国东部各省无法相比的优越之处。除了待开发的地下矿藏和广袤的土地这些自然资源，西部各省还有着大量的历史文化载体及独特的自然风光。我们知道，中国古代的政治经济文化中心一直在西北部，唯一的国际大通道就是著名的"丝绸之路"。自公元十一世纪后，由于民族矛盾加剧和自然环境的恶化，王朝的首都才逐步东迁南移，可是西北始终是中国的重点地区。西北是中国历史的源头，是中华民族的发祥地。尽管有许多文物古迹已经成为人们熟知的名胜，但仍有更多的文物古迹与自然风光还不为世人所知。同时，西北又是一个多民族地区，各民族各有特点的文化艺术和风俗风情，构成绚丽多彩的图画。大西北取之不尽的自然景观与人文景观其实都是潜在的旅游资源。旅游业是和保险业、IT 业、生物工程等等一齐被国际公认为二十一世纪投资的热点,而旅游业比其他产业更有投资少、见效快、风险低的优势。在宁夏,我投入很少的资金,利用一座明代边防兵营的废墟创办的镇北堡西部影城,在短短九年中已崛起为中国西部最著名的影视城。各位现在熟知的张艺谋、巩俐、姜文、陈凯歌、腾文骥、葛优当初就是在这里拍摄了《红高粱》、《边走边唱》、《黄河谣》等影片开始走向世界影坛的;香港影片《大话西游》现在已被称为"后现代的经典影片",好莱坞还准备拍美国版的《大话西游》,这不能不说镇北堡西部影城以她特殊的景观,在一定程度上启发了导演刘镇伟、明星周星驰的灵感,刘镇伟原来只打算拍一部影片,而到了镇北堡西部影城,他看到处处都适合上镜,竟一下子拍出了上下两集。同样,香港著名导演王家卫和摄影师杜可风,也发现大西北在银幕上的审美价值,《东邪西毒》就是在陕西榆林和宁夏镇北堡西部影城拍摄的,这部影片最终获得了威尼斯电影节的摄影奖。镇北堡西部影城不仅为大陆和港台电影电视剧组提供了良好的拍摄基地,同时也是宁夏集观光、游乐、休闲于一体的重要旅游区,是宁夏投入产出比最高的企业之一。这些实例充分证明大西北具有极大的旅游开发前景。镇北堡不过是偏远的银川郊区一座荒凉的古堡废墟,但只要加以文化艺术的装点,连荒凉也可转化成商品,何况西北还有更为绮丽多姿的人文景观与自然景观呢?"科学技术是第一生产力"已是人们的共识,我通过创办镇北堡西部影城,深切体会到文化艺术可说是当今世界的"第二生产力",也就是说,除了科学技术之外,文化艺术也是创造高附加值的重要手段。开发大西北当然需要资金技术这类硬件,我认为同时更需要现代意识的创意、策划、理念和经营管理等等软件。而在这方面,西北一般民众却相当缺乏,所以才会"守着金饭碗讨饭吃"。西北的落后本身就是发达地区商人的大好商机,如投资者精明地利用软件开发并包装出新的自然与人文景观,那就能点土成金,投资回报率会相当高。

165

　　但是任何事物都具有两面性，在大西北处处有商机，也处处存在问题。西部的自然生态环境较差，人文环境同样也比较差。现在上上下下都说西部的观念保守，具体的表现就在人文环境上：市场经济不规范，盛行无规则游戏，中央的发展策略和省市自治区制订的优惠政策不能切实贯彻到基层。越到下面，政府对企业的服务意识越差、行政及执法力度越薄弱。我把它称之为"力度下传耗损现象"。尽管目前所有的西部省市自治区都在改善投资环境，可是正如一个人一样，不论他在哪里总是生活在一个有限的空间，即使在巴哈马群岛这样风景优美受污染程度最低的地方，如果这个人住在用有毒材料装修的房间里，健康也会受到损害。外地投资者的企业总是在一个具体的地点和有关部门的基层单位打交道，如果创办旅游区，交往最多的还可能是周边的乡村干部。我上面说普通老百姓缺乏开发意识和本领，却有一个看见外来人开发成功后眼红的旧习气，在投资者见了效益以后，他们很可能会用各种方式提出违反合同的新的利益分割，或是就在你的景区旁边仿效你的策划搞伪劣的重复建设，让投资者在精神上不胜其烦，经济上受到不应有的损失。要解决麻烦就要加大成本，有时甚至大到会抵消掉上级政府给予的种种优惠。

　　关于西部大开发我已发表过一些文章，我曾呼吁人们在关注改善西部自然生态环境的同时要关注改善西部的人文环境。而改变西部的自然生态环境和改变西部的人文环境，只有加大改革开放的力度。国家的法律法规和省市自治区的政策必须"一竿子插到底"，要下大力气整顿基层，要从基层开始营造良好的、促进生产力发展的先进人文环境。不这样，西部就会陷入人文环境越差经济越落后，经济越落后人文环境越差的恶性循环。对海内外到西部的投资者，我奉劝来西部考察时首先要看这个地区对待当地一般民间企业的政策、态度及现状，而不仅仅听取地方领导对你许诺的种种优惠政策。正如尊重人才应该先从尊重本地人才开始一样，吸引海内外投资者也应该先从改善本地投资者的经营环境做起。本地民间企业的经营环境不善，遑论欢迎外来投资者？这也是促进西部各省市自治区自我整顿、自我改善、自我发展的有力方式。总而言之，在西部大开发中，西部本身不应该只是被动的，我们先要问：西部，你准备好了吗？

给中国西部"把脉"

　　世界上幅员辽阔的大国都有经济比较落后的地区,如美国的中西部,俄罗斯的西伯利亚,澳大利亚广阔的内陆等等。那些国家的经济落后带是有待开发的处女地,不仅生产落后,土著居民也从未在历史上处于领先地位。中国的西部却有很大不同,中国西部曾是中国最发达的地区,甚至是中国历史的发祥地。并且,在很长一段历史中,中国东西部的差异并不明显,抗日战争时,大批中国的精英分子、文化机关与生产资料成建制地往西部搬迁。西部曾是中华民族的诺亚方舟,同时也大幅度地提升了自身的经济实力。中华人民共和国成立后,修建的第一条铁路是成渝铁路,通往西部边疆的包兰路、兰新路在二十世纪五六十年代就相继建成。七十年代的"三线建设"更为西部奠定了有可能领先发展的基础,可与此对照的:譬如处于"一线"的福建,几十年来就几乎没有搞什么建设。总之,中国西部是一块"老子也阔过"的地区。

　　"老子也阔过"是西部特有的"部情"。"阔"过的大户人家怎么就破落了呢? 这倒不是败家子所为,而是东部特别是沿海地区改革开放在前,得了风气之先,是改革开放的先后造成了东西部的差距,时间差造成了经济差。所以,在实施"西部大开发"战略的同时,必须加大改革开放的力度,甚至可以说"西部大开发"就是"西部大改革","开发"不与"改革"并行,"开发"是绝对会落空的。

"老子也阔过"是西部的骄傲,但和任何东西都具有两面性一样,深厚的历史文化积淀也是西部开发中的羁绊。西部人继承了中华民族的优秀传统的同时,也继续了中华民族的劣根性和长期计划经济形成的思维模式与生活模式。想改造、提升一贫如洗的贫民的生活现状比较容易,你怎么说他就怎么做,"一张白纸好画最新最美的图画",跟阔过的破落户打交道就十分费劲,因为这种人家早已形成一套完整的生活方式和生活作风,以及一种目空一切、固步自封、井底之蛙、小富即安甚至不富亦安的自足感与自负感。西部早有固有而又顽强的文化惰性。投资环境说到底并非经济环境,而属文化环境。顽固的"官本位"、"人治观"、"领导"、"管理"意识强,而服务观念极为薄弱,一般地方基层官员身带十足的"豪气"与"霸气",习惯于计划经济而陌生于市场经济,一碰到市场经济就搞无规则游戏,"老子说了算",咄咄逼人,地方主义、本位主义的内核其实是个人利益,而个人利益又衍生为地方主义和本位主义,各地方、各本位(基层单位)又在利益上相互关照、相互联手、相互勾结,在广阔的西部基层形成了"针插不进水泼不透"的板块。在开发发展上"不作为",在争取个人利益上却"大有作为",对省区市领导制订的政策、下达的指令直至国家的法律法令都采取阳奉阴违的态度,遑论与国际接轨;西部一般老百姓呢,又多是"红眼病"患者,"不患贫而患不均",自我发展能力几乎没有,"等靠要"意识极强,一直以来"山高皇帝远"的地理状况使之养成一股不可小觑的"匪气",维护自己的利益和争取自己的利益多不依靠法律手段,而擅长于聚众闹事或撒泼打浑。上有"霸气",下有"匪气",呜呼哀哉!

此脉象在中医看来是"浮、沉、滑、紧、涩、弱、虚、缓、散、结、迟"

169

纠缠在一起。害了阳亢而虚、阴盛而衰的病。如果有良医来开方子，我想他首先要采取"泻"，先泻了"霸气"与"匪气"，再用温补药慢慢调理。用政治语言来说，就是必须有"体制创新"及"机制创新"，和"开发"二字的原始意义一样，必须打破土地板结状态，先深犁，再播种。

西部"入世"

　　在全球经济一体化浪潮中我国加入了 WTO,一直是一种国内政策的"改革开放",如今成为对国际的承诺,步入全新的历史阶段。"入世"不止在经济方面,还会影响到在很多方面我们都要按国际通行规则办事。是谁主持办事呢? 当然不是普通老百姓,也不是市场经济的主体——企业家和企业集团,主要还是要求政府或首先要求政府按国际通行的规则办事。我之所以非常敬佩以江泽民为核心的中共第三代领导人,一个重要原因就是:他们不惜付出"黑头发谈成白头发"的代价,争取跨进"世贸"门槛,这种非"入世"不可的努力,实际上表现了要把"改革开放"进行到底的决心。"入世"杜绝了中国走回头路的任何可能,我国在改革的路上成了"过河卒子",只能奋力向前。这其实在很大程度上制约了政府像过去那样"想怎么干就怎么干"的权力。政府不仅要接受人民群众的监督,还要受国际社会的约束。第三代领导人甘愿政府的权力再加一层制约,也要将中国领进浩浩荡荡的世界文明进步潮流,使国家强盛,人民富裕,这是一种多么崇高无私的为人民服务的精神境界啊!

　　可是，说到地方政府，特别是西部各省市区政府，具体到西部的党政基层干部，却不太那么叫人放心了。这部分党政机构比起改革开放较早较快的东部及沿海地区党政机构，与国际通行规则接轨的难度确实不小，这地区很多党政干部，在"接轨"过程中不可避免地会感受到权威的失落、既得利益的丧失、从管理者到服务者的不适应、不习惯甚至不会"服务"。在改革开放还是一种国内政策的时候，不少地方、不少部门的干部都"有法不依，有章不循，执法不严，地方割据"，也就是说，西部地区一些干部连中央制订的国内通行规则还不能完全"接轨"，遑论与国际通行规则接轨。

　　我可以说是中国作家中接触市场经济较多的一个，虽然还没有写出及时反映现实的文学作品（不能说明我以后不会写），但体会并不比已经写出这类小说的作家浮浅。我亲自操持企业运作，切身感受不少（这里只谈感觉）。我觉得，西部一些地方的一些干部（遵循我们现在写文章的通行规则就得说"一些"），甚至是省区首府的基层干部，不说切实地依国家之法、照中央之章行事了，就连自己地方政府颁布的法规、通告、会议纪要等都不全面执行。对自己部门小团体或个人有利的，干起来如急急风，以显政绩，与自己部门小团体或个人无关的就束之高阁，所以常常说话不算话，有的法令、通告、会议纪要如一纸空文。二是"内外有别"的意识还相当强烈，内是自己手中的国有企业，外是土生土长及外来的民间企业。因为一些地方各级主管干部与地方国有企业早就形成千丝万缕的人事关系，有利益相通之处。中央说"抓大放小"，但中央看来是"小"的，地方上看来却挺"大"，怎能放开让企业自己搞活，或是把这部分经营让民间来做？宁可我做不好，也不愿叫私人插手，插手了就使绊子，出台各种"乱收费"的土政策。还有更怪的想法：赶快把经营不善面临倒闭的国有企业推出去，千方百计把经营良好获利较大的民间企业吃进来。吃不进来就不给扶植，不给它解决问题或应得的方便。不少地方的基层干部还没有把地方的民间经济看作是地方的资源，他属下的经济增长点。仿佛天生就有把国有企业与民间企业置于不公平竞争状态的心态。谁都知道,中央拨给"西部大开发"项目的资金不算"投资",中央投来的资金无所谓环境好坏之说,那在行政指令下是哪级政府都非搞好不可的。所谓"改善投资环境"指的只是内外来的民间资本。然而,地方意识如此,怎能真正落实"改善投资环境"?

我这里一点都没提及贪污腐败渎职等等法外的恶劣行径,指出的现象在西部很多地方已经成了常态。这又不应归结到地方高级领导干部身上。绝大部分地方高级领导干部还是眼光开阔,思想解放的,可是弥漫于西部地区的文化氛围常常会使一些想有所作为的领导扼腕而叹。"公仆"领着一群"老爷"为"主人"服务,不受掣肘是不可能的。

还是我早先说过的话:"西部大开发"必须先开发西部人的观念意识,特别是地方干部的观念意识。在中国"入世"西部当然也跟着"入世"后,这个问题尤其显得紧迫。

西部"入世",我预言,在相当长的一段时间里,西部市场经济的主体——企业家和企业集团会因变化不快、接轨不全面而苦恼,而一般老百姓又会因变化太快、接轨接得错位而苦恼。消除各阶层人民群众的苦恼,就靠首先要与国际接轨的地方各级党政干部了。

祝愿西部各级干部在接轨过程中一路走好!

西部生意随想

在"西部大开发"的热潮中,作为一个生活在西部的作家兼企业家,不由得心潮澎湃,现将一些有关西部开发的随想信手拈来,列出以下提纲挈领式的文字,希望能给有意到西部做生意的人有所帮助。

一,中国原先是个内陆国家,政治文化经济的中心一直在西部,唯一的国际大通道就是著名的"丝绸之路"。自公元十一世纪后,由于民族矛盾加剧,国家首府逐渐东迁南移,东部的经济文化才渐渐超过西部。但明清两朝政府一以贯之地实行自我封闭政策,东部南部的经济繁荣并没有形成规模化的海外贸易,更谈不上引进和扩张,致使被隔绝的中国越来越赶不上世界潮流。到十九世纪中叶,西方的洋枪洋炮终于打开了中国的大门,随着洋货汹涌而入的还有西方的观念意识和市场经济的理念与规则,这样,中国的东部南部在工业化进程和进入市场经济方面,都领先西部与世界接触,这奠定了今天的东部在市场经济上能有较快发展的基础。正因为西部长期落后于东部,从五十年代初开始,国家就曾不断地对西部进行开发。新中国成立后修建的第一条铁路是成渝铁路,通往西部的包兰线和兰新线也相继在五六十年代开通;西藏、新疆逐步改变封建闭塞状况也是从五十年代开始的。经过近二十年努力,东西部的差距曾有所缩小。"文革"中的十年,计划经济恶性膨胀,"全国一盘棋"地"拔资本主义苗子",中国东部和南部反倒成了重灾区,正常的市场经济被摧残殆尽。而与此同时,出于对世界形势错误的估计,国家倾人力财力物力搞"三线建设",准备打大仗,却可以说是一次大规模的西部开发;西部还是历次政治运动中流放种种"阶级异己分子"的中国的"西伯利亚",又无形中把西部变成了一个大"人才库"。所以,在二十世纪七十年代末八十年代初,人们并没有强烈地感觉到中国的东西部有多大差距。东西部出现差距并且差距越拉越大,还是改革开放以后的事。由于国家在东部南部设立了特区,给予了特殊政策,同时对东部南部基础设施建设加大了投入,于是在很短时期内,可以说猛地将中国掰成了两瓣,西部明显地成了拖住整个中国现代化进程的羁绊。从这种历史变迁中我们可以看到,在新的历史时期,改革开放的先后和强度,是形成东西部差距的主导因子。因而,今天的"西部大开发",必定会引发"西部大改革"。也就是说,"开发"必定会与改革并举;"西部大开发"如果没有整个西部在观念、理念、制度、体制、机制、组织机构等等方面的大改革、大创新,就不能达到"西部大开发"的预期目的。

二,现在,中国东部不仅在经济上比西部先进繁荣,经过二十多年的改革创新,在制度、体制、机制等等方面也初步形成了一个有利于市场经济发展的文化大环境。江泽民最近说中共要成为"三个代表":先进生产力的发展方向、先进文化的前进方向和最广大人民群众的根本利益。这"三个代表"是有内在联系的。什么是"先进文化"?"先进文化"就是有利于生产力发展的文化,这里的"文化"指的是人们生活于其中的"人文生态环境"。中国西部多数省区不仅在自然生态环境上较为脆弱,在"人文生态环境"上也较为脆弱。多数西部人直到今天还处于现代市场经济的蒙昧状态,对市场经济的法制、规则、理念、策略等等方面尚为生疏，不少人还养成了"等靠要"的习惯。许多丰富的自然资源与文化资源自己无力开发或不会开发，看不到商机，当外人（或本地的"能人"）开发成功之后，就有可能在已定的契约上发生争执，提出新的利益分割。最近《中国财经报》上披露的新疆"吴安民事件"与两年前陕西发生的"陈安民事件"，两个"安民"都在事先与当地政府签订了协议，事后却又被当地政府否定。这两件事无独有偶都发生在西北地区，就是例证。一些在东部已属正当经济行为的事情，到了西部办起来就可能遇到麻烦。在中国西部，唯有市场经济历史渊源较深的四川省提出了"你发财我发展"的口号，其他省区"争先"、"领先"的口号虽然也喊得很响，但那只是宣传鼓动上的需要，其具体措施能否落实还须仔细考察。但我这里并不是指西部省区的领导干部而言，西部省区这一级领导干部和东部省市领导干部一样，绝大多数还是思想解放、具有改革精神的，他们的领导素质和能力并不比东部省市的领导干部差，制约就制约在各自领导的省区内部的"人文生态环境"，越到下面，改革的阻力越大，计划经济乃至近于自然经济式的习惯意识，常常叫当地首长也无可奈何。而你的企业当然不可能正好建在省政府市政府门口，所以，个人企业到西部省区开发，你完全会在省区市这一级政府上得到充分的保证，但有可能在县、乡、村一级直至居民农民那里碰到纠缠。这点，你必须要有精神准备。

　　我们说"观念的转变是根本的转变"，而观念并不是靠学习讨论开会听报告就能转变的。"存在决定意识"，只有先营造出市场经济的大环境，属于人文生态环境的观念意识才能普遍随之转变。现在，与其说西部开发急需外来资金和人才，还不如说需要随着外来资金与人才而来的法制观念、产权意识、经营管理体制及营销理念、生活方式及价值观等等，来提升西部的人文生态环境。要达到这种目的，仅仅靠企业的单兵作战是不够的，最好东部企业及外资成方阵地来到西部，才能形成一股强大的冲击力。所谓"西部大开发"的"大"字，就应该体现在这点上。西部多数省区的国营经济成分比例较大,这样的省区政府习惯于扮演领导者和管理者,为企业服务,尤其是为民营企业服务的意识还有待加强。这是需要东部企业家组成集团军,以外在因素的形式来改变的。目前有人担心在"西部大开发"中可能有"一哄而上"的现象,我倒以为这是好事而非坏事。

　　三,政府职能和观念的转变,虽说领导者的思想认识非常重要,但起根本作用的还是发自社会内在的冲动与要求。中央这么多年来不知发了多少文件、开了多少次会议,要求政府转变职能、转变观念,而只有东部各省市执行得较好,适应了市场经济的要求,服务基本到位,西部多数省区调门虽然也很高,却"只见楼梯响,不见人下来"。这并非西部省区领导干部思想迟钝,而是西部一些省区社会经济的发展还较滞后,本身缺乏要求政府迅速转变职能的内在推动力。非公有制经济成份越是占较大比例的省区,政府的服务职能就越强,反之,国有经济占比重较大的省区,政府忙于抓项目、忙于"解困"还忙不过来,何来精力为一般民营企业服务? 同样,关于人才的"孔雀东南飞"问题也应这样分析:"孔雀东南飞"实际上是一次中国人才资源的再调整,是人才资源根据市场经济规律自发进行的再配置。由于东部经济腾飞较早较快,从经济发展本身的内在要求出发,不论政府民间都急需各类人才,就像旧社会地主富农的田里麦子成熟了,他们非得拿出白面馒头招引四面八方的贫雇农来割麦一样。这完全不是一个什么认识问题,而是一个现实的经济需要;不是东部省市的领导对邓小平同志提出的"尊重知识,尊重人才"理解得特别深刻,而西部领导却在这个问题上麻木不仁,任其"流失"。同样是位于西部而市场经济历史基础较为深厚的四川省,在人才问题上就处理得比较好。我所以强调这点,是提醒企业家和商人们要多用自己的眼光看问题,在很多方面不能跟着人云亦云。企业家和商人是天生的唯物论者,有一颗朴素的经济史观的头脑,希望企业家和商人们多多运用自己最宝贵的东西。

177

企业管理与资本运作是一种复杂的脑力劳动

　　每年"五一"劳动节我国都要公布一批"五一"劳动奖章获得者，由来已久。开始时此殊荣限于从事体力劳动的工农，后来扩大到"各条战线"的工作人员，再后来加上了知识分子。今年据说更有四位民营企业家获得了这项荣誉，其中一位是我们宁夏人，这就令我十分兴奋。其实，从获得者资格的范围逐步扩大，可以看出过去我们对"劳动"的概念也是自觉不自觉地"与时俱进"的。而时代"进"到江总书记的"三个代表"和建党八十周年的"七一"重要讲话中作了全面总结的今天，优秀的民营企业家不仅能够入党而且有资格获得"五一"劳动奖章，这反映了我们不止认识到在社会主义市场经济社会民营企业及民间资本的重要作用，并且承认了企业管理与资本运作是一种复杂的脑力劳动。

　　马克思早就指出，商品交换价值的尺度是社会平均劳动时间，劳动在根本上生产商品的交换价值，而商品价值内含的复杂劳动可以并且应该折合为若干倍的简单劳动即体力劳动。现在我们可以看到,越是高科技产品,越是高质量的服务,其中复杂劳动即脑力劳动的含量就越多越大,而简单劳动或说是体力劳动的含量就越少,有些高新产品及服务中的简单劳动甚至微弱到可以不计的程度。这就是"知识经济"的特征。也是为何彼尔·盖茨能在短短的二十多年间成为世界首富的原因。如果按古典的剥削方式,彼尔·盖茨要靠手下两万余名工人的劳动积累至五百多亿美元(照纳斯达克股缩水后计算),最少也需三百年,还必须是在外部世界的一切都不变的条件下。如今,彼尔·盖茨不但自己富了,还造就出数以百计的百万富翁,这是怎么搞的? 这就是"知识经济"的又一特征,即:一般性的简单劳动分享了高难度的复杂的脑力劳动的成果。照我们传统政治经济学的说法,西方国家的劳动群众不仅比落后国家的劳动群众甚至比一些富人的生活水平还高,是因为西方国家靠掠夺海外殖民地而造成的。这种说法在十九世纪至二十世纪前半期有一定的正确性。但到二十世纪中叶,西方国家已经逐渐能依靠科学技术的进步、管理经验和经营理念的加强,使自己国家的人民群众得到"分享"而不断提高生活水平了。由自己在政治上直接统治海外殖民地,还不如让殖民地成为独立国家通过市场经济的方式进行交往来得有利,这才是二十世纪后半期世界上出现了许多"第三世界国家"的内在因素,并非西方国家突然变得善良宽容起来。

179

我这文人习气又犯了,从一枚奖章扯到世界两百年。就近说,中共十五届六中全会已明确指出:民营企业要和国营企业"共同繁荣",而且"一切生产要素都参与分配"。那么,现代化的生产中什么是重要的要素呢? 当然是以复杂的高难度的脑力劳动为主。在复杂的脑力劳动中,除了科技力量,就应算管理及资本的运作了。我在1997年出版的《小说中国》中早已说过,在当代社会,私有资产其实已经社会化了,看来某部分资本属于个人,实际上这"个人"不过是这部分社会资本的最"忠实"的代理人。这勿需举例,眼前比比皆是,就看你看得透看不透。所以,尽管某人是民营企业家,他运用这部分社会资本运用得好,能赚钱,虽然他因而得到较多的分配,却能使更多人得到"分享"(至少是提供就业机会)而小康、而富,我们有什么理由不承认这位民营企业家在社会生产中投入的复杂的脑力劳动呢?

承认民营企业家管理企业与资本运作的劳动是一种复杂的脑力劳动,是一种先进生产力,并授予其中的优秀者某种奖励,会使更多的民营企业家更加努力在为自己创造财富的同时创造社会财富,并使弱势群体分享到社会进步的成果。这是中共高瞻远瞩,与时俱进的一大举措。

180

"全盘推出,闪亮登场"

——宁夏旅游业发展刍议

一、宁夏发展旅游业的劣势及优势

我在全国各地都有朋友,"宁夏电视"上星成了"宁夏卫视"后,每到一地都有友人对我说:"因为你在宁夏,看到你们宁夏的电视频道我就很注意,我总纳闷宁夏电视频道为什么用一座土堆、遍地碎瓦来做地方标志,那是什么意思?"我不得不解释那并不是什么"土堆",而是我们宁夏著名的古迹、国家重点保护文物——"西夏王陵",像镇江的金山寺、西安的大雁塔或兵马俑、杭州的保俶塔、延安的宝塔山等等一样,是本地人引以为豪的地方符号。友人无不说文物价值是一回事,而审美价值又是一回事,并非所有珍贵的文物都有审美价值。宁夏用一座不具美感的文物代表自己的形象,尽管有极大的历史文物价值,也很难引起外地观众对宁夏的向往。我争辩说,那可是被称为"东方金字塔"的呀!友人嘲笑我:"四千多年前建造的金字塔,仅仅以它的建筑方式就令人震惊,有很多人还以为它是外星人造的呢。何况那里的每一块石头都能给你说出一段法老的故事。你说说堆起那堆土有什么困难?"弄得我无言以对。

现在人人都在谈"西部大开发,观念要转变",而应该转变哪些观念却不很清楚。我以为,至少应当破除这种地域的主观性:自己知道的地方史以为外地人也知道,自己认为美的以为外地人也觉得美。没有世界眼光至少是放眼全国的视野,就不可能在世界市场与全国市场中摆出合适的摊位。客观地说,宁夏发展旅游业的难度相当大:首先,宁夏的知名度较低,而且缺乏具有特殊吸引力的旅游强项。陕西、新疆不用说,甘肃只拿出个敦煌,青海只拿出座塔儿寺就够了,通称为"陕甘宁青新"的西北五省区一比较,我们就可知宁夏旅游资源相对贫乏。现在,宁夏人已经认识到旅游业的重要,提出了"西部大开发,宁夏要争先,旅游走在前"的口号,这当然对宁夏人有很大的鼓舞。在当今世界,哪个国家都把发展旅游业放在重要位置,中国也不例外,西部十一个省区市更是个个在绞尽脑汁想点子立项目。放在宁夏面前的任务,别说"争先",首先是怎样在竞争激烈的旅游市场上争取到一个较为理想的份额。

在宁夏旅游产业化研讨会上,自治区书记毛如柏致词中有这样十六个字:"发挥特色,综合开发,重点建设,积极推进。"这是一个经过客观地调查研究后通观全局制订出的正确方针,问题是怎样找准宁夏景观的"特色"。上面我举了宁夏发展旅游业的劣势,难道宁夏就没有优势了吗? 恰恰相反,宁夏虽然缺乏强项的旅游资源,却有着中国其他各省区所不具备的发展旅游业的优异条件。宁夏的面积仅有六万平方公里,小有小的好处,空中地面的交通都很方便,尤其是公路畅通,从北到南、由东向西都不超过一天的车程。更妙的是在宁夏这片土地上,竟然集中了中国所有的自然地貌:沙漠、河流、湖泊、森林、水网,荒山秃岭与青山飞瀑并存,秀美水乡与无垠荒原相邻。在人文景观方面,除西夏王陵外,有古人类活动的水洞沟遗址,有龙骨化石产地,有贺兰山岩画,有自秦开始直到汉代、明代的长城,有须弥山石窟,有儒释道三家的寺庙道观,有神秘的 108 塔,有回族风情……宁夏实际上是一个中国各种景观微缩了的盆景，这可说是宁夏的最大"特色"。何况，全中国人从每晚《新闻联播》后的气象预报中都可看到，宁夏常是艳阳天，天空碧蓝透明，尚未受到工业污染。也就因为有这些条件，我创办的镇北堡西部影城就成了中国西部 11 个省区唯一著名的影视城，有"中国电影从这里走向世界"的美称。毛如柏书记说的"综合开发"的"综合"二字，并不是 $1+1+1=3$ 的意思，而是 $1+1=4$，综合起来所形成的合力是不可估量的。缺少旅游强项资源的宁夏以捆绑入场的方式在激烈的旅游市场上竞争，还是能与新疆、陕西比个高低。如果要我来拟宁夏旅游的广告词的话，我就会用"全盘推出，闪亮登场"八个大字。

二、旅游景点必须加强文化内涵

旅游一般分为观光旅游、休闲旅游、特色旅游。观光是旅游最基本的也是最普遍的方式。目前中国绝大多数旅游服务都属于观光旅游。尽管所有旅游方式都必须有文化内涵，但观光景点对文化的要求特别高，不然，何来"光"可"观"？世界乃至中国的著名胜地，无不具有深厚的文化底蕴。泰山有一山的历史，西湖有一池的诗词，秦淮是一条歌赋的水……"山不在高有仙则名，水不在深有龙则灵，室不在大唯吾德馨"，德者，文化文明也！"仙"、"龙"等等也都属文化的范畴。只要有一点点文化的闪光，哪怕一株树、一块石头、一座破庙，都令人留连忘返。没有文化的自然景观是没有生命力的，因为自然景观是会逐渐萎缩淘汰的。然而遗憾的是我们常常不注意或不懂得文化的修饰，更有甚者，往往在旅游景点上搞出许许多多自以为是"文化"的不伦不类的东西。目前中国对旅游景点的开发，多半热衷于硬件建设，宁夏也不能免俗。投资大，见效慢，甚至适得其反，现代化的硬件把文化消灭殆尽。旅游业与其说是一种建设，毋宁说是一种智慧操作、文化操作、艺术操作。我不客气地说，我的镇北堡西部影城值得一些有志于开发旅游景点的人借鉴。

在宁夏旅游产业化研讨会上,自治区主席马启智一番即席讲话很有指导意义。他说,宁夏很难以某一处自然风光取胜,中国以至全世界风景优美的地方数不胜数,所以宁夏的自然风光和人文景观都必须加大文化含量,以自然风光及人文景观加民族风情、民间传说、或雅文化或俗文化的文化艺术含量去吸引游客。缺乏文化的自然景观,要"作出"文化来,在近代已被逐渐淡隐了的回乡风情要重新去"作",各文物保护单位更有文化可"作"。文化,的确是人为的,是人"作"出来的。在外地不太了解"大夏"这段历史的游客看来,西夏王陵确实像个"大土堆",他建议在上百座王陵(即"土堆")中选出适合的一座恢复旧貌,这样,游客才能够据此发挥想象力,想象千年前这一带的王陵是如何壮观。有想象的余地,才能增添旅游的乐趣。现在,复制不复制被蒙古人烧毁的西夏王陵还有争议,我的意见是:不准备把西夏王陵开辟成旅游区便罢,要让它发挥旅游功能,复制出一座是十分必要的。

三、宁夏旅游产业化的几个问题

旅游业是最适合由民间经济来创办经营的一种行业。归根到底,旅游业出卖的是感觉。一个普通老百姓出外旅游就成了游客,成了旅游消费者。游客追求的是愉悦,是快乐,是方便,是新鲜感、新奇感,还有一种受尊重的感觉,总之,要让旅游消费者对一切的一切都"感觉良好"。然而这却是政府管理的国营企业很不容易办到的事。国营企业为何成了我们经济改革的对象,成了我国经济的难点,很重要的原因是管理不善,企业几乎和不少政府部门一样变成了官僚衙门。试想,"官僚衙门"式的旅游部门能把游客当成上帝,为普通游客服务好吗(上级领导除外)? 体制是僵化的体制,机制是僵化的机制,没有根据游客的需要及淡旺季的变化采取不同经营策略的灵活性;

184

服务人员面若冰霜，叫旅客不寒而栗。旅游业的良好服务和旅游景点的安全性，只有企业的损益与经营管理者的经济效益直接挂钩，才能较牢固地树立起来。

一般说来，旅游景点占地面积都相当大，岗位多，人员分散，服务项目的种类也较多。游客游一个景点，是把这个景点当做一个整体来看待的，只要有一个岗位、一个经营部门的服务不到位，就像吃米饭猛地吃出沙子，会影响到游客对这个景点的整体印象。我在经营西部影城中对此深有体会，将这种现象称之为"项链效应"：项链上的每一粒珍珠都闪闪发光，但只要有一个细小的环节脱落，整条项链便完了。而要使景点中的每个环节每个岗位都精神抖擞地严阵以待，没有严密的监督机制及公正的奖罚机制是做不到的。

其次，要以捆绑式火箭的形式冲入市场，最重要的是如何科学合理地组织旅游路线，分配游乐时间。今年"五一"期间各旅游景点的游客爆满，出乎人的意料。我蹲在镇北堡西部影城的城楼上往下看，游人如织，熙熙攘攘，可是，可怜的游客就像导游放的一群羊，还没下车，导游的哨子就响了："四十分钟啊！不能迟到！"于是，不足百米的"影视一条街"上，到处是照相机嚓嚓的声音，"照张相留个纪念吧，总算来了一趟！"然后满头大汗地急急忙忙奔向下一个景点。游客们根本没有时间没有心情欣赏景物。我当时就有点担忧，倘若"十一"期间再用这种赶羊式旅游，旅游业的"假日经济"很难持续下去。"节假日不出门"会成为老百姓的经验。

第三，与第一项有关，并且也是尚未完全转变观念，转变职能的各地地方政府旅游部门普遍犯的毛病：地方政府的旅游部门一贯偏爱自己办的旅游企业和旅游景点。这点我深有感触。我多次向旅游部门游说：不管它是民营的是国营的，你们应该"拾到篮里就是菜"，都是你们手中的资源。厚此薄彼是不能使每一个旅游景点都全面健康地发展的。被偏爱的孩子往往最没出息。民营旅游业是非"产业化"不可的，政府办的旅游景点多半还没有"产业化"。会哭的儿子总

185

得糖吃，于是不断地以各种形式投入，又是加大宣传力度，又是作为重点推荐。政府的职责，不过是营造一个公平、公正、有序的市场环境。政府不公正公平，地方经济不可能得到发展。当然，这不仅仅是在旅游业方面。

最后要说的是，旅游业绝对是一个"短平快"见效益的行业。一个旅游企业（星级饭店除外），如果三年中收不回投资，说得极端些：肯定有管理不善的原因。目前，我有点担心，在全世界、全中国及整个西部都大力发展旅游业的时候，在"西部大开发"的热潮中，又将可能出现"一哄而上"和"重复建设"，假如全靠地方政府来办旅游的话。

东西部的差距究竟在哪里

　　自提出"西部大开发"以后，中国西部经济文化社会发展都相对滞后，已深入人心。一提起"西部"，人们的印象就是偏僻荒凉贫穷落后，弄得西部人在东部人面前直不起腰，总像是捧着破碗跟在东部人后面讨饭的乞丐。而要叫人说出东西部之间明确的界线在哪里，也不易说清楚，一般就把中国十三个省市自治区划为"西部"。可是这个"偏僻荒凉贫穷落后"却逐渐东侵，别说中部的一些省份，连广州、上海甚至北京郊区的某些地方比西部也富不到哪里去，更谈不上什么"先进"。我就曾在广州附近小县的城关见过失学的孩子衣衫褴褛满处跑，因为天气炎热潮湿，村寨比西北山区的村庄还肮脏，臭气扑鼻。

　　虽然东部沿海地区有幸受"帝国主义侵略"较早，19世纪末就成了"半殖民地"，西部地区接受市场经济的洗礼较晚，西部老百姓的商品意识淡薄，老实巴交地不会做买卖，可是满清末年左宗棠就曾在兰州开设了兵工厂，引进全套克鲁伯的机械设备，连当时与普鲁士交恶的俄罗斯帝国都派人来学技术，更别忘了在抗日战争时中国的工商业有一次向西部的大迁移。建国后,中国修的第一条铁路是成渝铁路,上世纪六十年代又完成包兰、兰新铁路的铺设,在"文革"时期,中国人花了巨大的代价又打通了成昆铁路。纵观上世纪五十年代到七十年代,中国在西部交通建设上投入的资金大大超过东部,再加上从六十年代中期到七十年代中期,在毛泽东备战方针的指导下,倾全国之财力人力在西部搞的"三线建设",西部崇山峻岭里隐蔽着不少现代工业基地。改革开放后,西部的高速公路飞速发展,按人均公里说,西部人享受的交通之便也高于东部人。在人才方面,西部一度曾是"充军发配"的流放地,大批高级人才被当作"臭老九"下放到西部各地。西部曾是中国的人才库。仅我所在的宁夏,按人口比例,受过高等教育的各类知识分子一时间占全国第七位。虽然当时学非所用,拿着锄头在田里劳动,后来又大批地"孔雀东南飞",可是不能不承认曾撒下过文化技术的种子。

现在流行的说法是:东西部主要的差距在于观念上的差距。这"观念"可是个看不见摸不着的玩意儿。你说它差一百年也行,差五十年也行,差一千里也可,差五百里也可。这种说法最省事,很宏观,却不具可操作性,东西部人都在一个主流意识的指导下,西部人又不特别笨,他们的观念怎么就跟不上去呢? 怎么才能改变西部人的观念,让西部赶上东部呢?

其实,东西部的差距正是从改革开放后才开始的,始于中国设置的"特区"全部在东部。这一"特"就"特"出了差别。东部向外资开放的同时,个体经济得到在夹缝中生长的机会。刚萌生出的"个体户"很快上了规模,先是羞羞答答地以集体所有制的名义,还戴着顶"红帽子",在进一步发展后干脆成了"民间企业",以后又从"全民所有制的补充"到了"民营企业与国营企业共同繁荣"的平起平坐的地位,直到现在已打破双峰并峙的局面,到了"三分天下有其二"。我们可以这样说,改革开放政策除引进了外资,还生成了另一种经济成分——民间经济,它对国民经济和社会生活的推动力甚至比外资还大。这支市场经济中最有生命力、最活跃的力量造就出大批中产阶层。民间力量的上升,才促使社会观念起了变化。文化出现多元化,才能促使官员逐渐转变观念,政府逐渐转变职能,才能促使"小政府大社会"的形成。尽管东部地区仍有贫穷落后肮脏的地方,但东部的社会生态毕竟已大大改观。没有"特区"的西部一开始便丧失了一次历史大机遇,民间经济至今在国民生产总值中占的比例还很低,"西部大开发"还只能以政府为主导,在"开发"中非但没有弱化官员的行政力量,转变政府职能,还更加强化了政府官员的行政管理力量。政府官员的行政管理力量越强、越细微,民间经济发展的空间就越小。"马太效应"在西部"效应"明显。"个体户"老是"个体户",成了长不大的老小孩,你叫他如何"转变观念"!

前阵子,西部各省为了招商引资,提出个口号叫"人人都是投资环境"。把改善投资环境的任务分解到每一个人头上,仿佛政府官员和下岗工人一样都承担有招商引资的责任,真应了毛泽东的话,"把共产党员混同于普通老百姓",确实滑稽。可是话说回来,政府官员只有上级的催促而没有社会民间力量的推动,他又怎能转变观念和职能?

所以我认为:东西部的差距说到底是西部丧失了一次历史机遇,使民间经济还相当孱弱,没有形成一个有社会力量的中产阶层。观念是生存状态的产物,社会生态没有变化,被服务者没有壮大到使服务者——政府不能小觑,非给他们服务不可的程度,你又叫政府官员如何转变观念?

对树立宁夏文化品牌的一点思考

　　树立一个地方的文化品牌,是地方的文化建设与精神文明建设中的一个重要问题。宁夏历届党委政府都曾在这方面做过努力,先后推出"西夏文化"、"伊斯兰文化"、"黄河文化"等作为自己对外的文化品牌,但在推行中都没有在全国打响,效果不明显,没有取得人们广泛的认可。地方的文化品牌是由地方的历史地理特点及国人认知程度构成的。在我国一般人心目中,"伊斯兰文化"当属新疆,而我区既非黄河源头,也非黄河终端,国人仍认为"黄河文化"应在陕西、山西、河南一带,至于"西夏文化",当然非我区莫属,但党项族已基本绝灭,不像元代的蒙古族与清代的满族至今仍是中华民族大家庭中的成员;西夏文又是一种"死文字"(我区著名西夏学专家李范教授文语),西夏国历史并不广为人所知,何况,西夏留下的历史载体在我区仅有"西夏王陵"比较著名,更多的西夏遗迹还散落在内蒙、甘肃,更不用说打"西夏文化"的品牌了。它除了对旅游业有些作用,对我区的经济和文化建设其实都没有多大意义了。

地方的文化品牌之所以重要,在于它对外界(兄弟省区和海外)具有不可低估的吸引力和注意力。地方的文化品牌是一个地方的名片上最主要的头衔。提到四川,人们马上会联想到"天府之国",拥有丰富的物质资源和人力资源;提起山东,人们立即联想到"齐鲁大地",有悠久的中华文化积淀和淳朴的民风;说到深圳,人们想到的是"改革开放",尽管现在上海的发展已超过深圳,但一般人仍认为深圳是"改革开放的尖兵",在深圳最好办事,如此等等。地方的文化品牌是人们对一个地方的共同印象,共同认识,不仅在很大程度上激励着本地人在文化建设上朝品牌的方向努力,更重要的是吸引外地人的"眼球"和脚步,会对一个地方的经济起到直接的作用。相反的例子也有,譬如最近的河南,河南本属"中原文化",可是由于媒体的炒作及普遍的口口相传,河南竟成了"造假文化"的代表,立竿见影地使河南受到很大的经济损失。以至河南人不得不奋起辩诬,出版了一本书名为《河南人惹谁了?》,这本书是目前书市上的畅销书。

我区至今在外人的认知上还很模糊,也就是说,我区的文化品牌、名片上的头衔很不清楚。我们把"伊斯兰文化"、"西夏文化"、"黄河文化"(还有"大漠文化")等等各种相互没有多少关联的文化统统放在一个篮子里,虽然看起来很多,却杂乱无章,哪一样也没给人留下较深印象,提起宁夏,人们想到的美称仍是"塞上江南"。

因为地方的文化品牌不止对一个地方的文化建设,并且对地方的经济发展都十分重要,我们就应根据江泽民同志提出的"三个代表",研究如何打造出更适合我区区情的文化品牌。"三个代表"中的"先进文化",是指能促进"先进生产力的发展"的文化,我们的文化品牌也应该是能直接或间接地对我区的经济建设起到积极作用的。特别是我区现在几乎和河南差不多,处于"诚信危机"的时候,这更是当务之急。去年,我区出了两件事:一是几乎动摇中国股市的"银广厦",一是原吴忠市副市长带领十余位基层干部下乡视察时,所乘的小轿车将一名小学生挤落入水,竟无一个干部下水相救。这两件事

191

令海内外人士大为震惊,给宁夏的形象造成极大的伤害。不论是从网上看还是从有关"西部大开发"的各种论坛上听,很多人认为宁夏的基层干部中弥漫着一种"痞子文化"。一些地方基层干部总是以个人利益、本位利益和局部利益为重,对付中央政策、国家法律法令及区、市党委政府的指令指示,已形成一套"痞子"作风,使中央政策、国家法律、区市两级党委政府的指令指示很难贯彻到底。外地人普遍有这样的印象:宁夏是一块沃土,也是一块难以开发的板结的土壤。其"板结",就是因为地方的一些基层干部已形成一种地方势力的网络,这"网络"指的不是什么有形的组织,而是一种无形的惰性的文化氛围,一种因循守旧不思进取的习惯作风(进取的是个人利益)。譬如,银川市政府某局的农场,居然在文物保护范围的建设控制地带,违章建筑了一座在镇北堡华西村一带最豪华最显眼的洋楼,因为破坏了景观而使三个影视剧组掉头而去,附近的老百姓失去了当群众演员的数十万元收入的机会,老百姓就谣言蜂起,说这是给银川市领导修的"厦门红楼"(当然是捕风捉影),而谁都把洋楼没办法。建了就建了,巍然屹立。这样的例子不胜枚举。"痞子文化"的特征就是上级拿它没办法,群众拿它也没办法。我们天天喊"改善投资环境",但大大小小的"地头蛇"连"强龙"也"压"它不住,它们大大削弱了区市领导的领导穿透力。这样怎能谈到从根本上改善投资环境?改善投资环境除加强基础设施的建设,更重要的是政策到位,政府转变职能,干部转变作风,后者实际上属于文化范畴。只有"先进文化"才是发展先进生产力的有力保证。因而,打造出我区的先进文化品牌就显得特别重要。

正如文联杨继国书记、文化厅王邦秀厅长汇报的那样,我区文化艺术方面的资源还是相当丰富的。但如何使这些文化资源和经济建设、发展先进生产力相结合,利用这些资源来打造我区的文化品牌,我们还缺乏探讨。"两手抓"并不意味着两手各不相关,其实还是党委政府一个主体在"抓"。在"以经济建设为中心"的基本点上,文化艺术当然要围绕着经济建设来发展。如果文化艺术的发展能遵循市场经济规律,将艺术规律与市场规律有机地结合在一起,文化艺术本身甚至能成为一支非常强大的生产力。这已由美国的文化生产所证明。从 1993 年开始,美国文化产品的出口额已超过了传统产品如军火、钢铁、汽车等等的出口额。

当然,这只是我们努力的方向,目前我区的文化艺术工作还存在一定的困难,希望自治区党委政府继续给予指导、培育和扶持。

西部吸引人才应有新思路

194

　　中国西部,特别是宁夏,在吸引全国各地人才方面要有新的思路和新的优惠政策。由于历史上的"政治运动"尤其是"三线建设",宁夏曾经聚集过大量人才,在上世纪七十年代末期,宁夏各方面的人才与人口比,在全国居第七位,是比较高的。但从八十年代即开始"孔雀东南飞",人才向东南及中部地区流动。应该认识到这是一个不可遏止的自然现象。至少是:一、东南沿海地区开始改革开放,有了急需人才的渴望,一般来说,只要是人才到了那里就能享受到比在西部及宁夏较好的待遇;二、在改革开放的大环境中,人才有"英雄用武之地",便于发挥个人专长;三、那时,宁夏聚集了这么多人才,其实有许多也是不必要的,闲置的。所以,从深层次看,宁夏的人才流失,"孔雀东南飞",是改革开放的中国通过经济规律进行的一次人才资源再配置,对我国来说是一件促进经济发展的好事,我们不应也不可能用行政手段去制止这种现象。

　　现在,中央高屋建瓴地提出了"西部大开发"战略,西部与宁夏真正感觉到人才资源的匮乏。而用行政及精神鼓励的办法只能暂时地、表面"轰轰烈烈"地解决一部分,很难彻底地从根本上解决。要彻底地从根本上解决,仍需通过市场化的手段,运用经济规律重新配置人才资源。这样,西部地区特别是宁夏,也许可以率先落实党在十五大提出的"所有生产要素都可参与分配"的原则。因为:一、宁夏在对待人才的待遇上拼不过东部及大城市,比如,宁夏出十万元年薪已经非常吃力,东部及大城市拿出二十万元年薪给一个需要的人才完全不在话下;二、用年薪制看起来比月薪制较高,但再高的年薪对一个人才来说,也不过是一个"高级打工仔",在调动"打工仔"的积极性上,不如让他(她)根据个人能力和贡献参与效益的分配更为直接;三、不通过实际的经济发展需求来吸引人才,把吸引人才当作一项"政治任务"、一个"政绩",很有可能又一次形成人才闲置,浪费人力资源。这是我所担心的。当然,怎样在分配机制上落实中央的精神,承认并恰当体现出人才的知识、经验、技术技能、品牌甚至关系在促进生产与服务中的重大作用,不仅要"量才使用",并且要"量才分配",在西部特别是在宁夏还是新鲜事物,具体操作起来会有一个反复的过程,是一项需通过一次次实践加以完善的事情。

衡量现代人的主要标志

　　人是自然之子,从我们全身长毛的祖先,直到今天直立而行衣装笔挺,无不是向自然索取生活的必需品。开始时大自然的儿子与母亲相处得还亲密无间,结巢而居,摘果而食,即使到了农业社会,人类仍保留着尊重自然的传统。上个月我到四川都江堰参观,不禁在李冰父子像前肃然起敬,两千多年前修筑的水利枢纽今日还造福川人,"天府之国"的美誉是因有都江堰而得的。那座遵循自然规律的伟大工程,用"世界历史遗产"几字全然无法概括。但到人类发明了电力和机器,进入工业社会,贪婪和舒适的欲望大增。十九世纪是人类生产力异常发达的时期,用马克思的话说,在这个世纪,资本主义创造了几千年来没有过的物质文明,同时也对自然造成了前所未有的破坏。二十世纪以来更变本加厉,人类掠夺自然的手段花样百出,物极必反,终于在二十世纪中叶从英国到日本都受到自然降下的灾祸。人总是要遭到惩罚后才会反省,不过,反省和觉醒仍不失为一种进步。今天,利用自然、向自然索取的同时,要爱护和保护自然,已经成了具有现代意识的人的主要标志。

我国由于在二十世纪与世界隔绝了一段很长时间,"环保"一词在西方风行并大力实施的时候,我们尚不知"环保"为何物。先是为了"大炼钢铁"将大片森林砍伐殆尽,这事我曾亲身参与,水缸粗的松树、杉树全劈了扔进所谓的"土高炉",燃起熊熊烈火红透半边天;接着因"大跃进"搞出了个大饥荒,于是忙着"开荒造田"、"开山造田"、"围湖造田",恨不能让九百六十万平方公里上的每一寸土地都长粮食,致使草原、湖泊、湿地甚至河滩、河道都遭到史无前例的破坏。可见"环保"与社会制度无关,不是什么社会主义就能把环境治理得更好的,相反,弄不好,因为社会主义能够动员巨大的人力集体而把生态环境破坏得更为惨烈。1998 年我曾到水灾最严重的湖南采访(之后写了报告文学《挽狂澜》),发现围绕洞庭湖有许多地方名称为"垸",原来这"垸"就是围湖造田造出的一座座村庄,有的还发展为集镇。洞庭湖本来是个天然的大水库,数万年中自然形成的调水枢纽,二十世纪五十年代开始越缩越小,最终失去蓄水调水功能。长江中游的洪水年年加剧,与这许许多多"垸"的成长是分不开的。我所在的宁夏,2000 年仅四月份一月之内就来了十四次沙暴,8 月,来了个日本记者访问我,说我们的沙暴竟飘到了东京上空。我只好讲笑话,说沙暴不需签证,它是一个"世界公民"。

2001 年 8 月,我到小浪底水利枢纽采访,陪同我的小浪底管理局的宣传处长领我到当初由意大利人承包的采石场,站在山腰一看,不由我不叹服。从外向里,由上到下,意大利人把采石竟然当作一门艺术,一圈圈地呈螺旋形将石块从山体上剥离下来。最后,被采的山坡就形成一座罗马斗兽场似的阶梯式建筑,他们撤离工地时,不能说把地面清理得石平如镜,至少也和乡村小学的篮球场一样平整,极少见到碎石。宣传处长说他曾多次在水利工地、建筑工地服务,凡搞建设都需石头,而被我们采过石头的山最后都像狗啃过的馒头,东一嘴西一口,满地掉渣,零乱不堪,惨不忍睹。这座罗马斗兽场似的采石工地,充分显示了西方工程人员对自然的保护与对工作的严谨。要知道这不是他们本国意大利的山，而是"外国"的山，当"环保"意识深入人心，大自然在人们眼中是无国界的。"环保"已经成了一个超越国界、民族及社会制度的全人类应该共同关心的大事。

环保意识的强弱，不止是个先进与落后的问题，实际上反映了生产力的差距。环保本身就是一种生产力，这点还没有广泛为国人所认识。不过幸亏我们觉悟得还不算太晚，更有幸的是在二十一世纪一开年我们就加入了WTO，你不"环保"也得"环保"了，与其让国际社会要求我们加强"环保"，当然不如我们主动加强"环保"。在各方面实施"环保"，必须从树立"环保"意识开始。对每个个人来说，有无"环保意识"应该是衡量一个人是否能称为"现代人"的主要标志。

非"非典"的感悟

——《凤凰于飞》前言

首先说明一下这本小册子的内容:《凤凰于飞》是应中央电视台记录片组之约拍摄《一个人和一座城市》而写的电视脚本。央视一频道这个策划很好:他们在全国选了十座城市,请每座城市的一位作家来述说这座城市的历史和作家的感知,或者倒过来说是选了十个作家后再决定城市。这是我第一次写电视脚本,收在这本册子里也是我第一次发表。央视摄制组基本上是按我的脚本拍摄的,已在2003年2月春节前夕播出,据说反响不错。《镇北堡西部影城》是在宁夏人民出版社出版的《华夏西部影视城——我与镇北堡》的基础上作了较大删改的一篇介绍旅游景观的文章;《宁夏旅游刍议》曾在2001年的《宁夏日报》及其他社会文化类刊物上发表过,这次做了较大改动,也算是第一次发表了。

总之,收集在此的三篇文章都是介绍银川及宁夏的,可作为宁夏旅游丛书之一。

整理修订发表过的有关旅游方面的文章,正值"非典"肆虐搞得人心惶惶的时刻。在中国旅游业受到重大打击的时候介绍宁夏旅游,好像不是时候。今天与以往相比,真有恍如隔世之感。过去几年,每到"五一"就是"黄金周",景点景区的游客如潮。2001年中央电视台"五一"期间中午的《新闻30分》播报全国各主要景点的旅游信息,镇北堡西部影城的游客量竟与天安门广场相等。那天,西部影城也确实出现了"爆棚","影视一条街"上人头攒动,比银川市步行街上的游人还多,下班后,环卫工人收拾垃圾里的照相胶卷盒,就整整推了一小车。今天,用"门可罗雀"的成语形容都不过分,一天的门票收入不够支付一天的水电费。而作为一个民间企业,谁都不会伸手解救,只有自己咬紧牙关硬挺。从2002年秋天淡季开始一直亏损经营的宁夏各旅游景点盼望的"黄金周"已成泡影,并且看来还得继续亏损下去。这时我还在修订介绍旅游的文章花心思,仿佛是多此一举,徒劳无功,但我并不这样认为。

　　前天,北京《文艺报》电话采访我,要我谈谈"非典"。一时仓促,拉杂地谈了下面三点意思,现整理如下:

　　"非典"当然绝对是坏事,不仅对中国,对全人类来说也是一场突如其来的灾害。可是,在中国,这场坏事已开始向好事转化:

　　一、从历史的宏观角度来看,中国的改革开放起始于以邓小平同志为代表的中共第二代领导人,重点解决了思想政治路线的根本问题,完成了解放思想、实事求是、实践是检验真理唯一标准的转变观念大启动,为振兴中华奠定了理论基础。传到以江泽民同志为核心的第三代中共领导人,十余年间艰苦卓绝地完成了以经济建设为中心的改革实践,一方面在国内初步实现了小康,一方面加入了WTO,实现了与国际接轨,经济上取得了举世瞩目的成就。党的十六大顺利地进行了领导权的交接,刚刚传到以胡锦涛同志为总书记的新一代领导集体手里,即在一场"非典"中不由得加速了中国改革的进程。从此,对人的生命的关心,对人的生存环境的关心,对人权的尊重,成为行使权力的主题。说到底,共产主义也好,社会主义也罢,最终目的就是对人的尊重与关心。"以人为本",即以人民为本的民主政治开始全面登上社会主义政治舞台。"非典"推动中国社会改革提升到更高的层次。

二、在抗击"非典"中,中国政府作了大量有成效的工作,各级官员都经历了一次严峻考验,上了一堂政治课,认识到人民的"知情权"和政府行政权力的"透明化"的重要。因"非典"而强化的"知情权"和"透明化",必定会向其他行政领域延伸。政治权力部门化,部门权力利益化,获利方式审批化,审批方式复杂化,缺乏责任制和监督机制的体制弊端,将会在众目睽睽之下加快改革进程。因为,今后人民群众有理由要求政府像抗击"非典"一样做政府应该做的任何一件工作,不由得不加快政府职能的转变与干部作风的转变。譬如宁夏,从自治区首长到基层干部,在这次抗击"非典"中的确做得非常出色,有力地遏止了输入型"非典"的传播。过去政令有些不通畅的环节竟然通畅起来,上上下下齐心协力,让普通老百姓对各级官员有面貌一新的感觉。可见"政治问责制"、"就地免职"的威力。说明过去办不好的事不是难办,而是没有像抗击"非典"这样认真去办,说明宁夏一些干部不是没有办事能力,而是过去就没有认真办事,"非不能也,实不为也"。只要干部官员认认真真办事,其实事事都能办好的。如果在宁夏喊了多年的"改善经济发展环境"也像这次抗击"非典"一样认真去做,也实行"政治问责制"、"就地免职",宁夏的经济早就腾飞了。

三、翻检中国的编年史,可得知在广袤的中国领土上有所谓"三年一小疫,五年一大疫"之说。在两千多年中,载入史册的瘟疫就达二百多次,平均十年一次。在科学落后的当时,每次瘟疫都和"非典"一样以"崭新面貌"出现,所以俗话说"疮怕有名,病怕无名",说不出名堂的传染病即瘟疫是最可怕的,每次都"死者相枕于道"。新中国成立后也曾有过瘟疫,只是封锁了信息而已。在古代,对"瘟疫"而言,"优势"是人口流动量小,人口密度低,但其"弱势"是历朝政府基本不管,只能随瘟疫自生自灭,一般来说闹瘟疫的时间在半年到八个月即逐渐平息。现在的"弱势"是人口流动量大,人口密度高,然而

201

"优势"是有政府坚强有力的领导,动员全社会的资源全面地严加防范监控治疗,同时,医疗条件与科技水平与往日也不可同日而语了。把过去的"弱势"、"优势"和现在的"弱势"、"优势"相冲,我估计"闹瘟疫"仍是半年到八个月。时间应从今年三月份"非典"在全国凸显开始算起。

这次"非典"使中国经济遭受重大损失已不在话下,然而"瘟疫"平息后,经济上将有一个极大的反弹,长年不能充分启动的内需肯定会"爆棚"。"非典"在令人恐惧的同时,令人切身领悟到生命的短暂、无奈、莫测而又珍贵,体会到生活品质的重要,从而将大大改变人们的理财观念。中国人以积蓄为主的理财方式将会弱化,"有钱就花"的心理会占上风,于是一个"消费时代"将真正来临。"消费即生产",这是一个不可动摇的经济定律,所以,经济更加繁荣是完全可以预期的。活跃的市场再加上配套的政治体制改革,我对中国经济前景及改革前景都充满信心!

作为企业家,镇北堡西部影城正面临生死存亡关头,因为"疫期"过去后又恰逢旅游淡季,会有一年的血本亏损,但我已有精神准备和具体措施与"非典"较量到底。不是减少投入,相反要增加建设性的投入,迎接压抑了很久的游客再次如潮水般地到来。"人生难得几回搏",在"非典"中,"人在屋檐下不得不低头",但"低头"时要像日本的相扑一样取两眼向前的蹲势,为不久的将来向前猛扑积蓄足够的力量。

小地方的文人"仕宦"

——《大地行吟》序

现在人们提起书记、省长、主席、主任种种职务,一般只会想到是党和国家行政架构中的级别、官衔或符号,往往忽略在这个级别上,在这个官衔下,以这种符号为标识的某一个人,其实是一个实实在在的人,一个有血有肉、有性有情的人。"公务员"不止从事"公务",这支队伍中的每一个人都有他的私人空间,即使在他从事公务时,也会有他真性情的流露,而他在公务上的成败得失,很大程度上是由他个人性情和素养决定的。我认识启智同志是上世纪八十年代初,算来已经二十多年了。那时他还是一个"小官",而我在作家的职称上已被公众加了"著名"二字,并"荣任"了宁夏文联主席。那年,王蒙千里迢迢从北京来宁夏看我,我们一起游览银川附近几个市县,到了吴忠,启智同志闻讯赶来看望我俩。我们三人在吴忠市的招待所畅谈甚欢。文学、艺术、历史、宁夏的掌故和未来的前景等等,天南海北,聊天的范围广泛。谈到契合处抚掌大笑,有相见恨晚之感。启智同志走后,王蒙说:"想不到这小地方还有这样的人才!"我和王蒙都比启智同志年长,王蒙回去不久就被中央任命为文化部长,吴忠比起北京当然是"小地方"了，他有资格发出这种居高临下式的感叹。

用《三国演义》中的话说，启智同志"非百里之才"，果然，几年后，他就调到银川，主管宁夏的宣传工作。应该客观地评价，宁夏这个"小地方"虽然面积不大，人口较少，经济发展又较为滞后，但文学艺术作品在全国乃至世界的影响，中国文艺界人士一致公认，在全国三十多个省市自治区中的排行，宁夏是处于中间偏上位置的。这样的成就足以让宁夏人感到自豪，而这与启智同志对宁夏文学艺术人才的爱护与支持是分不开的。

启智同志是个性情中人，言谈直率，表现了他胸怀坦荡，行事果断，表现了他以人民利益为重的人生宗旨。他的诗里，常见"辛劳为酬家乡情"、"百姓何时露笑脸"、"抱定终生为民搏"等表露情系于民的诗句。在中国悠久的历史中，贯穿着"学而优则仕"的选拔人才制度，所以古今官员皆是文人。一部中国文学史中的大诗人、大文豪几乎没有一个不同时是当代的官员，高至丞相，小到县吏。他们的诗文中，当然有许多忧国忧民之作，"居庙堂之高则忧其民，处江湖之远则忧其君"，一向是中国文人的优秀传统，但极少当政者将他辖区内发生的灾祸入诗的。因而，当我读到启智这部诗集收录的《"2.5"特大交通事故记》时怦然心动，不禁肃然起敬。那场发生在宁夏同心县的交通事故是偶然的突发事件，这种事故在全国直至全世界都非常普遍，有的伤亡人数更多。从行政上说，处理妥善并引以为训，进一步加强交通管理已属尽职尽责。而启智同志却有更深一层的感情上的触动，写下了"车祸猛于虎，其情其景，令人伤痛，难以忘怀"的前言，并成诗一首。表现了启智同志虽是现代的"公务员"，又身居"庙堂"之上，其风骨却继承了中国文人优秀的传统心态。

我们现在奉行的"立党为公、执政为民"及"情为民所系，利为民所谋"等等原则，实际上都能从中国古代文化传统中寻找到渊源。我们说我们建设的是"符合中国国情的社会主义"，现代中国的"国情"不过是中国历史的延续而已。所以，现在要当一个好"公务员"、"好官",首先就应该是一个继承了中国古代优秀文化传统的文人。我以为,启智同志在行政事务方面所取得的成就和政绩,是和他本人内在继承有丰富的中国传统优秀文化分不开的。也就是说,启智同志骨子里还是一个文人,一个学者。

"诗言志";"诗之基,其人之胸襟中也";孟子又说:"颂其诗,读其书,不知其人可乎? 是以论其世也。"(《孟子·万章下》)我因为"知其人",知"其世",所以读启智同志的诗倍感亲切。启智同志这部诗集里有部分是游览国外时触景生情而作,但诗中极少单纯的景物描绘,其情多于景、重于景,偏重于内心从文化与历史的角度思考发出的感慨,所以有的诗句令我感同身受。

我不能说启智同志的诗在技巧上已经达到成熟,其中有些句子在平仄韵律方面都需进一步推敲。但"文如其人",文人一旦处于"庙堂",自有其广阔的襟抱,作文时常常会逸出文章的规则,只顾达意而不拘小节。近年来,学者研究毛泽东诗词时,也发现许多地方不合平仄韵律,犯诗之大忌处也不少,可是不能因此就贬低他诗词的艺术性与境界的高度。启智虽然不能和毛泽东相提并论,但正如《淮南子》中说"以近论远,以小知大",这里面的道理是相通的。《孟子·万章下》中说:"不以文害辞,不以辞害意。以意逆志,是为得之。"读者如果不拘于词句而误解原意,用自己的体会去推测作者的本意,这就对了。

205

启智同志在贺政府大楼落成一诗中写道:"五年功过何足论,评说只在青史间。"确实,区区"五年"在人的一生中真如白驹过隙,"逝者如斯乎!"这里,我举清代一位不出名的诗人一句诗"文章草草皆千古,仕宦匆匆只十年",送给启智同志。文章即使"草草",也是"千古"事,"仕宦"别说"五年","十年"也不过"匆匆"而已。二十多年前,我和王蒙在与启智同志聊天时就发现他有丰富的学养,渊博的学问功底,我希望他一边"仕宦",一边做学问,一直保持中国文人学者的本色,那他对人民群众的贡献就会更大了。

《在那远离北京的地方》序

　　认识东东,还是在北京她任职于《中国改革报》的时候。历次全国人大、政协大会即通常说的"两会"期间,人大代表和政协委员除了在大会堂及驻地开会讨论,还有频繁的会外活动:交流信息、交换意见、联络关系、建立友谊,当然这一切都是为各自所代表的地方争取"名利"。我已连任了五届全国政协委员,我以为将"两会"称之为"名利场"不算错。随着我国社会主义民主政治体制改革的逐步深入,这个"名利场"的特点越来越显著,如果来自全国各地的代表委员们不趁此机会运用自己的能量为自己的选区扬名,为自己选区的人民群众争取利益,反而算失职了。而要能扬名获利,就离不开传媒。于是,各大媒体的记者就活跃在"两会"的会内会外。东东虽是《中国改革报》的负责人,不是驻会记者,但我在好几处小型聚会都见过她的身影。她善于倾听,也就是说她会和蔼可亲地、机敏地用一两句话引导谈话对象的话题,并能敏锐地把握谈话者的谈话要点。她的话不多,而我从她的微笑中可看出她每次与谈话对象的交谈都有所收获。那时她给我的印象是"这个女人不寻常",但我还不知道她能写。

后来，她调到宁夏工作，却成了我的领导，我们两人见面相视一笑，大概都觉得这个世界太小了。既然是我的领导就须到宁夏文联机关及各个艺术协会讲话，她同样是和蔼可亲的，同样是机敏的，没有官话套话，既说且听。经过几次会议，我又发现她不仅会听，还会说。尤其是有一次我随她到北京给宁夏做宣传，在中央电视台、北京大学这种高层次文化场合，面对主持人、记者和教师、学生的发问，她也能即席侃侃而谈，展示出作为一个宣传官员的干练。虽然这也需要有较高的知识素养，但我仍然没有发现她还能写。

发现她的文学创作才能，已是读到她的《宁夏赋》的时候。现在的作家都不愿用俳赋的形式写散文，字少，稿酬既少，难度又大。尽管现代化了的文赋已不像古代律赋那样要求严格，用韵比较自由，可是它总是从古代俳赋、骈赋发展而成的一种文体，基本上要继承一定的格式：参差的句式要以四、六言为主，字词要精炼，意象要高度浓缩，因而必须反复推敲，惜字如金，同时音调要铿锵，通篇语言文字须有节奏感和韵律。而在《宁夏赋》中，东东表现了她对汉语驾轻就熟的功力，掌握了文赋夹议述理、叙事写景融为一体的特点。这就不禁让我投之青眼了。

不久，我又读到东东的白话体散文。应该说，能让我读下去并且感觉到阅读的愉快的是她的文笔。东东没有像今天众多时尚散文家那样，去媚俗地追求唯美主义，她不用华丽的词藻刻意把文章打扮得炫然闪烁。她显然走的是平实的路子，如涓涓细流，雨打芭蕉，如泣如诉，玉盘倾珠，推心置腹。当我读到这样的话："人们都说时间会磨平一切，这种意思，也没少记述在古今中外的圣贤之书里。但是对此要有真正的体会，则一定是自己经历了，并且在很久之后，心情平复的时候。今天当我回忆当年的一切，感到那么幼稚、有趣、有意思，可这轻轻的'有意思'三个字，所涵盖的那5年岁月，对于'大革命'中一个父亲受冲击的地方干部子女，当时，却常常感到生命中不能承受之重。"（《我是一个兵》）我就感到从文字中有扑面而来的沧桑。她文章中几乎所有的词都没有意象，而是直指，但词组合成句，再组合成篇时，就能让读者觉得有言外之意。和她的文赋体的散文一样，引杜牧在《答庄充书》中的话为标准："意全胜者，辞愈朴而文愈高；意不胜者，辞愈华而文愈鄙。"因为她的"意全胜"，所以她的"辞愈朴"。

文学作品除了作者力图表达的思想感情，更应表现出语言文字的节奏感和韵律。文学创作者应该在遣词造句时注意整个句子、乃至整个段落、乃至整篇文章的乐感。书本上的语言看似无声无色，而这无声无色的文字因汉语词汇的丰富是完全可以铺排出鲜活灵动、流光异彩的文章的。读者感受到阅读的愉快，正在于此。东东大概特别钟爱古文，或说是受的古文教育较深，提起笔来就自然而然地从笔端流露出古文的可朗诵性，即语言自身的乐感。所以，我读东东的散文，和读她的文赋体散文同样会感受到听觉的享受，她文章中的乐感不是花腔女高音式的，她总是娓娓道来，让读者像在暑日的凉棚下伴着一壶绿茶听朗诵，沁人心臆。

当今文坛女性作家异军突起。其实，自古以来女性诗人作家就占有很重要的地位，中国文学正因为有这些女诗人女作家才多姿多彩。可是现在因媒体的炒作，女诗人女作家的作品似乎除其内容外还有另一层意义，并冠以种种"雅称"。我读东东的散文时，恰巧有家报纸的文学副刊要我谈谈对"小女人散文"的看法，我不由得就将她的散文与目前流行的其他女作家的散文做了比较。这种比较没有一点贬抑其他女作家的意思，我只是想说，同为女人，东东在她的散文中表现了其他女作家的作品里少见的一种气度。当然，同为女作家，各有各的气度，所以我这里用了"一种"。这是一种什么气度呢？不是通常我们读到的旖旎，不是细如发丝，不是柔情似水，更不是拿家常琐事来大做文章（诚然，这类散文中也有写得相当不错的），我一时还找不到恰当的词语给予定位，姑且按"小女人散文"的说法来说，我觉得东东的散文就应该算是一种"大女人散文"吧。这个"大"不是

"强"的意思,正如写"小女人散文"的女作家也不"弱"。其"大",大在她的视野和心胸,大在描述上有历史的纵深感。从收在这部集子中的篇章来看,她当过兵、上过学、编过报纸、如今从政,应该说她的经历和中国一般的中年男女相仿,并无特别出奇之处,但她表现了其他人少有的敏感,也表现出一般人没有的勤于思考及善于思考。

心不老　最重要

——《宁夏老年大学书画艺术作品集》序

　　过去说"人生七十古来稀",现在医疗卫生发达,生活改善,七十岁者已相当普遍。据科学家说,人的生命从理论上讲应活到一百二十岁才算正常;记得联合国科教文卫组织还曾宣布:人到六十五岁才进入"初老期",到八十岁开始是"中老",九十五岁者才步入"老年"。这么算来,"宁夏老年大学"的学员还没有一个是合格的,首先,你的年龄就不够"老",顶多是"初老"而已。

　　还有一种说法是,"人在六十岁开始成熟",是做工作、干事业的最佳状态,是最佳生理的和心理的年龄。可是我们这儿到了六十岁如当不上省级干部,就得一刀切下来,让你在家"颐养天年"。然而人的生理状态正是闲不住的时候,是干事的时候,弄弄花、逗逗狗实在无聊,怎么办呢? 所以我说"宁夏老年大学"是非常必要的,是适逢其会的,是功德无量的。

　　强锷先生给我送来一些宁夏老年大学学员的书法美术作品,要我为这本集子写序,我本早就决定不为任何作品写序了,况且学员们的作品还在初学阶段,经我这个曾当过文联主席的人的"法眼"，从艺术上讲毛病还是有的，但既不能溢美，也不好批评，这篇序很难写。但因我们都是"老年人"，有道是"同病相怜"，咱们就写写这个"老"吧。

如今，"老龄化"社会已经到来，加上我们实行的计划生育政策，我们的社会恐怕会"老"得更快一点。一些西方国家是早已显现出"老龄化"了，他们不是由于计划生育，而是出于自己不愿多生，"丁克家庭"颇多。但我到那些国家去一看，不少在我们这儿应称为"老年人"的人还在干着事儿，有许多还是干大事、当大拿的。老实说，这给了我很大激励，使我对"老年"的观念与我们国内流行的看法不同。西方的观念诚然有很多不适合我们"中国国情"，可是我觉得这个"老"的观念我们确实应该吸取。人家根本就"不知老之将至"，七十岁的人上公交车有人给他让座，他还觉得是侮辱了他，下车时有人扶他一把也会招他不快，越老越"自强自立"。我在西方国家从未发现一个倚老卖老的"老人"，越老越"花哨"，越老越活动，越老活得越起劲。坦率说，我五十岁学电脑，五十七岁开始创办镇北堡西部影城，六十岁学书法，六十五岁学驾汽车，至今仍在写小说，而且选了个具有挑战性的写作方式，在经营镇北堡西部影城方面，来看过的人都知道，它几个月没见就会添点花样，添点好耍的玩意儿，都跟我对"老"的观念与我们这儿通行的标准不一样有关。今年六月，中央电视台打来电话来说要给我做档节目，我问是什么节目，对方说是"夕阳红"，我说我还没觉得自己已经到了"夕阳"的地步哩，怎么就做开了"夕阳红"呢？（顺便说一句，此节目播出时，解说词竟说"张贤亮现在内蒙古宁夏回族自治区银川市"，可见宁夏非提升咱们的知名度不可。）直到今天，我丝毫没有"老"的感觉。当然，体力不如在劳改队的那会儿，站久了想坐下，坐久了想躺下，可是我现在也不用像在劳改队那样干活儿了，所以也不觉有什么不便之处。

老不老，其实与你的心态有极大关系，不是常听人说吗，有的人活着却已死了，有的人死了却仍然活着。套这话说：有的人老了却一点没老，有的人没老却已经老了。老没老，就看你自己的个人感觉了。

最后，我还想说的是：宁夏老年大学是不是可以增添点事务性、技术性的学科，譬如各种生产服务部门的经营管理（MBA）与计算机操作，哪怕是烹调、质检之类的专业课。我们常说"要焕发第二次青春"，"焕发"出来干啥呢？我们"老年人"应该争取再次就业，第二次上岗才对。有很多年轻人干不好的事，我们"老年人"来干肯定会干好，你信不信？反正我信！

回顾与展望

——《宁夏文联40年》序

宁夏文联成立四十周年之际,部门负责人与执笔者辛辛苦苦做了大量案头工作,编出这部书稿嘱我作序。虽是资料性的册子,却凝结了四十年的雨雪风霜。风,有春风也有寒风;雨,更有细雨暴雨之分;雪,虽有瑞雪,但有时也严酷地体现出隆冬的凛冽,人冻伤冻死过不少。本书主编,著名诗人肖川先生在《编后记》中说"四十年栉风沐雨",大概也包含了这层意思。

四十年中其实有十年空白。"文化大革命"折断了中国的文学艺术,在长达十年中用荒诞替代了中国人的正常精神生活,当然更谈不上什么为文学艺术工作者服务的机构了。我们应该知道,这部资料性册子中陈述的成绩成果,仅仅是改革开放后取得的。我所以要强调这点,一、是为了前事不忘,后事之师,我们无法也不可回避那一段惨痛的历史,列宁早就说过"忘记过去就等于背叛";二、也只有用历史眼光特别是联系"文化大革命"的历史,我们才能充分理解这些成绩成果来之不易,才能对改革开放之后、进入WTO之后的中国充满信心,包括对中国文学艺术的发展和繁荣充满信心。

四十年里刨去十年等于三十年，而这三十年中我竟当了十五年的"主席"，是任期最长的一个。我本人感慨的是"不知老之将至"，而宁夏文联也应该考虑换换"新鲜血液"了。此时此刻，我确实怀念与我共过事的老同仁。宁夏文联比起其他兄弟省区市文联也许没有什么其他方面可以称道（兄弟省区的作家艺术家也没闲着，创造的成绩成果有的比我们更大），我想有一点大概还可自炫一番，就是安定团结。二十年来，我与我的同事们其实没做什么工作，大的方向是由宁夏党委把握，由宁夏宣传部主持的，我们不过仅仅是做到了"莫作怪"三字罢了。我们宁夏文联的负责人"莫作怪"，就给宁夏全体作家艺术家及宁夏党政领导省却了很多事。在好的大气候中，咱们这小地方"莫作怪"，就无形中又创造了一个良好的宽松的小气氛。

214

从这部资料性的书稿编纂过程就可看出，我这个"主席"确确实实是"忝列"的。说好听点是"无为而治"，说难听点就是不管事。因而此时此刻，我还应感谢做实际工作的文联党组的书记和成员，大量烦人的琐碎的事务其实都由他们操劳。我不敢掠人之美，这些成绩成果应该说都是在他们操持之下取得的。

不管怎么说，四十年过去了。我前面所以特别提到中国进入WTO一事，意思是从此以后中国的改革开放进入一个崭新的层面。原先改革开放还是一个国内政策，如今已变成对国际的承诺。中国成了"过河卒子"，只能拼命向前，就是我们常说的"走上不归路"。很多人都推测中国进入WTO后这个那个产业行业会面临新的严峻挑战，实际上面临最大挑战的是中央以及各级政府。从此，他们必须从管理者转变为服务者。"为人民服务"将真正落到实处，再不能当大话空话到处乱喊了。政府都将如此，何况群众团体呢？所以，将换上的"新鲜血液"怎样把文联改革成真正为本地区的文学艺术工作者服务的机构，会是他们面临的第一个课题。

就以这部书稿来结束过去的历史，开启未来的新纪元吧！

永远的巴金

我有幸单独谨见过两次巴老,一次在上海武康路巴老家中,一次在杭州西子湖畔巴老的疗养地,每次都有坦诚而不是客套、深入而不是泛泛的交谈。我当然会将巴老的谈话记下来并发表,但不是在这篇短文里,也不是在现在。那对我来说极为宝贵的、使我受益匪浅的经历,会是我将来出版的回忆录中的一章。

其实,与巴老促膝交谈,巴老说了什么,他的哪些话对我有什么触动和教益,仿佛并不是最主要的。令我感受最深、让我受益的却是他的神情、态度、谈吐、对人对事的观察角度等等构成的可说是"磁场"吧,使被他"磁场"笼罩的我会受到某种熏陶。受过这种熏陶与没有受过这种熏陶的人就会有些差别。成语有"春风拂面"一说,对了,与巴老相对,就会感受到巴老之"风"。尽管他讲话有常见的老人的嗫嚅,但给我的感觉是在翻阅一部年代久远、字迹已经有些模糊的珍贵手稿,让我沉浸在一种对历史的尊敬与肃穆的心情之中。

　　巴老已经成了一个时代的表征，一座文学史的丰碑，虽然今天是他的百岁诞辰，但他是不能以年岁来计算的，他已经属于整个历史，并永远会随着历史的长河向前流淌不息。

参政议政要有前瞻性

从外地回家,翻检案头邮件,看到全国政协文史资料委员会寄来的约稿函,方知人民政协已成立五十五年了。算起来,我从改革开放后的 1983 年第六届全国政协开始,历经六、七、八、九、十届迄今,连任了五届全国政协委员,已有了二十二年的参政议政的经历。五十五年的政协史我几乎参与了一半。时间漫长而又觉短暂。这段经历对我个人来说当然是十分宝贵的,如果我将来要写回忆录的话,这个过程与这段人生体验无疑是其中非常重要的内容。就因为其重要而又宝贵,我不愿轻易示人,想留待以后仔细叙述。但既然接到约稿函,又觉得应邀写稿是我的义务,况且来函也说得很清楚,不用长篇大论,只要三千字即可,因而匆匆写下下面的一些文字,以作为人民政协五十五周年的纪念吧。

1983 年我参加第六届人民政协大会时才四十六岁,刚从劳改农场平反出来不久,当时我们文艺组都是文学艺术界的元老大师级人物,很多还是文革前的老政协委员,我既是全国政协委员中年轻的一代,又是文艺界中的一名学生,不敢在小组会上贸然发言,只能聆听老师们高谈阔论。那时,小组会的发言多半是通过对"文革"的控诉来表述对未来改革的期望。我听来,我在"反右"和"文革"中的遭遇比起老人们的苦难简直是小菜一碟,他们那种对祖国的忠贞和对党的信念,让我深为感动。一天,小组秘书突然通知我到中南海的统战部开座谈会,与会的还有十几位政协委员。初识阎明复同志,谦和直率,有彬彬君子之风,座谈会气氛融洽宽松,我也不揣冒昧地高谈阔论了一番。大意是:中国共产党有改造世界、改造社会的决心和魄力,而要改造世界、改造社会必须先改造自身。改造自身应首先从改变自身的党员结构开始,现在的中共党员,有百分之八九十是文化水平相对说来较低的工农群众,几乎百分之六十还是识不了多少字的农民,靠这样的党员是很难建成社会主义现代化国家的,我建议大量吸收知识分子入党,要让知识分子在党员中占多数。这样,中国共产党因党员结构的变化就会发生质的变化,以适应建设社会主义现代化的需要。我谈的大题目是"改造共产党",很敏感,也很吓人。作为一名新的政协委员,可说是"初生牛犊不怕虎"吧。谈了也就谈了,抱着既然要我说,就一定要说真话的态度。而没有料到的是,不久之后,我们自治区宣传部就找我谈话,说我的发言受到了胡耀邦同志的注意,还作了批示。转眼到1984年,在全国范围内就开始大批吸收知识分子入党了。我就是在当年的"七一"前夕加入中国共产党的。

上世纪八十年代末,报刊杂志上掀起了"反资产阶级自由化"的风浪,批判文章接二连三,一时间有点"山雨欲来风满楼"的味道,好像又要搞什么中国人所熟悉而又深受其害的整人"运动"了。国内外关心中国政治走向的人士无不敏感。这个话题是那年"两会"期间的热点。当时,在文学界中,我是一名最有"争议"的作家,如有"运动"我必首当其冲。大概是考虑到如果由我出面澄清一些疑问,可能对海外媒体有点说服力吧,于是那届政协会就由我与马烽、冯骥才、邓友梅四位作家在东交民巷的中国新闻工作者协会出席中外记者招待会,接受海内外记者采访。可是这对我们每一个人来说都是难题,说赞成"反自由化"是违心之论,说不赞成则要担很大的政治风险。果然,当记者特别是外国记者问到中国作家对"反自由化"的态度时,我们四人面面相觑,但又不能"无可奉告",我只得模棱两可地说:"我相信中国作家经过'反对资产阶级自由化'以后,在政治上肯定会进一步成熟。"第二天,各报都在头条位置报道出来,朋友们都说我回答得得体。不久,这场风波就烟消云散,中国文坛又复归平静了。

作家参政议政,不像做实际工作的各级官员或科技界、企业界、卫生教育界委员那样常常有具体的建议和提案,说好听点是"宏观",说不好听其实是坐而论道,务虚多,务实少,所以一般来说采取的是小组发言的形式。这么多年来,我作专项提案较少,但每次大会中的小组会上还算是积极发言者之一。至于大会发言,只有1983年代表文艺组作过一次。而我在每次小组会上的发言也都受到领导人的重视,这是我深以为荣的。譬如"对贫困地区要将输血型救济变为造血型帮扶"的问题,"城市化建设,特别是小城镇建设是解决农村贫困问题的一条出路"的思路,我早在上世纪八十年代对这些事情就有过陈述。到九十年代,党中央提出"西部大开发"战略后,对"西部大开发"的难点和障碍,对我国目前的教育不适应社会的需求的情况,在注意改善自然生态环境的同时,更要注意改善我国的人文生态环境,要在建设一个经济强国的同时,争取将我国建成一个文化大国的问题等等,我在小组会和联组会上也有过发言。最近几年,因为我个人在创办和经营镇北堡西部影城上有了一定的经验,所以比较关注文化产业的发展。我曾提出,小平同志说科学技术是第一生产力,有第一必有第二,那么我们就应该思考一下什么是第二生产力,我的体会是:文化就是第二生产力,我们必须大力发展文化产业,而且也只有通过文化产业的发展,才能带动作为共享资源、公共产品的文化事业的发展。

上世纪八十年代,政协会上流行一句话叫"不说白不说,说了也白说"。当时,确实有"说了也白说"的现象,政协委员仿佛仅仅是种荣誉,一种身份的象征,同时也是统战的需要,那时在参加人代会后听完了总理做的《政府工作报告》,小组讨论仅是"学习"而已,委员们不过谈的是"学习心得",别的毋须置喙,"说了也白说"。到九十年代,尤其是最近两年,对《政府工作报告》已不仅是"学习",而要"审议"了。这个变化应该说是极为深刻的,反映了我国在人民"当家作主"上迈出了一大步。既然如此,作为一名政协委员,就不能辜负这一委托,在每年的政协大会上,我都在此之前准备一个话题。一方面是为了在小组会或小组联会上发言,一方面借助媒体发表自己的见解,在我的视野范围内,对我国改革开放的方方面面有所促进。我每次选择的议题都力求顺应潮流、与时俱进,并有一定的前瞻性,

参加了这么多届、这么多年全国人民政协大会,我不仅增加了参政议政的能力及水平,提高了政治洞察力,也增强了我对政治的兴趣,增强了对国家大事的关心与忧患意识,对个人来说,使我的生活和内心也更为充实及丰满。这是我一生中之大幸。

最后,我想借此机会表达我对历届大会的政协工作人员,特别是小组秘书的感谢。除了1988年因我在法国没有参加那届政协大会,近二十多年我每届大会一届不缺。给我印象很深的是,每届的小组秘书也许换了人,但都非常尽职。小组秘书中很多并非属于政协的干部,而是从不同单位临时抽调来的,真不知政协办公厅是用什么方法将这些优秀的人员选用到大会上来的。早先几届政协委员中老人较多,大会期间不管是会内会外,在开会时还是在休息时,小组秘书对本组的委员们的照顾,可说周到细心,任劳任怨,无微不至。然而,历年开完政协大会后,委员们纷纷回到工作岗位时,都以小组的名义给所住的宾馆饭店张贴感谢信,名家大师不吝签名,却唯独忘了身边的小组工作人员,我觉得这很不公道。所以2004年这届,我发动了本组委员们给小组秘书写封感谢信以作纪念的活动。我想,这应该长期保持下去。

与时俱进 老而弥坚

　　我从 1983 年的第六届全国政协开始任全国政协委员,到今年的第十届全国政协,已连任了五届全国政协委员了。在第六届全国政协委员中我还算年轻的一个,才四十多岁,与会的都是老一代的革命家和学术界的老前辈,所发之言多半是痛陈极"左"路线给国家民族带来的灾害,呼唤大力贯彻改革开放以肃清其流毒。现在不知不觉我却成了全国政协中的老人,眼见新一代的社会中坚、各界精英加入进来,精神面貌焕然一新,更勇于建言献策,并且更为贴近现实生活中的种种问题,关注的已然是怎样加快全面建设小康社会以和国际接轨了。二十年漫长的岁月,因我们国家日新月异的飞速发展,而显得不过是弹指一挥间,我确实并未感觉到老之将至。

　　在全国政协二十年的参政议政中,我有幸参与了中国前期改革开放的全过程,亲身体验到政治协商会议在我国政治生活中所起的作用越来越大,党和政府对政协委员反映的社情民意及提案越来越重视。1997 年我出版的长篇文学性政论《小说中国》中,特别有一章题为"当全国政协委员真好",记述了我在政协会议上的发言得到党和国家领导人注意的情况。我国的政治协商制度是我国政治文明的一个重要体现，而随着我国政治文明建设的发展，政治协商制度必然也会越来越完善。

"与时俱进"这一重要思想，不仅会使我们党和国家永葆青春，而且会让我们个人也不断保持能动性和年轻的活力。我是来自西部的政协委员，既是一个作家，也可算作是一个企业家，当前关注的当然是西部大开发。在上一届政协会议期间，我就曾呼吁在西部大开发中一定要关注西部人文环境的改善。西部生态环境较为恶劣是人所共知，而人文环境的落后，人们却认识不足。实际上，中国广袤的西部的自然资源极为丰富，历史人文包括旅游资源，也是中国东部只能望其项背的。但由于在商品经济极不发达的自然经济的社会基础上长期实行计划经济，于是对社会主义市场经济的建设，就普遍不熟悉、不习惯，更不会干。大开发过程中各项政策措施的执行者即干部，尤其是基层干部，有许多人懒于思考，惯于不作为。追究起来也不是谁的错，因为他们已经习惯了"等靠要"，长期生活在一种惰性的文化氛围当中；城市化建设本是应该以市场经济为杠杆的，也只有按市场经济原则搞城市化，才能使资源达到最优化的配置，但对于不熟悉市场经济的人来说，城市化建设规划却可能是计划经济另一种形式的复活，不是追求合理配置资源，而是追求政绩；政府各有权部门还有可能乘城市化之机为部门利益攫取资源，政府部门或基层一旦取得一定量的资源后，就会形成尾大不掉的局面，自成体系，上令不能下达。我的这些看法，在宁夏也得到了当地党和政府领导人的认同。宁夏新一届领导班子现在正在努力转变政府职能，改变干部作风，改善经济环境。而以上三方面正是人文环境的重要部分。今年初，宁夏准备给地方人大提交政府工作报告前，曾招集一些专家学者对报告的草案进行讨论，征询意见，我的意见也得到了报告人的采纳，对草案作了修改。这证明远在西部偏僻的宁夏，在政治文明建设中也在阔步前进。虽然西部开发还任重道远，地方高层领导的新思路与创新精神要贯彻到基层还需花大力气，用真功夫，具备无坚不摧的穿透力，但毕竟给了我们更大的希望和信心。我想，只要我能与时俱进，在政治生活中就还可以老而弥坚。

大话狗儿

今年到了"狗年",好几家媒体要我发表点祝福语。这是惯例,牛年说牛年好,马年说马年好,鸡年说鸡年好,鼠年也要说鼠年好。我本人属鼠,却最讨厌老鼠,实在想不出鼠有什么可爱,但也要绞尽脑汁想出这个年有什么好处。而狗年呢,我确实觉得很好,很和谐。冯小刚的电影《卡拉是条狗》里有句台词:"只有在卡拉面前我才感觉是个人。"可谓经典。只有在你的狗的眼睛中,你才能看见出自肺腑的真诚、感恩和对你完全的依赖与信任,即使最凶猛品种的狗,对你的目光都是亲切温柔的。如你的宠物是条如狼似虎的体形庞大的猛犬,你怎么呵叱它、教训它,它都不会还嘴,不会提出无理要求,不会发表它的看法,更不会强辞夺理,总是乖乖地听你呼来喝去,哪怕你这个主人是在无理取闹,在瞎指挥。在这个世界上,还有什么东西使你能获得这么强烈的满足感和权威感呢? 没有! 只有在你的狗面前。我想,这大概是人们喜欢狗、进而喜欢狗年的最大原因吧。

二十多年前访问北欧,头一次出国,听瑞典人说你们中国人父母妻子子女是一个家庭,在我们瑞典,一个人和他的狗也可组成家庭。

他们把狗看作家庭成员之一,当时颇感新鲜,回来后还写了篇游记专谈此事。确实,在"世味年来薄似纱"的社会,听过老婆嫌丈夫无能、丈夫移情别恋而离婚的,听过子女嫌家庭贫穷离家出走或是在同学面前羞于开口叫爸爸妈妈的,却从来没听过哪家的狗怨主人不喂它进口狗粮不辞而别的。"儿不嫌母丑"好像并不确切了,"狗不嫌家贫"倒成了"放之四海而皆准"的真理。确实,狗、马、牛、鸡、羊等等,都是人类最早驯养的动物,但唯有狗会和人类建立家人般的感情。有偷马、偷牛、偷鸡、偷羊的贼,就没有听说有偷狗的。马、牛、鸡、羊偷来了如果不吃掉都可以再驯养,但狗就不行,成年狗已经和原主人有了牢不可破的亲情,即使喂它进口狗粮,它也要挣扎着跑回老家。狗比父母妻子还亲,与狗结为家庭的牢固程度超过血缘关系,瑞典人比咱中国人看得透,最早接触的动物是狗。抗日战争时期为了躲避日寇轰炸,举家迁到重庆乡下,住户与住户间隔垅相望而不相往来,我没有玩伴,狗就是我唯一的玩伴了,所以我自小就和狗有感情。在上学途中,我曾见过一个盲眼的乞丐牵条狗要饭,因为喜欢那条狗,我悄悄地跟了他们一段路。牵乞丐的狗竟然能准确地把它的盲眼主人领到住家或店铺前面。到了门口,狗停下一蹲,乞丐就开始喊叫。后来我知道西方有种专为盲人服务的导盲犬,但那是要经过严格训练的,乞丐的狗谁来用科学方法调教?再说,西方国家能把狗训练得领着主人沿街乞讨吗?我还没听说过!可见中国民间的驯狗技巧早已大大超过发达国家。那完全是靠平时狗与人的一点一滴的默契,这种默契竟可以达到人犬合一的地步,同时,也显示出狗有多么强的智力和悟性。

当农工的时候,常年吃不上肉,往往三两人商量夜出偷鸡摸狗,我总是"摸狗"的坚决反对者。吃狗还有讲究,狗不能宰杀,流出了血,狗肉就会有股腥膻味,内行人会把狗吊起来往它鼻子里灌水,将它活活呛死。我目睹过这种场面,狗的挣扎嚎叫惨不忍睹。一次我曾当场在柴禾垛上抽出根棍子冲过去把灌水的人打得和狗一样嚎叫。反正大家都是劳改释放后就业的农工，"革命群众"把我们"劳改释放犯"之间的打架就叫做"狗咬狗一嘴毛"，乐得在一旁看热闹。那时，在我的捍卫下挽救过好多条狗的生命。当然，鸡偷吃了不少，更吃过瘟鸡，奇怪的是并没有染上禽流感，一直健康地活到当了作家。我开始尝试写的第一篇小说就是《邢老汉和狗的故事》，在还没有获得"平反"时就动笔了。这个有关狗的故事是真实的。"文革"期间，不许农民保留自留地，大"割资本主义尾巴"，禁止农民养鸡、鸭、鹅，这事一般人都知道，但不许农民养狗的事可能很多人就不甚了了。因为城市里早就没有了狗，狗不在当时中国市民的视野之内。农村人却一直有养狗的习惯，农民需要狗来看家护院。当时的农村曾大张旗鼓地组织过"打狗队"，见狗就往死打。别的地方我不清楚，至少是全宁夏境内再看不到一条狗，听不见一声狗吠。消灭狗的理由说来可笑："喂狗浪费粮食。"宁夏人和广东广西人不一样，是不吃狗肉的，所以狗完全没用，罪该万死，杀无赦。而那仅仅是表面上的理由，打狗的真正目的其实是为了方便民兵对每家每户进行"夜访"，也就是在夜间突击检查，看哪家有剩余的粮食，有，就毫不留情地立即没收。狗就因为它忠于职守，成了革命者的革命对象。人们说"文革"搞得中国"鸡犬不宁"，这句成语并不完全是象征意义，而是名符其实的。

后来，小说《邢老汉和狗的故事》被大导演谢晋拍成电影，老一辈电影艺术家谢添和著名影星斯琴高娃扮演男女主角。扮演"狗"的狗，却因主人犯了法被银川公安局抓去，最后不知流落到什么地方了。后来，在宁夏镇北堡西部影城拍摄《老人与狗》的电影场景里，我完全按它的模样做了条道具狗来纪念它。目前我在西部影城养了四十多条狗，有土种狗，也有德国狼犬、爱尔兰牧养犬、喜乐蒂牧羊犬、松狮犬、大白熊、阿拉斯加雪橇犬，还有八条藏獒，实现了我的夙愿。我家现在有多少"狗口"很难说清，因为我从养狗的经验中既体会到生命力的旺盛，又体会到生命的脆弱。狗繁殖得很快，母狗分娩一次可生七、八、十来只狗仔,有的一年下两窝,可是死亡率也很高,稳定的数量只能说四十条左右。在养狗中我还明白了一条哲理:原先我只有一条狗的时候,为了解除这条公狗的孤寂,特地从外地又买了一条同品种的母狗给它做伴。母狗刚到家时,公狗不但不欢迎,还常常跟她争食打斗。可是自母狗到了发情期,公狗和母狗做爱以后,两条狗就变得夫唱妇随,相敬如宾了。这印证了恩格斯的话:"性爱是爱情的基础!"所以我对现在兴起的"无性婚姻"很难理解。一篇报道俄罗斯犬爱情的文章中见到一张照片,画面是莫斯科红场边上坐着一位俄罗斯老大娘,怀里抱着条小狗,小狗身上挂着块纸牌,中文介绍说上面写的是:"请给我亲爱的小宝贝一点食物吧。"文章以此说明俄罗斯老百姓现在穷得连饭都吃不上,在街上乞讨又害羞,借着给狗要饭来遮丑。我看了不禁失笑,文章作者去俄罗斯肯定属于"公款消费",对俄罗斯的了解比我这没去过的还不如。俄罗斯虽然私有化了,但普通老百姓的基本福利并没完全取消,他们至今不存在"看病难"、"教育高收费"和"三农"问题;莫斯科市民住房的暖气费都不交,再穷的人吃饭还是有保证的。这位可敬的老大娘绝不是为她自己要饭,真正是为她的狗乞食。那么也许有人会怀疑:她把政府给她救济的食品分点给狗吃不就行了? 这也是外行话。一个国家和地区的人拿什么东西喂狗,可以说是那个国家和地区人民群众文明进步的度量尺。人吃人吃的,狗吃狗吃的,这话听起来像绕口令,但社会发展到一定程度必然会出现这种区别。"文革"时宁夏"革委会"宣传说狗与人争食,粮食定量是给人吃的,养条狗就多了一张嘴吃饭,为了"节约闹革命",所以非消灭狗不可。这种宣传农民听了都发笑,觉得滑天下之大稽。为什么? 因为当时农村每家每户的狗只靠舔涮锅水维持生命,稍宽裕的人家仅仅在涮锅水里撒一把麸皮而已。确切说,当时农村的狗不是"吃"大的,而是"喝"大的(这也证明了狗的生命力的顽强)。宁夏山区缺水,主人家连涮锅水也没有,狗就靠吃小孩的屎生活,狗会把小孩的屁股都舔得干干净净(成人在厕所里方便,那里绝不准狗入内，因为人粪尿是宝贵的肥料）。现在，农村有了大量的狗，即使有"三农"问题，狗也能吃上剩饭了。至于城市的"市狗"，更随着市民生活水平的提高，也上升到"宠物"的地位。狗粮、狗罐头、狗零食，直至狗时装、狗玩具都纷纷出笼。葛优扮演的"卡拉"主人是个爱狗的底层小市民，"卡拉"大概和主人一样和过去干部下乡似的"三同"——"同吃同住同劳动"，连剩饭也不会吃的。倘若这位小市民从底层上升一步，他就会成为宠物商店的一名消费者。所以，那张照片只能说明那位俄罗斯老大娘虽然因私有化改革而陷入困境，但仍然保留了俄罗斯作为大国时的文明习惯：狗一定要吃它的专用食品。

　　我喂那么多狗，拿什么喂它们呢？我的西部影城繁荣了周边经济，附近开了几十家餐馆。开始时我让人去餐馆收集剩饭剩菜，每天收来的饭菜狗都吃不完。但随着企业规模进一步发展，就逐渐"文明"起来，嫌剩饭剩菜里有辣椒酱油醋，实行了人狗分食，只喂成品的狗粮。后来看到报上说狗的商品粮里含有致癌物质，为此台湾人和美国狗粮制造商还打起官司，就开垦了几十亩地种玉米，一年可收数万斤，狗们吃上了"绿色食品"。我想，如果我又倒霉了，又进了劳改队或什么"号子"、"棚子"的，狗儿们会有什么样的下场呢？狗队肯定解散，全都成了"丧家犬"。留下特别心爱的一条狗，"绿色食品"也吃不上了，只好向那位俄罗斯老大娘学习，抱着它蹲在街头，挂块纸牌为它要饭。看了那张照片，我有时看着我的狗就不禁想起：一个社会的进步或倒退，首当其冲地是影响狗的命运，狗的待遇是社会进步或倒退的标志。虽然还有"三农"问题，还有大量的弱势群体，但首先改善了生活待遇的却是狗。改革开放后，狗成了最大的受益者，从舔涮锅水苟延残喘、被人赶尽杀绝的绝境一下子蹦到天堂。如今养狗成了时尚，很多靓女靠在狗身边照相，叫帅哥自愧弗如。民营的宠物医院更遍地开花，设备比一般医治人的医院都完善，以至于我的一位好友说，他如果有了病，情愿到狗医院去就诊，那里的服务态度才能让他感觉受到了"人"的待遇。中国人干什么事都喜欢走极端,在两个极端中晃来晃去,不知道什么时候能平稳下来走"中庸"路线。据报载,一条藏獒竟然炒到上千万人民币的天价,藏獒一跃成了财富的象征。且不说这一千万超过西方国家一匹纯种马的价格,我还没有看到哪个中国大学毕业生有一百万元身价。富豪公开登报征婚,一个漂亮女大学生也就开价一千万而已。如果真有其事,我觉得花一千万元买藏獒的富豪首先应该受到道德的拷问。其实,真正的纯种藏獒绝对不能在海拔三千米以下的地区存活,它的肺受不了过多的氧气。雪线以下的人家说它养了只真正的纯种藏獒,就像在赤道几内亚养只北极熊,简直不可思议。我的藏獒都来自西宁,是与当地藏狗杂交的后代,已经适应在海拔一千米左右的地方生活了,加上运费,也就在四千元到八千元之间。有些中国人一富起来就不知道怎么办好,竟用狗来装饰身份,既把别人摆在狗之下,也把自己摆在狗之下了。所以,据此看来,社会的确繁荣了,但还没有多少进步。

229

狗现在已经是强势群体。社会上四处都有流浪儿,少有收养他们的民间组织,可是为流浪狗、流浪猫谋福利的民间组织和个人却如雨后春笋;前些日子网络上吵得很凶的"虐猫事件",连中央电视台都惊动了,特别在法制频道的《大家看法》里采访了当事人,几个当事人因"虐猫踩踏"被曝光,受到千夫所指,弄得惶惶然不可终日。我举双手赞成爱护动物,不过同时我又想到,现在有多少孩子还在受到虐待,我们是不是应该投入更为关注的目光呢?中国人对物(包括宠物)的关心往往超过对人的关心,即使物质生活再富裕,这也不是文明的表现。"宁做太平犬,不为乱世人,"信哉此语!

最后,我还想说点狗群的"和谐"问题。众所周知,狗是酷爱互相打斗的,所以才有"狗咬狗一嘴毛"的成语。群养狗免不了相互咬斗,尤其是藏獒。而我故意把同品种的狗养在一个圈里,就叫它们互相打斗。它们只有经过打斗才能产生出领袖"狗物"(有别于"人物"),领袖"狗物"一旦产生,这群狗就会特别和谐,虽打打闹闹,顽耍嬉戏,却秩序井然,吃有先后,互谅互让,"狗物"还能照顾小狗弱狗,形成"大狗叫也让小狗叫"的良好局面。如果你特别喜欢哪条狗,不把它和凶猛的狗关在一起,怕它被咬伤,那么这只宠物狗就会逐渐失去狗性,也就是说,它将会既无斗争性又因没有狗所需要的娱乐嬉戏而显得落落寡欢,并且会体弱多病,就像我们一些尚未改制的国营垄断企业那样缺乏活力和个性。由此可见,"和谐"绝不是排斥斗争和竞争,相反,而是在斗争和竞争中形成的。当然,你必须是把同品种的狗关在一起,而不能把不同品种的狗关在一起,如把藏獒和西施犬关在同一个圈里,"和谐"倒是"和谐"了,而那样的"和谐"又有什么意义呢?我想,养狗,也会给当领导的人一些有益的启示哩。

《小说中国》再版前言

　　此书在 1997 年初动笔,于当年 7 月完成,9 月出版上市。操作此书的是一位书商,不知什么原因,在书后的版权页上标记的却是"1997 年 11 月第一版 1997 年 11 月第一次印刷"。当时书商很看好这本书,"第一次"就印了二十万册,大概是出于避税动机,印数也只说是二万册。书商在本书的封面上特别突出本书的内容,赫然印着"'改造'共产党"、"给资本主义'平反'"、"重新建立个人所有制"、"劳者有其资"、"呼唤'精神贵族'"、"干部素质忧思录"等等这样耸人听闻的章节标题,目录中还有"私有制万岁"一章。这种提法即使在今天也很值得"商榷",在 1997 年更有"犯禁"之嫌,具有"爆炸性"的。书商看好的就是"犯禁","爆炸性"就是他的卖点。据说,上市后果然被人以什么"大参考"的方式告到中央,而一位中央最高层的首长居然翻了一下,翻了后却无下文,没有任何批示,不了了之,书商就以为这是某种程度的"默许",于是一下子全面推向市场。书商原来还打算请人评论,炒作一番以后再加印的,但毕竟已经被人告发,此书处在"可禁可不禁"的悬崖边缘,只好偃旗息鼓，低调行事，先把钱悄悄赚回来再说。而当时中国的批评界对此书也非常自觉地三缄其口，大概也是没人"请"的缘故吧，至少是我从未在报刊杂志上见到一点反馈，好坏由之，就好像市面上压根儿就没出过这样一本可以大批特批的书。本来以为会"犯禁"和"爆炸"的，发行量又如此之多，竟然激不起丝毫波澜，这不但在批评界有点反常，在我所有发表的作品中也很反常，因为我每发表一篇作品，总会见到报章上有这样那样的议论。

　　1997 年是我国的改革开放事业处在非常关键的一年。1992 年邓小平"南巡讲话"发表后，市场经济在中国大地全面铺开，民间经济发展势头迅猛，在东南省份几乎与国营经济平分秋色，中国社会已经出现不同的阶层，贫富开始明显分化；改革开放的成就显著，同时种种负面效应也浮现水面。主流舆论虽然仍大力宣传改革开放，但社会上却有一股怀疑甚至反对改革开放的暗流涌动，且来势凶猛，让人觉得"来头不小"。怀疑及反对改革开放的论点不再像二十世纪八十年代末那样着眼于"姓资姓社"的理论纠缠，而是将外资的引入和民间资本的壮大提升到"危及国家安全"的严重现实的高度来认识。反对改革派的典型话语就是当时所谓的"万言书"，那是以极为正统的"思想"面貌在社会上广为流传的，是代表反改革人士的一份重要"宣言"。

　　在社会透明度不高的情况下，政治上的流言蜚语，哪怕是悄悄话都会其声如雷。暗流的思潮所起的作用甚至超过主流舆论，它就像一个幽灵在中国大地徘徊，在人人心头投下对改革开放政策的怀疑的阴影，令人边改革边彷徨，在改革中如履薄冰，战战兢兢。本来，改革开放中发生的很多负面问题都是由于改革政策不全面、不配套所致，要解决这些问题有待于改革进一步深入，而在暗流思潮的干扰下，对改革的犹豫和却步反而使种种严重的负面效应更加严重。改革开放政策在人们的印象中带有很大的不确定性，私有财产带有很大的不稳定性,权力也带有更大的暂时性。通过改革得到合法财产的民间资本家诚惶诚恐,使得合法财产不是投入扩大再生产,而是大量投入消费,中国还没有完成资本原始积累即提前进入"消费型社会"。"消费型社会"又导致官场更加腐败,不良官员利用手中暂时的审批权力拼命进行权钱交易。同时,正当财产和不正当财产拥有者的财产及其子女又都纷纷外流。辛辛苦苦十几年,肥水富了别人田。

中国难办就难办在做任何事情都要事先与"思想"对号,不是实事求是,而是先要弄清这件"实事"在主流意识形态上的诠释,取得哲学和社会科学意义上的通行证。这大概是最鲜明的一个所谓"中国特色"。西方国家行事只有法律管束,依法办事就行,中国不然,除了法,还有更高的一个"思想"在。"邓小平理论"促使中国社会形态急剧转型,在改革开放进程中丧失权威、地位或有某种失落感的学者和官员,就会以其"来头不小"的位势向公众"喊话",拿"思想"来与"理论"对立。稍加注意,就可发现他们整个的语言体系是"文革"话语的延续。

233

我与其他中国作家稍有不同的是:一方面,我从 1983 年即任全国政协委员,到 1997 年已历十四年(至今已有二十四年),我不仅以我的作品参与了改革开放早期的以"实践是检验真理的唯一标准"为主题的"思想解放"运动,一一冲破了文化思想上的禁区,还有幸在较高的政治层面上一定程度地参与了改革开放的启动过程,并有机会获得比较准确的政治信息。政协委员"参政议政"的职责又使我必须关心中国现实的方方面面,也就是说我会比一般作家对中国现实问题更加关注;另方面,自 1993 年起我便亲身投入市场经济,将一片荒凉、两座废墟成功地变成宁夏首府银川市唯一的国家 AAAA 级景区,年游客量达三十多万人次,使文化艺术在市场上产生出极高的附加值,我可以自豪地说我是中国文化产业的先行者之一,所以,我也可说比一般作家更多一些市场经济的历练,深感改革的艰难,有较坚实的发表政治见解的思想准备和信息资源。坦率说，我和中国大多数从"文革"浩劫中幸存下来的人们一样，不只是改革开放政策的既得利益者，个人的命运已和改革开放的路线紧密地联系在一起，并且比年轻一代作家具有较强的历史感，我们自己亲身的经历就告诉我们：中国除了改革开放外再没另外一条路可走。面对改革开放处于挑战时刻，我必须义不容辞地挺身而出。这本书就是凭着针对改革的反对派而发出的愤慨写就的。我不是专门研究学术的学者，不是经过逻辑思维训练的理论家，只不过是一个写小说的人，可是，虽然没有理论基础，我也还有"理论"的权利，更重要的是有"理论"的激情，笔下自有一种真情实感，并且能通过事实和故事来讲道理，所以，这本书还是有很强的可读性。

可是，此"小说"非彼"小说"。也就是说这不是一本通常所说的小说类文学作品。在我的写作史上，我特别将此书归于"文学性政论随笔"，这是我杜撰的一个取巧的说法。因为它没有一般政论文章所具备的严肃性和组织严密的逻辑架构，只不过是以"随笔"形式写就的"政论"，所以只好叫做"政论随笔"，但整部书我又是用文学的笔法处理的，有的地方还是通过铺陈亲身经历来说明道理，因而此书又不乏文学性，故为"文学性政论随笔"是也。

这绝不是我有意混淆视听，诱骗读者以为这是本我新出版的小说而掏腰包。我之所以非叫它"小说"不可，是因为我一开始动笔即发现不仅是我一人，中国还没有任何一个思想家、任何一个学者能够将"中国"为题大大地"说"一番。中国这个主题太大，人口十几亿，土地面积九百六十多万平方公里，上下历史五千多年，纵的横的都是一个大块头，千头万绪，随便选出一个有关中国的命题都是一根没人能啃得动的硬骨头。很多自以为懂得中国、深谙"中国国情"的政治家都栽了跟斗，犯了错误，连我们的"伟大领袖毛主席"也不例外。这里顺便敬告读者，任何自称是"中国通"的人高谈阔论中国问题的书都值得怀疑，没有一个死去的人和活着的人能拿得下这个大题目。其实所有谈论中国的书都和我这本书一样,是"小说"而已。

这本"文学性政论随笔"从动笔到正式发表已经过去十年。十年来,中国社会的发展证明了这本书还有一定的前瞻性。这里我不想一一指出哪些现实没有出乎我论点的预料,读者阅读后会发现,本书不仅没有过时,而且至今许多社会现实问题仍然在本书早已论述的范围之内,如:人才选拔机制、社会文化大氛围(后来我称之为"文化生态")、中国最难治的腐败现象、国民集体潜意识对经济发展的阻碍等等。这里我要特别指出的是第九章的"重建个人所有制"。

我当年主张"不怕国有资产流失","在国家控股的情况下,将部份资产以证券的形式分配到工厂企业内部的员工手上",即在国有企业的改革中倾向于首先保有国家的控股权,然后按工龄、技术、岗位等等可比价格以证券形式分配给企业的全体成员,将无产者变为有产者。但以后的事出乎意料,全国各地政府都不惜血本地抛售国有企业,把本应属于"全民"的那部分也毫无保留地卖给私人,国家从此与这个企业了断关系。而所谓的"私人"却恰恰是这个企业的管理层,也即"管理层收购",一般员工以买断工龄的方式脱离企业,大批员工下岗回家,用不多的"工龄费"自找生路。这种"国有资产流失"让我遗憾,后来果然出现引起社会和经济学界普遍关注的"郎顾之争"。应该说,我早于香港教授郎咸平至少九年前,就提出了国有企业改革中要注意的问题。事后,又紧急叫停,但还没见有什么新办法出台。

另一个,就是我早就指出的"我们在国有资产上的'盲点'",这也是在本书中专门辟出一章来谈论的。而这个"盲点"一直未能消除。我们国家宝贵的矿产资源纷纷落入与当地官员有密切关系的私人手中,于是接二连三发生矿难,使各界人士包括政府总理都痛心疾首。然而,难道仅仅在煤炭这一种资源上才有官商勾结现象,急需中央勒令投资煤矿的官员退出股份吗? 绝不止此! 我们知道,在中国,任何

235

一片小小的土地资源和土地下的矿产资源，哪怕是一个小小的石膏矿，一方小小的沙石场，没有当地官员（哪怕是个村官）的批准，你是连一锹土都动不了的。

结果不良官员必然以这样那样的方式参与地方资源的开发。参与已经成了常规，不参与反而成了"另类"，在官场就很难混下去。

这本书表达了我对中国社会改革的观点、理念及思虑，我绝不希望我的思虑不幸而言中，反而希望我是杞人忧天。在本书中我曾说过我们的现代化建设有些是建立在农民的牺牲上的。我非常高兴中央开始高度关注"三农"问题，不止取消了压在农民身上的各种税费，减轻了农民的负担，更提出"建设社会主义新农村"的决策。

但我也认为，这些还没有从根本上解决农村农民的切身问题，那就是土地的产权问题。2006年"两会"期间，全国政协委员讨论"建设社会主义新农村"时，我就此谈了我的看法。我的意见是：我国现行的土地所有制分为两种，一种是公有制，即国家所有制，一种是集体所有制。现在，公有即国家所有的土地已成了部门所有了，这是不争的事实。名曰"国有"，其实都由占有这块土地的政府部门、国营企业、群众团体、公共场馆等等"单位"支配，国有土地的所有权与占有权、使用权混淆不清。这类"单位"不但可以出租国家准许他们使用的土地，还有权出让、出售这块土地，使用权等于了所有权。国有土地和国营企业一样存在一个产权虚置问题，所以我们通观所有的贪污腐败案件几乎都与国有土地的审批有关。至于集体所有制的土地更是一个空架子。一个"集体"中的普通村民、农民对应该有他一份的土地没有一点支配的权力。"集体所有制"土地的支配权完全捏在当地村级官员（"村官"）手上，普通农民只是靠一纸土地承包合同与他使用的一块土地发生关系。这种土地的"集体所有制"在农村滋生了大量的"基层腐败"，农民失地现象严重，政府征用土地的补偿常常到不了农民手里，关于土地问题的上访、申诉占全部上访案件的绝大部分就由此而来。而农民即使有了土地的承包权,承包期限却最多不超过三十年,可是,市民在城市中购买一套住房的土地使用权却有七十年之久。住房对市民来说只是生活必需品,土地对农民来说却是主要的生产条件,这种处理土地使用权或占有权的方式是本末倒置的,极不公平的,无助于发展农村经济。因为这调动不起农民对土地的珍惜和关爱,"无恒产者无恒心",农民不热爱自己的土地,没有处置自己土地的权力,既妨碍了农民的生产积极性,又很难让农民在土地的转让过程中得到实际利益。我认为,农村、农业、农民的产权制度建设,是"建设社会主义新农村"中最迫切需要解决的。"新农村"之"新",首先必须要有"新"的产权制度,只要有"新"的产权制度,农村就会一下子"新"起来。农民与土地之间的产权问题不解决或解决得不好,"新农村"便有华而不实的可能。国家支援农村大量资金盖新房、建学校、通电话、送彩电、修桥铺路等等善举,固然会令农村面貌焕然一新,但更重要的是让农民拥有自己的土地。

237

2006年春季的"两会",本来准备审议我国最重要的法律之一的《物权法》草案。这份草案草拟了近十年,不止法律专家,还有其他各方面的专家共同参与,花费了大量精力,已经基本成形,至少可以作为一个讨论的基础。改革开放政策实施了二十多年,中国社会财富增长速度惊人,民间资本发展得更为迅猛,中国社会迫切需要一部法律保护国有资产及私有财产,制订《物权法》是当务之急。但是,就因为北大的一位教授投书中央,说《物权法》违背宪法中的社会主义原则,保护的是富人的利益,说《物权法》是将乞丐的打狗棍和富人的奔驰轿车同等地加以保护,极不公平。于是《物权法》的审议在这次"两会"期间搁浅,被暂停讨论。这又印证了我前面说的:"中国难办就难办在做任何事情都要事先与'思想'对号,不是实事求是,而是先要弄清这件'实事'在主流意识形态上的诠释,取得哲学和社会科学意义上的通行证。"这位教授既弄不清"思想",又坐在书斋里无视现实,根本不明白中国目前最需要产权保护的并非富人,而恰恰是穷人那点可怜的利益;貌似为弱势群体仗义执言又高高在上,不知弱势群体的艰难。请问:谁见过哪个富人的财产和农民那点土地房屋一样被"征用"、被剥夺、被没收了? 谁敢动动他们? 谁听过"白领"阶层和农民工一样领不到工资,拿着"白条"过年? 谁见过上访的队伍中有个富人在人堆里挤? 何况,乞丐手中的打狗棍对乞丐来说远比富人的奔驰车对富人更重要。因为乞丐除了打狗棍外再别无所有,富人的奔驰车即使被"征用"了还有宝马,还有凯迪拉克,甚至还有私人飞机! 而这种称"思想"的一时之快,实质上损害贫困群体的利益,违背宪法精神的言论却很起作用,有些学者教授就是这样经常用"思想"把正常的事搅和成不正常。

　　我可以在这里大胆地再"前瞻"一下:最终,对农民的产权制度一定会出台一个新的举措;《物权法》也会在近几年内审议通过。形势比人的愿望强,形势会突破"思想"。

　　为了再版,我又翻看了一次我十年前写的这本书,我觉得没有必要做什么改动,而且时间也不允许我这样做。虽然这十年来又涌现出许许多多新的可喜及可忧的社会现象,足够我再"小说"一番,但那会是另外一本书了。既然这本书还不能说过时,还切中时弊,仍然表达了我今天的思考及忧患意识,还不如保持它的本来面目为好。前面说过,十年前此书出版发行后我奇怪没有得到什么反馈,我也曾主动问过一些文学评论家与社会科学的学者,征询过他们的意见。其实,凡我问过看过本书的人都对这本书很感兴趣,赞同我的看法,赞赏我在文学上的尝试和思考的勇气(思考也需要勇气的),但也都坦率地告诉我"无可置评",因为本书严格地说来既不算文学作品又不算社会科学类著作。我没有按常规出牌,以评论为职业的学者也无法用常规评论。这次再版,我对评论也不抱多大希望。实际上,我也并不太想让学者参与,他们的参与往往是一种"搅和",把本来很清楚的事反而搞得让人不明白。我只希望这本书会引起认真读这本书的读者与我一起思考，能起到抛砖引玉的作用，从而激发起一些更深入的思考。

　　本书 1997 年出版时我在扉页上题了马克思在《哥达纲领批判》中的一句话："我已经说完了，我已经拯救了自己的灵魂。"这次再版我想引用但丁在《神曲》炼狱篇中的一句诗作为结束语：

　　"走自己的路，让人们去说吧！"